鴻運小廚娘 1

風文創 456

初語 著

目錄

作者序

初語

秋天是收穫的季節，是讓人充滿期待的日子。

在這樣美好的日子裡，《鴻運小廚娘》與大家見面了，初語榮幸之至。

開始創作這本書的大綱和人物設定時，初語只是想寫一個努力向上的女孩。然後，小閒的形象慢慢在初語的腦中成形，一點點寫在小小的紙上，再敲下鍵盤，最終把大綱定下來。從大綱到書寫，每一個人物的塑造，整個故事的展現，都是一個奇妙的過程。初語樂在其中。

小閒初到盧國公府，要活下去；葉啟注意到小閒的與眾不同，情愫漸生；麗蓉郡主對葉啟一往情深，多次糾纏……他們的人生，一一在初語面前展開。

現在，初語把一個個栩栩如生的人物，一段段精采的故事展現給你們，希望你們能一起感受小閒的奮鬥、葉啟的深情，感受生活中的溫馨和幸福。

第一章

室內昏暗，一股難聞的霉味揮之不去。小閒雙眼呆滯地趴在褥上，想不通跳下泳池救人怎麼會穿到平行空間的古代，成為一個十歲的小丫鬟？

門吱呀一聲開了，一個梳雙丫髻的少女手端托盤，鬼頭鬼腦走了進來，轉身張望一下，確定外面沒人，才把門關上。

「小閒，快起來吃飯。」少女把托盤放在褥上，扶小閒起身。

小閒側過身，屁股碰到褥子，疼得「哼」了一聲。人家穿越，她也穿越，穿成小丫鬟也就罷了，還是個挨了三十棍子、屁股被打得稀爛的小丫鬟，再沒有比這更悲劇的了。

穿過來兩天，只有這個叫小菊的丫鬟每天早晚送兩餐稀粥過來，別的人一個沒見著。據小菊說，她和小閒同是盧國公的如夫人梅氏房裡的小丫鬟，盧國公和小閒說笑一句，被梅氏瞧見了，這才屁股開花的。

看著麻稈一樣纖細的手臂，小閒為原主感到悲哀。這具沒有發育完全的身體，怎麼承受得了三十大棍，不打死才怪。或許兩人的名字相同，所以她才穿越到這具身體上吧？

餵小閒吃了一碗涼熱適中的稀粥，小菊收拾碗筷，躡手躡腳地走了。

小閒又發起呆來。從一個白領上班族轉眼間變成一個奄奄一息的小丫鬟，巨大的落差實在不容易適應。

到了第七天，大概梅氏氣消了，小菊引大夫過來診治，敷了金瘡藥後，傷好得很快。

這兩天結了疤的皮膚癢得厲害，小閒不敢用手去抓，折騰到天快亮才迷迷糊糊睡著。睡夢中又回到公司，對一大票手下好一頓訓話，直說得口沫橫飛，大失白領麗人的儀態……不對，臉上真的濕濕的。

小閒睜開眼，一時不知身在何處，一張精緻的臉快貼到她的鼻子上，一雙水汪汪的眼睛凝視著她，又是委屈又是心疼，看得她的心直抽。

眼前的女人，用女人的眼光來看，也是天生尤物，我見猶憐呀。

一顆淚滴在小閒臉上，小閒摸了摸，臉上濕濕的。

小菊捅了捅她，道：「姨娘來了，還不起身行禮。」

梅氏便從袖中抽出一條香噴噴的錦帕，虛點了點眼角，道：「她這是記恨我呢。」

小菊陪笑道：「姨娘肯來看她，她這是歡喜得傻了。」一邊說著，一邊擰了擰小閒的手臂。

小閒只好學著電視劇中的聲調，道：「見過姨娘。謝過姨娘活命之恩。」

梅氏又流了兩滴淚，讓小菊出去，道：「妳剛來，不懂府裡的規矩也是有的，可是妳原也是官宦人家的小娘子，怎麼這麼不懂禮數？國公爺也是妳能勾搭的？教訓妳，是為妳好，要是落在夫人手裡，可不是打幾棍子能了結的。」

小閒道：「是，婢子知錯了。」這話怎麼聽著彆扭呢，難道妳男人問話，我能不答嗎？

梅氏滿意地點點頭，讓人把小閒抬出這間又髒又臭的屋子，回到原先住的屋子，又賞了兩樣點心。梅氏的原話是：「好生歇著，我還有重用。」

這是迴廊盡頭一間小房子，一張匡床放在屋正中，牆角一個窗戶開著，清新的風吹進來，小閒深深吸了一口。

小菊歡喜地捧來兩個匣子，打開來，一匣魚兒造型的綠豆糕，一匣油膩膩的麻花，還透著香味。

這些日子一直靠小菊照顧，小閒早知道兩人同時進府，同在梅氏院子裡侍候，親如姊妹。

吃了半個月稀粥，見到點心，小閒也沒客氣，拿起一根麻花往嘴裡送。照說盧國公府的吃食應該很美味，小閒卻勉強吃了一根麻花，又嚐了一口綠豆糕，再不肯吃，無論小菊怎麼勸，只是搖頭。

接下來的日子，小閒一直在這間屋子養傷。這兒偏僻，並沒有人路過，只有兩個八、九歲的小丫鬟偶爾過來瞧瞧她，說些府裡的閒話。

小閒慢慢了解，自己的主子梅氏很得盧國公葉德寵愛，不過盧國公夫人陳氏很厲害，梅氏見了她，像老鼠見了貓；饒是這樣，盧國公和梅氏還是好得蜜裡調油。

身為一個現代穿越者，小閒為那位沒有見過面的盧國公夫人感到氣憤，老公非要跟小三糾纏，她有什麼辦法？還沒感嘆完，院子裡的腳步聲引起小閒的注意。

院子裡來了好些個衣著光鮮的僕婦，待了約一盞茶時分才走。

晚飯時，小菊匆匆放下食盒就跑，一個時辰後回來，心有餘悸道：「下午可把我們嚇壞了，汪嬤嬤突然過來，訓了姨娘一頓。」

盧國公府開府百餘年，是講規矩的人家，小妾再受寵，在有臉面的管事嬤嬤面前也只能老老實實的，卻不知梅氏什麼事惹汪嬤嬤不高興？

一場小雨後，天氣漸漸熱了起來，小閒的傷總算好了，回去當差。

梅氏院子裡丫鬟僕婦不少，小閒和小菊進不了屋裡，平時也就是跑跑腿。

初夏午後，梅氏歇午了，到處靜悄悄的。小閒撐一把油紙傘，東張西望走在去北院的甬道上。大丫鬟盈掬吩咐她給四娘子葉馨送東西，小閒趁出來放風的機會，順便觀賞古建築的雅致，盧國公府的府邸可是京都有名的好看呢。

左側方飄來陣陣花香，小閒伸長脖子邊走邊望。

突然撞了一下，耳邊傳來「哎喲」一聲叫。小閒扭頭一看，眼前一個長相俊朗、美得不像話的少年，饒有興趣似笑非笑地睇她。少年旁邊，一個眉清目秀的小廝瞪了她一眼，道：「走路不帶眼睛！」

盧國公有四子，不知眼前的少年是第幾子？小閒只好含含糊糊行禮道：「見過郎君。」

這稱呼，可真讓人浮想聯翩。

少年嗯了一聲，對小廝道：「走吧。」

小閒回到院裡，交割完差事，走到門口，盈掬慢條斯理道：「以後走路看著點兒，衝撞了貴人，誰也救不了妳。」

小閒後背的寒毛都豎了起來，轉過身結結巴巴道：「姊姊怎麼知道……」

盈掬笑了笑，剔了剔鳳仙花汁塗的指甲，道：「姨娘在府裡有多艱難，妳是知道的，可別到處惹事，讓姨娘不自在。」

小閒低低應了聲「是」，走出房門，褻衣早就濕了，被廊下的風一吹，遍體生寒。

這天下午，小菊咚咚咚跑進來，抹了一把臉上的汗，道：「累死了。」

過幾天是梅氏的生辰，連著四、五天，盈掬一直帶著僕婦丫鬟們打掃屋子、清理庭院，要不是實在太高，站梯子上還是搆不著，院子裡兩株榆樹葉子她還要著人細細擦一遍呢。小閒、小菊幾個小丫鬟更是被她指使得團團轉，一天下來腰痠背痛的。

小閒遞過一盞用井水鎮過的李子蜂蜜汁，是用新上市的李子去核切小塊加牛奶和蜂蜜調製的，小菊倒進嘴裡，酸酸甜甜的，極是好吃。

連著吃了三盞，小菊才吁了口氣，從懷裡掏出一個油紙包，道：「我這裡還有兩個包子，妳嚐嚐。」

小閒接了，拿起一個咬了一口，復又放下。

兩人是好姊妹，小菊並不講究，就著小閒咬過的地方接著吃起來。兩人正是長身體的時候，一天只能吃兩餐，佐餐以素菜居多，所以常常肚子餓。

柔媚的歌聲傳來，兩人往東廂房方向望了一眼，小菊吐吐舌頭道：「國公爺最喜歡聽姨娘唱曲了。」

幽州土話跟這裡的京話有很大差別，小閒暗中學習，現在已經沒有口音了。梅氏的唱腔如黃鸝般婉轉，小閒還是一個字沒聽懂。

小菊聽得如癡如醉，拉著小閒來到假山後。小閒探頭望去，打開的窗戶裡影影綽綽的，梅氏身著幾近透明的蟬翼紗，玲瓏有致的身體在燈下纖毫畢現，兩道灼熱的目光隨她邊歌邊舞而移動。

盈掬退了出來，一個身著家居常服的男子撲了過去，歌聲像被人拿剪刀剪斷，銷魂蕩魄的聲調傳來。

小閒不禁臉上一紅，拉了目瞪口呆的小菊轉身就走。

很快到了梅氏生日正日，一大早，她打扮得花枝招展去給陳氏磕頭，丫鬟僕婦們等在堂屋給她磕頭，小廚房早煮好了長壽麵。

梅氏吃著麵，臉上掩飾不住的得意之色。

小閒站在人群後面，看著這個十六歲卻嫁作他人婦的少女，說不清心裡什麼滋味。

梅氏打賞，丫鬟僕婦們謝了賞。葉德來了，每人再賞兩個銀錁子，可把丫鬟僕婦們樂壞了。

出了堂屋，小菊迫不及待問小閒。「妳得了多少賞？」

小閒把梅氏的賞拿給小菊看，一個二錢的銀錁子。小菊有些失望，主子好小氣，不過很快又高興起來，盧國公賞得多啊。

小閒把賞銀和這個月的月例放在一起。一個小丫鬟在門口喊道：「小閒，依依姊姊找妳，快去。」

小閒不敢怠慢，把箱子鎖好，去了西廂房。

西廂房裡沒人，梅氏起居的東廂房傳來膩膩的笑聲。小閒往回走時，剛才的小丫鬟不知從哪兒冒出來，急急道：「依依姊姊在小廚房等妳呢，還不快去。」

依依是梅氏屋裡的丫鬟，一見小閒便道：「妳會做果漿？現成的材料，做來我看看。」

筐裡有葡萄、李子、桃子、橙幾樣水果，梅氏喜飲三勒漿，筐裡反而沒有南洋來的那種做三勒漿的果子。

小閒道：「天氣漸熱，不如做橙味酪乳，加上飴糖，用冰鎮了，酸酸甜甜的開胃。」

依依覺得不錯。

小閒又道：「再做兩道清淡些的菜，太油膩的，不見得合國公爺的胃口。」

太陽明晃晃掛在空中，知了時斷時續地叫著，雖說不能白晝宣淫，但國公爺一向不靠譜，梅氏自然是予取予求的，兩人一番激烈運動下來，自然想吃些清淡的菜。

依依和小閒討論做什麼菜合適，最後確定兩素兩葷搭配的四道菜：奶汁菘子、桂花糖藕、三色清爽雞絲、肉末魚香茄子，湯是用砂鍋熬的雪耳香菇豬肘湯。

前世，小閒是個吃貨，業餘時間全用來弄吃的，旅遊也是為了尋找美食。穿到這兒兩、三個月，天天吃稀粥麵，早就膩了，現在有機會待在廚房，自然要和依依套關係。

小閒主廚，依依幫手，兩人手下不停，嘴也沒閒著，聊著府裡的八卦。

雪耳香菇豬肘湯熬好了，盛在青瓷碗裡端上去後，還剩下小半砂鍋。小閒吃了兩盞，又用帕子包了兩大塊肘子帶給小菊。

小菊啃得滿嘴流油，含含糊糊道：「依依姊姊真是好人，我昨天才跟她說妳做的果漿很好吃，今天她就找妳去啦。」

下午，依依來找小閒商量晚上要做什麼菜，說是姨娘誇了她呢。

晚上這一餐，小閒做了一份素丸子和一個羊肉煲，飯是用新鮮荷葉包起來蒸的荷葉飯，打開來，熱氣騰騰，香氣四溢。

她把小菊叫來，兩人吃著特意留下來的荷葉飯就著羊肉湯，差點把舌頭吞下去。

當晚，葉德留宿在梅氏屋裡，第二天日上三竿才離開。

盈掬過來喚小閒。

「姨娘有話問妳。」

淡淡的香味在室內繚繞，梅氏慵懶地倚在大迎枕上，臉上春色未褪，懶懶道：「沒想到妳會廚藝。以後妳幫著依依，她有照顧不周的地方，多提醒她些。」

兩道凝滯的目光射來，小閒忙謙讓道：「一切都是依依姊姊安排的，婢子並沒做什麼。」

梅氏笑看依依一眼，道：「妳前些天不是起了收徒弟的心思嗎？小閒聰明伶俐，一定是妳的助力，不妨收下她。」

依依道：「前些天奴婢不是病了嘛，人在病中，總是多愁善感些。奴婢還年輕呢，過兩年再收徒弟也不遲。」

正因為聰明伶俐才不能收呢，免得教會徒弟餓死師傅；小妮子不知中了什麼邪，挨了三十大棍沒死，反而變聰明了。

梅氏朝小閒招招手，小閒走近前，她托起小閒的下巴，細細看了，道：「倒還清秀。」語氣酸酸的，不知是不是想起葉德和小閒說話的情景。

小閒才十歲，模樣未長開，美人是算不上的，跟梅氏這種風騷入骨的大美人更沒法比。這些天，小閒刻意離葉德遠遠的。

依依帶小閒到耳房，道：「妳進府快一年了吧？以前沒見妳有什麼手藝，這是跟誰學的？」

小閒陪著小心道：「跟我娘學的，我娘做得一手好菜。」

不知原主家庭情況怎麼樣，要是沒矇對，還得找個理由混過去。

小閒表面淡定，心裡沒底，沒想到依依卻點點頭，道：「原來跟妳娘學的，難怪。」並沒說什麼。

小閒站在廊下等候梅氏用過午飯才回屋。迴廊盡頭，小菊早等在那兒了，一見小閒便飛快迎上來，問：「妳以後在姨娘屋裡侍候啦？」

「沒有。」小閒遞過去一包綠豆糕，是特地給小菊留的。

小菊低低歡呼一聲，塞一塊進嘴裡。

依依到底還是找小菊問了，小閒怎麼會廚藝？小菊說不清楚，只是再三強調小閒廚藝很好，語氣不無驕傲。

過了兩天，依依讓小閒去小廚房做燒火丫頭。

自從小閒到小廚房後，梅氏總能吃到清淡可口的飯菜，不知不覺吃得多了，臉圓潤了，腰肢也豐滿了。

第二章

大熱的天，紅紅的灶膛裡火光熊熊，小閒用袖口擦了擦額頭的汗，拿起一根柴塞入灶膛裡。

柴草邊出現一角翠綠色的裙角，小閒抬頭，手搖灑金扇的依依面無表情，居高臨下盯著她看。

小閒站起來行禮，道：「依依姊姊有什麼吩咐？」

今天悶熱，小閒已經準備了幾樣開胃菜。每次小閒把新創的菜品做好，會變成依依出品，送到梅氏食案上。

小閒臉上一道道的灰，要多難看有多難看。依依皺了皺眉，訓道：「成天邋裡邋遢，沒地辱沒了國公府的臉面，還不去把臉洗了。」

小閒洗了臉，清清爽爽回來，依依站在廊下一臉不耐煩。「做什麼都磨磨蹭蹭的。」隨手指了指院子裡的花花草草。「以後小廚房的事不用妳管，妳把花草侍弄好就行。」

後來，小菊悄悄告訴小閒。「……說是妳害得姨娘身材變形，不讓妳在小廚房當差了。」

依依是梅氏進了府後從府裡挑的，長相一般，人又知情識趣，才得以進了屋裡侍候，現在小閒得梅氏欽點，插手她的事務，她的危機感肯定很重。

小菊嘆了口氣，道：「不如我再去求求依依，讓妳在小廚房幫忙？」

小閒搖了搖頭。

院子裡花草不多，小閒早上花半個時辰澆花，其餘時間自便，很清閒。每餐做些什麼菜呈上去，依依依然把小閒叫過去問，時不時還得小閒指點一下，才能侍候得梅氏滿意。

這天午後，小閒坐在廊下，手拿針線，就著花樣子繡牡丹花，好不容易繡了半瓣花瓣，累得腰痠背痛。院子裡傳來依依的罵聲。「小蹄子跑哪兒去了？花都曬死啦！」

小閒放下花繃過去，依依站在太陽底下，單手扠腰。

盈掬勸道：「她還是個孩子，妳跟她計較什麼？」

依依道：「盈掬姊姊心善，小蹄子奸猾著呢。」

先是意圖勾引國公爺，接著插手一日三餐，再沒有比她更奸猾的了！

盈掬道：「她若是不好，回明汪嬤嬤和姨娘，叫人牙子發賣出去就是了。」

依依便有些意動，低頭想了想，道：「小蹄子手藝不錯，做的幾樣菜很合國公爺和姨娘胃口，姨娘怕是捨不得呢。」

若不是梅氏有點喜歡小閒，她的危機感就沒這麼強烈了。

盈掬還想再勸，依依瞥見小閒站在榆樹下，便道：「看妳也是個伶俐的，怎麼沒一件事幹得好呢？」

小閒默然。

「也罷，姨娘常誇妳廚藝好，妳暫時跟我吧。」盈掬無奈道。

依依臉上神情變幻一刻，掉頭就走。

盈掬獨住一屋，屋子裡收拾得整整齊齊，地上一塵不染。她示意小閒在席子上坐，道：「以前學過些什麼？」

一句話把小閒問住了。她哪裡知道原主會些什麼，難道能說會英語、電腦操作熟練？

盈掬淡淡一笑，道：「我不是不能容人的，會什麼直說就好。」

聽說盈掬和依依不和睦，小閒道：「跟娘親學做了幾樣菜，別的不會。」

盈掬道：「妳年齡還小，不會，學就是了。回頭我跟姨娘說一聲，收妳當徒弟，妳以後跟我吧。」

小閒很意外，莊重地道了謝。

晚上，葉德沒過來，梅氏把小閒叫過去，笑道：「不知盈掬怎麼看上妳了，既然如此，妳就跟她好好學。」

在梅氏跟前向盈掬行了拜師禮，奉了茶，盈掬喜笑顏開，道：「待小閒調教出來，還請姨娘開恩，放奴婢出府。」

盈掬一手化妝技巧出神入化，還得幫梅氏幾年，待她有個兒子傍身，才能出府嫁人；若教會小閒，自可早些出府。

小菊得知，拿出一塊四角繡了梅蘭竹菊的手帕相賀。

自此，小閒成了盈掬的跟班，做些瑣碎活兒。

盈掬侍候梅氏歇午覺，自己在外室輪值，小閒得空，來尋小菊說話。上次的帕子已經繡好了，順便看看有沒有新的花樣，再學一種花樣。

小菊把珍藏的花樣一股腦兒地拿出來，道：「只有這些。妳記性好，看一遍就會，多拿兩個去。」

說來也怪，自從穿越過來，小閒學什麼看一遍就會了，不知這算不算穿越的福利？

小閒挑了兩個花樣子揣在袖裡，坐在匡床床沿聽小菊說些蜚短流長。

「三郎君詩做得好，馬也騎得好，先生向皇上誇三郎君呢。」小菊一臉與有榮焉。三郎葉啟名揚京城，身為奴婢的她，臉上也添光彩。

族中排名第三的葉啟是葉德的嫡長子，陳氏所出，真正有高貴血統的主子；比葉啟小一歲的是四郎葉邵，族中排行第四，小妾王氏所生。

小閒不知前些天遇到的美少年是葉啟還是葉邵，但回想當時的一幕，少年並沒有紈褲子弟的驕氣。

「四郎君可比三郎君差多了，不能進文秀館上學，只能在府裡的私塾混。」

小菊還想再說，可小閒得去侍候梅氏了。

還沒到東廂房，先傳來訓斥聲，細聽卻是梅氏的聲音。她說話柔媚，訓人同樣軟綿綿的。

小閒在門外候著，半天，梅氏才住了嘴。

盈掬出來，冷冰冰道：「倒茶來。」

小閒見她眼眶紅紅的，不知出了什麼事，小心沏了煎茶，進門卻見梅氏最是心愛的瑤琴斷了三根弦，擱在琴架上。

梅氏怒氣未消，瞟了小閒一眼，道：「別學妳師傅毛手毛腳的。」

小閒莫名其妙，望向盈掬。盈掬一張臉脹得通紅，道：「是奴婢不小心。」

梅氏把喝了一口的茶盞往憑几上一頓，添加了肉沫的煎茶濺了好些在憑几上，道：「妳是我帶進府的人，要是院子裡的奴婢們一個個跟妳一樣，我還活不活啦！」

這話說得重了，盈掬立馬跪下，小閒只好也跟著跪下，膝蓋硌在青磚上，很不舒服。

梅氏眼眶裡蘊滿了淚水，吸了吸鼻子，道：「都起來吧。」

盈掬遞了錦帕，梅氏拭了拭眼角。小閒去打水，梅氏重新洗了臉，由著盈掬給她畫了眉、化了妝，貼上梅鈿，才洗手淨香，把斷的琴弦抽了，重新換了，細心調校。

夜裡，噼哩啪啦的雨聲從模糊到清晰，冷風猛灌進來，小閒打個激靈，爬起來關窗。沈沈夜色中，大雨如注。及至天明，小閒睡過了頭，匆忙起身梳洗，來到東廂房外，盈掬帶幾個手捧洗漱用具的小丫鬟侍立。

「怎麼這時才來？」盈掬低低道，說話間打了大大一個噴嚏。

洗臉水換了好幾次，估摸著到晌午了，門裡柔媚的聲音喚盈掬。

小閒侍候梅氏穿衣。透過觀察，小閒發現梅氏在葉德面前或要見葉德的時候，喜歡穿著暴露的衣裳。果然，這件胸口很低的纏枝緋色妝花紗短襦很合她的心意。

葉德斜倚憑几，目光在梅氏身上梭巡，梅氏妙目流轉，兩人四目交投時便相視一笑。

「啊嚏！」

盈掬轉頭及時，一個大噴嚏才沒噴在梅氏頭上。

葉德微微皺了皺眉。

梅氏道：「下去歇著吧，小閒替我梳頭。」

盈掬告了罪忙退下，走到門口，擔心地瞥了小閒一眼。她從沒教小閒梳頭，梅氏又是個心高氣傲的，萬一梳得不好，在國公爺面前怎麼收場？

小閒接過黃木梳，把梅氏濃密的墨髮梳順，盤了個如意高寰髻，挑了一枝金雀釵插在雲鬢上。

梅氏修長雪白的脖頸轉動間，釵頭的雀兒一晃一晃的。

葉德脫口吟道：「蜻蜓飛上搔頭，依前黯香未歇。」

梅氏又喜又羞，瞟了葉德一眼，指了指食案上沒有撤下的包子，對小閒道：「賞妳，下去吧。」

葉德笑道：「看不出小丫頭手倒巧。」

梅氏警惕地盯了小閒一眼，道：「可惜年紀小了些，若是年長一、兩年……」

窮人家的女孩子十一、二歲便嫁作他人婦，要這樣算起來的話，小閒也不小了。

小閒微微一笑，道：「還小著呢，再過二十年成親也不遲。」

葉德哈哈大笑，道：「小丫頭倒有趣。」

梅氏莞爾一笑。

小閒在他們的笑聲中出門，一場災禍就這樣消弭於無形。

盈掬到底病倒了。她是梅氏的大丫鬟，平時嚴厲有餘，關愛不足，一倒下，在依依的暗示明示下，竟然沒有人近前，連晚飯也沒人給她送。

梅氏把小閒支使得團團轉，待小閒得空出了東廂房來到盈掬住的耳房，已是一更天，房裡昏暗一片，點了燭，她才發現盈掬蜷縮在床角，一動不動。

小閒一摸她的額頭，好燙，忙倒了水，一勺勺餵她。

盈掬張大嘴，咕嚕咕嚕大口吞嚥，連喝了三盞水才作罷。

「幸好有妳這個徒弟。」盈掬倚在小閒懷裡，虛弱地道。

到天亮，大夫診了脈，說是著了風寒，開了兩劑藥。

盈掬拉著小閒的手道：「依依在府裡根基深厚，想弄死我容易得很，藥妳親自煎吧。」

雨滴答滴答地下，比昨晚小許多，小閒在屋簷下支了小爐子，邊煎藥邊聽雨聲。

依依提了燈籠走來，在小閒旁邊停下，望了一眼虛掩的門，意味深長盯了小閒一眼，轉身走了。

吃了兩劑藥，出了一身汗，盈掬勉強能起身，過來拜謝梅氏延醫拿藥的恩情。

梅氏身著淡紅撒花齊腰裙，裙幅直垂，飛流直下，奔騰擴散，肩上罩淺金桃紅短襦，那一對半遮半掩、波濤洶湧的膩白讓人迷醉。盈掬看得呆了，沒注意梅氏梳了個新髮式。

「既然好了，照常當值。」梅氏的聲音柔媚中透著慵懶。「短短時日，小閒被妳調理得不錯，以後在屋裡侍候吧。」

「啊……」盈掬看看垂手侍立一旁的小閒，又驚又喜，一時不知說什麼好。

「姊姊病了，小閒可著勁地巴結姨娘，」一個小丫鬟覷眼前沒人，悄悄對盈掬道：「把姨娘哄得團團轉呢。」

盈掬只當沒聽到。

小閒發現，盈掬的笑容親切了。

這天，梅氏應文信侯十七姨娘之邀，去文信侯府賞花。

盈掬趁梅氏不在院裡，把她的箱子一一打開，指給小閒看。「這是放姨娘的訶子（注），這是存放冬衣的，底下那個姨娘一般不讓動，原是當姑娘時的物事，留作念想。」

梅氏原是蒔花館的清倌人，被葉德看上，贖了身。

盈掬打開梅氏的妝奩，裡面五、六支赤金步搖，四、五支簪子。上次小閒別出心裁插在梅氏頭上的金雀釵並沒有在裡面，妝奩底層有一個鎖上的小抽屜。

盈掬道：「國公爺送姨娘的珍珠，好大一顆呢。」

小閒一一記在心裡，隨盈掬走出東廂房到耳房。盈掬接過小閒奉上的茶，喝了一口，道：「我們這裡人不多，關係卻複雜。收妳為徒，原是看妳伶俐，過兩年調教妳，上手容易。」

難怪一直讓她做些瑣事。

盈掬凝視小閒一刻，道：「沒想到妳倒心善。依依是夫人的人，一直找姨娘的錯處，嫌我礙眼，早就想把我除去了。」

陳氏在外的風評不錯，大家都說她賢慧，把偌大的盧國公府打理得井井有條，盧國公不用操半點心不說，整天流連青樓，美人一個又一個納進府去，從沒她見拈酸吃醋。

只有府裡的下人才知，陳氏不是不拈酸吃醋，她有的是辦法整治納進府的美人兒，要不然府裡怎麼只有梅氏和王氏兩個妾侍呢？

「我一向小心，姨娘同樣步步提防，總算沒讓她算計了去。」

盈掬談興正濃，小菊匆匆跑來，道：「盈掬姊姊，不好了。」

葉德又帶回一個美人，確切地說，又納了一房小妾。陳氏親自見了這位方姨娘，著人打掃院子，就在梅氏隔壁安置下來。

文信侯十七姨娘特地稟明主母，單請梅氏一人，梅氏回府時有五、六分醉意，臉色紅撲撲的，聽說國公爺納了一位只有十四歲的小妾方氏，酒馬上醒了，臉上一絲血色也無。

「小閒，妳廚藝好，用心做幾樣國公爺愛吃的菜。」梅氏抹淚道。

小閒去了小廚房。不一會兒，紅油手撕雞、五香肘子、鹽水河蝦、金鈎翠芹，外加一樣醬肉菜卷就上了食案，砂鍋裡燉著一味菊花骨香湯，咕嚕冒泡，只等葉德一到便撒上菊花端上來。

注：訶子，婦女遮掩胸部的飾物，相傳始用於楊貴妃。

燭花噼啪響了一下，梅氏站在廊下，臉上淚痕未乾。

盈掬垂頭喪氣進來，道：「國公爺在方姨娘屋裡歇了，這會兒吹燈安寢了。」

滿京城的人誰不知道盧國公的德行？有了新人，哪裡記得舊人翹首盼望？

天快亮，梅氏才在盈掬的勸說下回房安歇。

一連三、四天，隔壁不是音聲靡靡便是笑聲喧天，越發顯得這邊冷清。

梅氏咬牙切齒站在院中怒視隔壁的牆頭。小閒順著她幾欲把牆頭炸開的目光，發現院子上空飄了一只風箏。

「哎呀呀，妹妹在家呀。」一個三十歲左右的美婦人笑吟吟推門而入。

梅氏苦笑著迎上去，兩人手把手地進了堂屋。

小閒在廊下侍候，聽王氏深表同情道：「……妹妹年輕貌美，哪個男人見了不愛？可惜國公爺不是尋常的男人，妹妹還是想開些吧。」

王氏走時，小閒瞥見她唇邊浮起一抹嘲笑。

梅氏細細妝扮一回，小閒目送她身著華服，在盈掬跟隨下趾高氣揚地出了院門。不過三盞茶工夫，她又回來了，妝容完好，一副咬牙切齒的樣子。

晚上，盈掬悄聲道：「姨娘去找姓方那小蹄子了。」

小閒道：「沒找著便宜吧？」

盈掬點頭，道：「小賤人笑臉迎人，一口一個姊姊，姨娘沒找到她的錯處。」

葉德喜歡一個人時，倒是全心全意，以前和梅氏好得蜜裡調油，天天往這兒跑，陳氏那兒都不大去；現在心尖上的是方氏，眼裡除了方氏，再沒別人了。

梅氏派盈掬請了無數次，葉德一句不得閒就把盈掬打發了。

小閒明顯感到院子裡低沈的情緒蔓延，大家都沒精打采的。

這樣過了一個多月，一個自稱表兄的男人來找梅氏，自此常在梅氏屋裡流連。

這天，小閒手拿兩塊花樣子朝王氏院裡走去。

最近梅氏和王氏走得勤了些，王氏的針線好，繡的花鳥像活的一樣，梅氏少不得向她借幾個花樣子。

前面兩個丫鬟腦袋湊在一起低聲說話，小閒腳步輕，兩人沒發覺，待走到跟前，聽得一人道：「什麼表兄，明明是姦夫嘛，夫人好度量，要是我，早把他們浸豬籠了！」

另一人笑道：「所以妳才做不了夫人嘛。」

小閒暗暗心驚。梅氏這麼光明正大把表兄領進內院，怎麼可能不落人口實？

把花樣子交給王氏院裡的丫鬟，小閒急忙回去。

東廂房裡傳出男子爽朗的笑聲，小閒問廊下丫鬟。「秦郎君又來了？」梅氏的表兄姓秦。

丫鬟道：「可不是，一來又要吃又要喝，倒不知是來探表妹，還是來蹭吃蹭喝？」

第三章

葉德終於來了，臉色陰沈陰沈的。

梅氏喝了酒，臉蛋紅撲撲的，腳步踉蹌地上前行禮，還沒直起腰，臉上便挨了一巴掌。

這一巴掌，徹底把梅氏打懵了，秦大郎嚇得把手裡的筷子掉在地上。

兩個腰圓膀闊的僕婦不由分說把小閒帶到一間空屋子，關起來。

更鼓聲準時響起，初秋的京城，入夜氣溫驟降，小閒又餓又渴又冷，蜷縮在牆角。

不知過了多久，柴門吱呀一聲響，有人站在門口道：「出來吧。」

耀眼的陽光照得小閒睜不開眼，一個三圍一般粗的僕婦上下打量小閒幾眼，平靜無波道：「走吧。」

小閒問：「去哪兒？」

僕婦頭也不回地疾步走，小閒只好跟著。穿過一座座院落，來到一幢氣派的院子門外。

僕婦道：「在這裡等著。」

盧國公府占地一條街，府裡規矩森嚴，沒事亂跑是要打屁股的。小閒也就在梅氏院子附近轉轉，從沒來過這裡。不過，飛簷上的吉獸、院落的規模，讓人一見便知這裡是正屋所在，陳氏的居所。

等了很久，一個十一、二歲的丫鬟出來道：「夫人讓妳進去。」又叮囑道：「在夫人跟前好生回話。」

小閒應了，隨那丫鬟彎彎曲曲走過許多迴廊，迴廊上或開或閉許多的門，跨過兩、三個院子天井，來到一間寬大的屋子。

屋子裡坐了兩個婦人，上首一位長相清秀、衣著華貴、神態端莊，想必是陳氏。下首一位便是王氏，含笑切開一個石榴，雙手奉給陳氏。

丫鬟垂手稟道：「夫人，小閒帶來了。」

陳氏摘了一粒飽滿的石榴放嘴裡，吸吮了汁液，淡淡道：「啞巴嗎？」

小閒上前兩步，行禮道：「小閒見過夫人。」

陳氏吃了半顆石榴，小閒膝蓋都蹲疼了，才聽她道：「跟誰學的廚藝？」

「小時候跟娘親學的。」

小閒看了陳氏一眼，剛好陳氏抬頭，饒是小閒有準備，凌厲的眼神還是讓她心裡打了個突。陳氏像是一眼要把小閒的前世今生看穿。

「先讓她做兩樣菜給妳們嚐嚐。」陳氏冷淡道。

丫鬟應了一聲，帶小閒七轉八轉，來到一個熱鬧所在，站在門口，揚聲道：「夫人說了，讓她做兩樣菜。」

刀子切在案板上的咚咚聲、說笑聲，全都停了，所有人齊齊望著小閒，眼中透著好奇。出來一個年輕僕婦把小閒領進去，來到一個圓臉的女子面前，道：「見過趙嬤嬤。」

趙嬤嬤一雙手攪拌盆裡的麵沒停，問：「妳就是那個做桂花糖藕的丫頭？」

小閒微覺意外，做這類涼拌時用的桂花是去年存下來的，並不是新鮮的桂花，不知她為什麼會看上，又是怎麼嚐到這一味的？

趙嬤嬤道：「桂花的香、藕的脆，妳都做得很好。食材簡單，能做出好味道才見功夫。」

便有人附和道：「嬤嬤說得是，嬤嬤不就是做得一手好豆腐嗎？」

豆腐本身沒有味道，又嫩又易碎，要做成美味，不知得多少好東西煨著。

趙嬤嬤微微一笑，並沒有接話，看了小閒一眼，道：「早上才送兩筐菘菜來，妳做兩樣我看看。」

菘菜，也就是白菜，同樣是簡單廉價的食材。

廚房裡的人都停下手裡的活計，分站兩排，看這個夫人特地吩咐的小丫鬟怎麼把普普通通的菘菜做出美味。

小閒剁碎豬肉，加入香菇和鹽、蔥，攪均了，把白菜葉洗淨，汆水，攤在案板上，備好的餡料放在菘菜葉中間，握起來，用韭菜紮緊；一個個菘菜燒賣做好了，放鍋裡蒸。

至於菘菜盒子的做法跟韭菜盒子差不多，一樣的香飄三里。

趙嬤嬤先送去請陳氏過目，陳氏嗯了一聲，道：「賣相不錯。」

趙嬤嬤識趣，先各試了一個，再奉給陳氏。陳氏嚐了，道：「燒賣也還罷了，這個卻是極香。」

這就算面試合格了。丫鬟帶小閒到一間小房子住下。

小閒一直想打聽小菊、盈掬等人去哪兒，梅氏怎麼樣了，卻不得其便。

陳氏吃得少，每餐的定例卻多，小閒因是特例進廚房，免了從燒火、洗菜的雜役做起，專門負責菘菜一例，只要是趙嬤嬤定下的菜牌上有菘菜，那便是小閒的活計。

很快，小閒有了外號：「小菘菜」。

跟梅氏只有一個廚娘不同，廚房裡光是掌杓的廚娘便有三個，每人各司其職，又有點心廚娘兩個，一個專做糕點，一個專做燒餅蒸餅。

小閒多聽少說，不挑活，沒少幫粗使丫鬟做些雜活，人緣不錯。

趙嬤嬤在廚房裡很有威信，她交代下來的差事，沒人敢違拗。小閒聽說，她是陳氏從娘家帶來的廚娘，陳氏吃慣了她做的飯菜，一餐不吃，渾身不舒坦。

這天，陳氏最疼愛的小兒子葉標，族中排行第十的十郎，卻因為專門為他熬粥的僕婦病了，哭鬧不休。

陳氏發火，處置了幾個丫鬟，趙嬤嬤上了很多次粥，葉標都不吃，沒有辦法，只好讓小閒試一試。這也是死馬當活馬醫了。

粥熬好，趙嬤嬤端上去，稟道：「用三種南北不同的米熬的粥，既嫩滑又有嚼頭，更有米的清香，不知合不合十郎君的胃口？」

熱氣繚繞中清香撲鼻，陳氏舀了一勺吃，覺得很香甜，口感很好。

陳氏輕拍葉標後背，柔聲哄道：「十郎，吃粥了。」

葉標就著陳氏手裡的杓子把粥吃了。

趙嬤嬤提心弔膽看著，生怕他才入嘴又吐出來。這可是幾鍋粥裡最香最滑的了，若是再不合意，誰能承受得了夫人的雷霆之怒？

陳氏眼巴巴看葉標嚼了兩下，嚥了，再次張大口。

趙嬤嬤鬆了口氣，只覺腿一軟，一跤坐倒在地。

一小砂鍋的粥很快見了底，葉標打個飽嗝，滿足地靠在陳氏懷裡。

陳氏摸了摸葉標圓滾滾的小肚子，笑道：「看來真是餓狠了。」

趙嬤嬤奉承幾句，退出來，對小閒道：「以後妳專事熬粥。」

小閒點頭答應。

晚膳時分，在傳膳前，陳氏先吩咐傳粥。「先侍候十郎吃了再說。」

趙嬤嬤這次有信心得多，看葉標吃得香甜，對陳氏道：「不如在粥裡加些桂圓。」

「不要。」葉標嘴裡含了一大口粥，含含糊糊道：「我不要別的。」

陳氏寵溺地摸了摸葉標的頭，葉標把腦袋扭開，繼續吃碗裡的粥。

門外腳步聲響，伴著丫鬟們的行禮聲，長相俊美的葉啟和葉邵一前一後進來，向陳氏行禮，道：「見過母親。孩兒給十郎弄了新奇玩意兒。」

葉啟送的是一個大風箏，葉邵送的是一副七巧板。

葉標一聲歡呼，跳起來道：「三哥、四哥，我們明天去放風箏。」

陳氏笑道：「這孩子！」

以為葉標有了好玩的，不想吃飯，沒想到他歡呼兩聲，又坐回食案前，舀起粥吃得津津有味。

葉邵道：「十郎吃得真香。」

陳氏點頭，道：「難得他喜歡。」

葉標一下子吃了兩大碗，鍋裡所剩已不多，陳氏讓丫鬟們取來碗筷，給葉啟和葉邵一人盛了半碗，道：「你們也嚐嚐。」

粥有些涼了，味道已不如溫熱時，兩人還是吃得香甜。

葉邵道：「不知誰熬的粥？如此美味。」

趙嬤嬤回道：「是新來的一個小丫鬟，名叫小閒。她年紀雖小，倒還聰慧。」

葉啟若有所思，低頭把碗裡最後一口粥吃了。

熬粥的僕婦病好了後，趙嬤嬤讓她照舊熬粥，但葉標再不喜歡吃她熬的粥，陳氏讓小閒繼續專門為葉標熬粥。

午後，小閒和趙嬤嬤對坐，趙嬤嬤道：「可別想著偷懶。妳雖有些小聰明，到底年紀小，還差得遠呢。」

小閒拈了一塊果脯往嘴裡送，道：「嬤嬤有什麼壓箱底貨，不如教了我吧。」

趙嬤嬤看她，道：「沒一點正形。妳要學我的手藝，可有想到後果？」

小閒嘻嘻笑，道：「我給嬤嬤養老送終。」

趙嬤嬤盯著小閒的眼睛直看，小閒並沒有退縮，就那麼迎視著。屋子裡靜悄悄的，只有窗外的風呼呼颳過。

「在府裡活下去，可不是一件容易的事。」趙嬤嬤開口，聲音低沈，道：「我十歲進魏國公府，後來侍候十八娘子，成了十八娘子的陪嫁，進了盧國公府，每一步看著順遂，其實很不容易。」

小閒這才知道陳氏原來出身當朝第一勛貴魏國公府，難怪一進門便是當家大婦，難怪這些年怎麼折騰，手裡人命無數，大家都當沒瞧見。

「盧國公爺是個不著調的，夫人一個女流之輩，什麼都得靠自己，著實不容易。我們做下人的，更得步步小心。」趙嬤嬤道。

小閒用力點頭。

趙嬤嬤突然笑了笑，道：「妳很多次想問舊主子的下場吧？她和帶來的丫鬟在亂葬崗。」

忽然間，小閒覺得很冷。

第一場雪無聲無息地下了。

陳氏未出閣時的閨密秀王妃，帶了女兒麗蓉郡主到訪。

趙嬤嬤親自下廚做點心，讓小閒在旁邊學。自從那次談話後，午後休息的一個時辰裡，趙嬤嬤便趁廚房沒有人，把自己的手藝教給小閒。

小閒只看一遍就會了，不用她教第二遍。

精美的點心由趙嬤嬤呈上去，小閒在廊下見麗蓉郡主和葉馨擲雪球玩，兩人笑得歡暢，身邊的丫鬟婆子一臉無可奈何，只是小聲地勸。

葉馨在族中女子中排行第四，丫鬟們都以四娘子相稱，她是陳氏的親生女兒，葉啟的妹妹。

小閒遠遠見過她幾次，每次她都是抬頭挺胸，雙眼望天，有一次小閒以為她要一腳踩空從臺階上摔下來，為她捏了一把汗。

葉馨團了一團雪，擲中麗蓉的臉。麗蓉一怔，隨即哇一聲哭了。丫鬟上來要擦，她扭頭跑進屋去了。

葉馨哼了聲，不知說了句什麼，雙手負在背後，昂首進屋。

不知大人們怎樣調停，趙嬤嬤很快回了廚房，做了一碗麵片兒湯。

麵片兒湯是最普通不過的吃食了，百姓們日常果腹就吃這個。小閒詫異。趙嬤嬤道：「麗蓉郡主最愛吃府裡做的麵片兒湯，剛才玩了雪，這不餓了。」

堂堂郡主喜歡這個？小閒湊近聞了聞，很香，跟以前吃到的清淡完全不同。

「她最愛吃嬤嬤做的吧？」小閒恍然。

趙嬤嬤笑了笑，道：「也沒什麼特別，除了放羊肉和茱萸，就是火候剛剛好。」

一碗麵片兒湯呈上去，麗蓉倒是安撫住了，葉馨不幹了，哭鬧著也要吃，於是趙嬤嬤又回來再做一碗。

晚上，趙嬤嬤讓小閒溫了一壺酒，兩人對坐小酌。

吃了兩盞酒的小閒隔著窗紙，看著外面好像有像柳絮一樣的東西，開門出來一看，歡喜道：「又下雪了，我去賞雪。」

趙嬤嬤把自己的手套遞給她，道：「別凍著。」

小閒遞回來，道：「不用。」

她撐了傘，慢慢走向屋後，那兒有一片空地，種了幾株合歡花。

廊廡裡空無一人，小閒走了幾步，轉過一個彎，突然腳步聲重重響起。她試著放輕腳步——不，她的腳還沒落地呢，腳步聲依然響起。

小閒猛然轉身，昏暗中，後面有一人，頭臉罩在斗篷中，一步步走來。她驚得張大了口，一時喊不出聲。倒是那人察覺異常，一抬頭，瞧見一個小丫鬟吃驚地瞪著自己，便道：「妳在這裡做什麼？」

聲音清朗，語氣溫和，不像異界生物，小閒才放下心，伸長腦袋仔細打量。

那人見小閒看他，把兜帽拿下來，露出一張俊朗的臉，十三、四歲的樣子。

這少年是三郎君葉啟。小閒第一次在甬道撞了他的小廝，之後無數次遠遠見他來向陳氏請安。

昨晚下雪，又恰逢文秀館休學，幾個紈褲嚷嚷著去曲池賞雪。其實曲池還沒結冰，到了那兒又一整天都沒下雪，他們不過是行酒令胡亂喝酒罷了。玩鬧了一天，回府晚了，晨昏定省也晚了，剛才來的時候，挨了母親幾句訓。

風吹在臉上，酒意上頭，前面的小丫鬟有些看不真切，只有那雙睜得大大的眼睛，在雪夜中看來，漆黑明亮。

「妳在這裡做什麼？」葉啟又問了一句。

小閒反問：「你來這裡做什麼？」

該不是和院子裡哪位漂亮丫鬟勾搭成姦吧？要真是這樣，被她撞破好事，會不會殺她滅口啊？小閒突然想跑。

葉啟修長的手指朝前一指，道：「後院有一個角門，我回院子近些。」

「這樣啊……」小閒還真不知道後院有一個角門。

葉啟眼睛無意中瞥見小閒手裡的傘，道：「拿來。」

小閒雙手奉上，道：「要不要去把你的小廝叫來？」

葉啟搖頭，接過傘，走了幾步，不知是路太黑，還是那兒有臺階，小閒看著他直直摔了下去，傘被壓在身下。

小閒奮力扶他起來，聞到他身上淡淡的酒味，見他強自站定，一抬腿卻腳步踉蹌，好氣又好笑道：「你且等會兒，我去取燈籠來。」

葉啟道：「不用，我走熟了的。」

小閒嗔道：「要摔破了皮、破了相，可怎麼去上學？」

葉啟歪頭認真考慮一下，同意了，點頭道：「倒也是。」

小閒折回來問趙嬤嬤要燈籠，趙嬤嬤倒沒問什麼，賞雪可不是得有燈籠才看得清嗎？

回來時，葉啟靠牆站著，斗篷被風吹得揚起來。他臉色潮紅，果然是喝醉了。盧國公府家教可真嚴，這樣了還來請安。

小閒提了燈籠照著前面的路，時不時提醒。「小心，拐彎了。」或者是：「前面有臺階。」

繞出廊廡，風挾著雪颳在臉上，生疼。葉啟打開傘撐在自己頭頂，小閒只好自認倒楣，任由風灌進衣領，雪落在頭上身上，又濕又冷。這時才知，賞雪並不是時時都那麼有詩意。

後院東南角靠牆好大一叢竹，竹後是一個角門。

葉啟敲了兩下，角門悄無聲息地開了，一個僕婦彎腰恭聲道：「三郎君要回去了？」

葉啟嗯了一聲，徑直出了角門，走了兩步，回頭道：「跟上。」

小閒在角門邊站住了，院門早就落鎖，僕婦哪裡會給她這個小丫鬟留門？沒得風雪夜露天凍一夜，不凍死才怪。

「燈籠你自己拿著吧。」小閒堅決道。

葉啟大概沒遇過這樣的丫鬟，一時反應不過來，僕婦已罵道：「小蹄子怎麼跟三郎君說話？這就回了夫人，活活杖斃了妳。」

小閒把燈籠遞給僕婦，道：「妳送三郎君回去吧。」

僕婦大喜，伸手接過燈籠。

葉啟大概理出頭緒，對僕婦道：「妳給她留門。」

僕婦應了聲是，悻悻地把燈籠還給小閒。

小閒無奈，只好跨出門去。好在葉啟住的院子距離陳氏的正房不遠，抄近道，一炷香也就到了。門已關了，葉啟道：「拍門。」

敲了一下，門便開了，顯然門後有人守著。

幾個丫鬟湧出來，一人道：「怎麼喝這麼多？」簇擁著葉啟進去了。

門很快關上，剩下小閒站在門口欲哭無淚。「你好歹把傘還我呀……」

僕婦果然守在那兒，見小閒回來，陪笑著開了門，道：「姑娘看著眼生，是哪處的執事？」她已經回過味來，要不是夫人屋裡的，哪敢對三郎君如此粗聲大氣地說話？守著這角門沒別的好處，三郎君時不時打賞，一個月下來得的賞銀不少，要是到別處當差，可沒這般好處。

小閒渾身上下濕透，冷得牙關咯咯作響，勉強扯了下嘴角，算是笑了一下，道：「天色不早，妳也歇了吧。」

她沒回答，僕婦更以為自己猜對了，恭恭敬敬送小閒進角門，討好地道：「若是姑娘以後需要留門，著人來說一聲就成。」

小閒含糊應了一聲，巴不得快點回房。

換下濕衣裳，又喝下兩大碗薑湯，睡到後半夜，只覺得腦袋沈重，知道是感冒了，不免發誓以後再不去賞什麼雪了。

第四章

趙嬤嬤回了夫人，著人去請大夫。

葉啟幾兄弟過來請安，葉標聽說熬粥的丫鬟病了，嘴噘得老高，道：「我不許她生病，娘親快讓她好起來。」

陳氏安撫道：「讓先前熬粥的人替她兩天也就是了。」

葉標在陳氏懷裡扭著身子道：「我不嘛，先前那個熬的粥味道太濃了，不及後來這個熬得好。」

「好了好了，」陳氏道。「就替兩天。」

王氏想起什麼似的道：「前幾天聽說誰家也有僕婦熬得好粥。」她裝作努力回想的樣子，拍著額頭道：「瞧我這記性，怎麼就想不起來了呢？」

葉標大聲道：「不要不要不要！」一個個拿他當小孩子糊弄，當他不知道嗎？

葉啟昨晚回房後喝了醒酒湯，倒下就睡，早上醒來，只記得昨夜有人提了燈籠跟著，是誰、長什麼樣卻想不起了，只有那雙又黑又亮的眼睛，一直留在腦海裡。

他並沒有把廚房裡病倒的丫鬟聯想起來，見葉標吵鬧不休，向他招了招手，道：「哥哥那裡有上好的鹿肉，要不我們烤鹿肉吃？」

葉標嘟著嘴，很不樂意地扭了扭身子。

葉邵笑道：「粥有什麼好吃呢，寡淡無味，鹿肉烤得金黃金黃的，可是香飄三里喔。」

葉標賭氣道：「我要熬粥的丫鬟烤。」一句話把屋裡的人都逗笑了。

王氏笑道：「那丫鬟只會熬粥，別的可不會。」

葉標道：「讓她現學去。」

「好好好，讓她學去。」陳氏哄著，讓葉標在身前坐好，道：「三郎今天不用進學嗎？」

葉啟回道：「昨天喝了酒，估摸著今天上不了學，已經著人向先生告假了。」

兒子一向過目不忘，一天不上學也沒什麼，不過，該問的還是得問。陳氏道：「三皇子也告假？」

葉啟回道：「是。」

陳氏便不言語了。

小閒睡得迷迷糊糊的，恍惚間，有男童的聲音道：「妳真的病了嗎？」

過了一會兒，男童推門進來，再問一聲。「妳真的病了嗎？」

小閒轉頭，床前是一個八、九歲的小廝，一副機靈相，卻是不認識。

小廝對上小閒呆滯的眼睛，自言自語。「真的病了。」

他跑出去，門沒關上，風灌進來，室內冷了許多，小閒想起身關門，可渾身痠軟無力。

好在這時，趙嬤嬤來了，放下手裡的托盤，道：「起來吃飯，大夫很快就來。」

壺。

「嬤嬤……把門關上。」小閒只覺得聲音乾澀難聽，好像不是自己的。

趙嬤嬤這才發現炭盆子被風吹熄了，罵道：「哪個下作的，故意開了門？」

小閒簡單地把剛才來了小廝的事說了。說了一句話，嗓子更是冒火，便指了指几上的水

趙嬤嬤一摸，早冷了，只得喊一個小丫鬟重新燒水來。

大夫診了脈，小廝取了藥，趙嬤嬤指了小丫鬟煎藥，自己坐在小閒床前，煎了茶喝。屋裡又是藥味，又是難聞的茶味，熏得小閒受不了，便道：「夫人那兒還得有人服侍呢，嬤嬤快去吧。」

趙嬤嬤美美地啜了一口煎茶，慢條斯理道：「夫人坐了牛車出府，想必進宮了。」

此時外出雖以馬車為主，但有一些勛貴依然承襲前朝風氣，喜坐牛車。一輛豪奢的牛車，慢悠悠走著，既顯示自己的風範，又顯示自己的身分。

陳氏出身勛貴世家，每次進宮，大多數時候坐牛車，以表示對皇后的尊重。

趙嬤嬤非要在這兒守著，小閒只好捏著鼻子認了，蓋了兩床被子發汗。

盧國公府的花園有湖，每年夏天，娘子們在湖裡划船，湖的東北角有一個八角亭，地基高出平地許多，原是夏天賞花、冬天賞雪的地方。

此時，八角亭三面用布幔圍起來，只留臨湖一面，亭中地龍燒得旺旺的，丫鬟們把醃好的鹿肉串在鐵籤子上，慢慢翻動。

葉標抱怨道：「這些人越來越懶了，湖裡的破荷葉怎麼不讓人拔了去，難看死了。」已經入冬，湖面上變黑乾枯的荷葉確實要多難看有多難看。

葉邵微微一笑，露出兩個小酒窩，道：「我不讓拔的，這樣看，多有詩意。」

葉啟在湖邊站了一會兒，返身入亭，讓丫鬟們退下，坐到爐子前，親自翻動鹿肉。

一個八、九歲的小廝悄悄進來，在葉標耳邊說了句什麼。

葉標便喊：「快著人去請大夫。」

葉啟抬頭看了他一眼，葉邵已笑道：「誰病了？我們十郎也有掛心的人了？」

葉標沒理葉邵打趣，只是連聲催促叫人。

他院裡的嬤嬤不知這位小祖宗又有什麼事，連跑帶喘，一溜煙地來了，馬上進亭子回話。「十郎君有什麼吩咐？」

葉標回頭問垂手站在布幔邊的小廝。「叫什麼名字？」

小廝回道：「叫小閒。」

「你去，著人給小閒請個大夫，好生瞧瞧，要是明天起不了床，我就告訴娘親去，說你偷懶。」葉標像個大人似的吩咐，只是最後一句話不免弱了氣勢。

「小閒？」葉啟和葉邵對望一眼。

葉邵噗哧一聲笑了，道：「不會是那個熬粥的丫鬟吧？」

葉啟也莞爾。

葉標被兩個兄長一笑，臉上掛不住，跺腳道：「丫鬟怎麼啦？丫鬟就不是人不成？」

低著頭笑的丫鬟們眼中閃過亮光，微彎的腰肢不知不覺中挺得筆直。

葉啟溫聲道：「就著人去看看也無妨，我們府裡一向沒刻薄下人，治好了也是功德。」

葉邵便收了戲謔之色，肅然道：「是。」

葉標有些得意地坐到大哥身邊，搶著要翻動鐵籤子。

很快，那嬤嬤派去的人回來了，她得了確信，才上前稟道：「已請了大夫，這會兒正在煎藥。」

「誰病了？」亭外一人道。

葉啟三人迎出來，眼前是個十四、五歲的少年，濃眉國字臉，相貌堂堂，身後跟著兩個佝僂著腰的內侍。

三人行禮道：「參見三皇子。」

三皇子擺擺手，邁步入內，笑道：「你們好會享樂，也不叫我。」一轉頭，見葉標臉上一抹煤灰，詫異道：「自己動手？」

葉啟笑道：「自己動手才有趣。」

三皇子看了看葉標面前的酒，鄙視道：「小孩子喝的玩意兒。快換酒來。」

葉標瞪了他一眼，道：「沒人讓你喝。」

三皇子自然不會跟小孩子一般見識，轉頭對葉啟道：「這天氣真是怪，夜裡下雪，白天放晴，還讓不讓人賞雪了？」

天依然陰沈沈的，指不定等會兒又要下呢。

葉啟接過丫鬟新換上的酒，給三皇子滿上，道：「這才入冬，以後有的是機會。」

葉邵吩咐重新擺一席菜餚，指明了要趙嬤嬤親自下廚，這才坐到三皇子下首，討好地道：「天氣冷，還是燙了酒再吃。」

三皇子仰脖喝了面前的酒，道：「無妨。」

趙嬤嬤離開時，小閒又沈沈睡去。醒來時，床邊坐了一個喜歡蜚短流長的丫鬟素心，道：「妳可真是好臉面，十郎君差人來問，催著給妳請大夫，還差人送了烤得噴香的鹿肉來。」她語氣誇張，拔高聲音道：「聽說是三郎君親手烤的喔。」

烤得噴香的鹿肉？小閒低頭看，碟子裡一小塊焦赤的肉，油脂結在上面，早就冷了。那麼一小塊鹿肉，最多只有兩口，想來葉標不致如此小氣，不知誰順了一些去。

鹿肉沒吃過，確實誘人，不過小閒沒胃口，裝作沒看出素心兩眼發光的樣子，道：「給趙嬤嬤留著吧。」

「嬤嬤要吃什麼沒有？」素心憤憤不平。「她可是廚房管事！」

小閒淡淡道：「這是我的心意，不同的。」

素心繃著一張臉走了。走時不知有意還是無意，門沒關緊，風從小縫裡灌進來，室內冷得像冰，炭盆子不知什麼時候又熄了。

天光大亮，陳氏坐在銅鏡前，心腹僕婦任嬤嬤站在身後，為她梳頭。

磨得鋥亮的鏡面上，照出眼底的青，陳氏嘆了口氣。

任嬤嬤勸道：「夫人不用思慮太過。俗話說，車到山前必有路，說不定明後天聖旨就下了呢。我們家三郎君這樣的才學，又一向深得聖寵，哪裡用得著夫人費心？」

陳氏道：「妳懂什麼？」

秀王妃實有深意，卻狀似無意地說，千牛備身有了缺。她著人細細打聽，果然下個月其中一人年紀到了。能在御前為皇帝奉刀的千牛備身一共只有十二人，不知多少雙眼盯著呢，三郎今年十四歲了，明年就不用指望啦。

「陛下的眼睛雪亮著呢。」任嬤嬤放下玉梳，上頭油，道：「哪家的郎君有我們三郎君出色？」

陳氏笑了。可不是，她的三郎能文能武，小小年紀便名滿京城，而且長得好，站在陛下身旁，陛下看著也賞心悅目。

任嬤嬤拿靶鏡照髮髻的後面給陳氏看，道：「這樣可好？」

陳氏只瞄了一眼，想到什麼，又道：「去查查皇后娘家是否也有適當的人選。」

昨兒她特地進宮覲見，婉轉提起這事，皇后卻以後宮不得干政為由推辭了。

任嬤嬤答應著去了，陳氏又讓人去請葉德。

葉德又新納了兩房妾，一夜荒唐，睡夢中被叫醒，忍氣來到陳氏房中，沒說兩句，挨了陳氏好一頓斥責，剛要還嘴，葉標來了，見父親在堂，便似模似樣行禮。「給父親請安，給母親請安。」

室內緊張的氣氛稍微緩解了些，葉德朝兒子招手。「十郎過來。」

葉標不過去，眼巴巴看著陳氏。

陳氏勉強擠出一絲笑，道：「快些吃飯上學去吧。」

「兒子沒有粥吃。」葉標乘機告狀。

葉德一聽，大為不滿。「什麼？府裡連給十郎做飯的廚娘都沒有？妳主持什麼中饋？」

陳氏一刻都不想再看見丈夫了，揚聲道：「請國公爺去書房。」

真是豈有此理，每次都是呼之則來，揮之則去。葉德逗小兒子的心情頓時沒了，一甩長袖，掉頭就走。

葉德補了覺，腦子清醒了，回想早上的事，不免惶恐，只好硬著頭皮過來陳氏這邊賠不是。陳氏的手段，他是見識過的，她也不用做別的，只吩咐帳房一聲，他便不能隨意支取銀子了。

暖閣裡，燈火通明，陳氏坐在食案前，趙嬤嬤坐在案側，為她布菜。

聽到「國公爺回來了」的傳報，陳氏頭也沒抬。

趙嬤嬤起身行禮，退後幾步，垂手侍立。

葉德擺擺手，道：「妳們退下吧。」

一眾人等退出，趙嬤嬤走在最後，帶上了門。

「呵呵。」葉德一時不知說什麼，只是盤腿坐在妻子對面傻笑。

陳氏白了他一眼，慢慢挾了菜，放進嘴裡。

葉德搶著拿起趙嬤嬤布菜的筷子，道：「夫人喜歡吃什麼，某給妳挾。」

陳氏又白了他一眼，依然沒說話，自顧自又挾了一片鹿肉放進嘴裡慢嚼。

葉德挾的菜放在陳氏面前的碟子裡，陳氏看也不看一眼。葉德訕訕道：「昨晚上吃多了酒，早上失態了，夫人勿見怪。」

陳氏筷尖挾起幾粒米吃了，又舀了一勺湯，放下筷子，道：「來人，撤下去吧。」

進來兩個丫鬟抬了食案下去，又進來一個丫鬟把氈毯換了，收拾好，重新帶上門。

「夫人……」葉德陪笑。

陳氏的貼身丫鬟明月在門外道：「夫人可要吃茶？」

陳氏的習慣是吃過飯後，必要吃一碗茶。她因茶癮很大，不似閨閣中女子用盞，而是跟外頭男子一樣用碗。

陳氏道：「煎來吧。」

葉德插話道：「給我也來一碗。」邊說邊看陳氏臉色，道：「我從下午到現在，還沒吃茶呢。」

陳氏依然沒看他。

不一會兒，明月煎了茶來。

葉德端起來一口飲盡，讚道：「明月的手藝越來越好了。」

明月捂著嘴笑，道：「國公爺怎麼有時間來我們這裡吃茶？」

可不是，一向夫人不請，國公爺是不會來的。

葉德又訕訕地笑，道：「哪有。」

門外一人道：「娘親可用過膳了？」葉啟邁步進門，發現父親也在，不免有些意外，上前行禮。

葉德見兒子如見救星，大模大樣地嗯了一聲，道：「今天可上學？」

他這裡考校兒子功課，陳氏一轉身，進內室去了。

葉德便朝兒子擠眼睛，低聲道：「你娘生氣啦，你勸勸她。」

父親畏娘親如虎，府裡誰人不知？葉啟答應一聲，揚聲道：「娘親，兒子拉得動一石弓了。」

一石弓？陳氏心裡歡喜，臉上帶笑走出來，道：「可射得中紅心？」

在兒子周旋下，陳氏總算不再當他是空氣了，葉德暗自鬆了口氣。

第五章

小閒昨天出了一身汗，又再次著了風寒，睡得很沈。

趙嬤嬤好不容易哄葉標吃了一碗粥，已是聲音沙啞，嗓子冒煙。

收拾完到小閒這邊，摸摸小閒額頭，見額頭不燙，給她掖了掖被角，讓小丫鬟去煎藥，自己守在床前，拿了茶餅在火上炙烤，準備吃茶。

小閒夢見小菊被人勒死，嚇得出了一身的汗，驚醒過來，病反而好了大半。

這天，小閒鋪一張墊子在臺階，懶洋洋地曬太陽。一顆木球骨碌碌滾了過來，木球上紅色的漆在陽光下閃著耀眼的光。小閒撿起來，在手裡把玩。

「喂——」一張揚的童聲打斷了小閒的思緒，一個八、九歲的男孩站在面前，擋住了腳邊的陽光。

小閒站起來，行禮。「見過十郎君。」

葉標伸出手。「把球還我。」

原來是他的。

葉標拿了球轉身走了兩步，想起什麼，又回頭道：「妳是那個給我熬粥的丫鬟嗎？」

小閒應了聲是。

「以後不許生病！」葉標命令道。

小閒一怔，若沒有趙嬤嬤照顧，一個小小的風寒不知挺不挺得過，誰願意生病啊。

「聽見沒有？」似是沒有得到小閒的回答，葉標很不高興，語氣加重。

「十郎！」麗蓉郡主站在遠處朝葉標招手。「我們去找三郎玩吧。」

麗蓉身披大紅斗篷，頸間一條白色狐狸毛領更襯得她肌膚粉嘟嘟的。

葉標瞟了她一眼，扭過臉看著小閒，顯然她沒一碗粥重要。

見葉標沒有理她，麗蓉並不生氣，一步步走過來，去拉葉標的手，道：「我們去找三郎玩，讓他帶我們去打獵。」

小閒只好行禮道：「見過麗蓉郡主。」

麗蓉看也沒看小閒，手被葉標甩脫，又去抓他的手，道：「走吧。」

葉標再次甩開麗蓉的手，道：「我不去文秀館。」

四郎說，再過兩年，他也要去文秀館上學，那裡的先生講課聽不懂，他可不想去。在小丫鬟面前一再被落面子，麗蓉惱了，大聲道：「我不跟你玩了！」

葉標撇嘴，道：「我才不跟妳玩呢。」抱了球跑開了。

麗蓉一張小臉脹得通紅，大聲道：「我告訴娘親去，我、我……以後不來你們府了。」

真是小孩子。小閒重新坐下，直到日頭快升到空中，才起身去熬粥。身體雖然沒好索利，熬一鍋粥還是辦得到的。

兩、三個僕婦在水槽邊洗魚洗肉，見小閒走近，紛紛讓開，一人笑道：「姑娘先來。」

小閒含笑道了謝，倒了泡米的水。

「姑娘有什麼吩咐儘管說。」又一人討好地道。

自從小閒病後重新進廚房，這些人或是不停打量她，或是刻意討好。

看著小爐子跳動的火焰，不知不覺，小閒腦子裡又浮現前兩天作的夢。小菊在哪兒呢？照趙嬤嬤所說，她應該還活著才是，卻不知身在何處？

廚房裡專司做點心的廚娘笑盈盈站在身邊，遞了一碟子煎得焦黃的羊頭籤，道：「姑娘嚐嚐。」

小閒站起來，推辭道：「這是為夫人準備的，我怎麼敢用？」

廚娘笑道：「我多做了幾個，不妨事的。」

「小閒姊姊，妳可吃煎茶？我這裡還有一盞。」一個小丫鬟手裡拿著一個托盤，托盤上放著一盞煎茶。

小閒擺手。「我不吃。」拿起一個羊頭籤咬一口，又油又膩，嗓子彷彿被油堵住了。

下午，趙嬤嬤再次回了陳氏，請了大夫來診脈，開了調養的藥。

取藥的小廝道：「姊姊好福氣，別人不過是請大夫看一次，姊姊看了兩次呢。」府裡的丫鬟並不是個個病了都能請大夫的。

她剛煎藥，外間卻喊起來，許多人跑來跑去，說葉標拉肚子了。

「小郎君是吃了不潔的東西。」薄太醫診了脈，道：「先吃兩劑藥看看如何吧。」

「查，給我查！」陳氏冷冷道。敢把主意打到她的十郎身上，看來是不想活了。

「夫人，十郎一向只吃小閒那個丫頭熬的粥，您看……」一個僕婦似有意似無意道。

小閒被關了起來。

室內一點點地暗了下來，廊下已點了燈籠。沒有地龍，沒有燒炭盆，屋裡冷得像冰。小閒的腳凍麻了，手攏在袖裡，在小小的屋裡不停地轉圈。

一個紙包的東西從窗戶遞了進來。

「嬤嬤讓我送來的。」幫著煎藥的小丫鬟又遞進來一個手爐，道：「嬤嬤說已經在想辦法了。」手爐燒得正旺，小閒心裡也暖暖的。

紙團裡是兩個饅頭、兩個炊餅，尚溫熱。

小閒大口吃著，噎得直打嗝。吃飽了，感覺沒有那麼冷，她抱著手爐坐在地上，讓手爐暖和那冰冷沒有感覺的腳，靠著牆迷迷糊糊地睡了過去。

陳氏坐在葉標床沿，臉色鐵青，葉啟等兄弟以及葉馨等姊妹都圍在床邊。

「十郎君中午吃了一碗粥，肉和菜並沒有動筷。秀王妃來時帶的點心，十郎君吃了一個用炒米花拌飴糖做成的歡喜糰，吃了半盞煎茶，再沒有吃什麼了。」葉標的大丫鬟暖冬垂手稟道。

也就是說，極有可能粥裡加了不應該有的東西。

陳氏讓葉啟帶弟妹們離開，葉啟知道娘親有正事要辦，帶弟妹們行禮退下了。

「粥還是那個小丫鬟熬的嗎？」陳氏望向趙嬤嬤。

趙嬤嬤道：「是。」

陳氏道：「她會不會因為梅氏的事記恨於我，報復在十郎身上？」

「她是人牙子買來的丫鬟，梅姨娘進府後才撥過去侍候的。剛到梅姨娘屋裡不到一個月，梅姨娘打了她三十棍子，差點沒把她打死。」趙嬤嬤道。

小閒是她舉薦到廚房的，她相信小閒不會蠢到做這樣的事。

陳氏道：「既然如此，報仇一說便不成立了。派人去秀王府問一聲，王妃帶來的點心是哪個廚子做的，別的人吃了，可有什麼不妥？」

這是懷疑秀王府的人做手腳了。自有人答應一聲去辦理。

梆子敲了兩下，葉標翻了個身，對一直守在床前的陳氏道：「娘親，我餓。」

這一聲餓，把陳氏的眼淚都勾出來了。她立即吩咐傳飯。

葉標有氣無力道：「我不吃飯，我要吃粥，小閒熬的粥。」

「叫小閒過來。」陳氏道：「在屋裡熬粥。」

小閒又被凍醒，聽梆子聲響，只有二更。

腳步聲響，門打開，一個僕婦高聲道：「夫人命妳去熬粥。還不快去！」

踏進暖烘烘的室內，小閒幸福得想哭，這才是人待的地方嘛。

葉標道：「我要吃粥。」

「是。」小閒麻利地淘了米，生爐子熬粥。

一個管事進來，在陳氏耳邊說了幾句什麼。
陳氏道：「她也太不小心了，新來的廚子弄出來的東西，怎麼能帶到我們府？」
秀王妃得知葉標病了，派人過來探望。
接著，葉啟來了，道：「我讓人做了幾樣點心，都很美味，或者十郎會吃一點。」
「哥哥。」葉標可憐巴巴地叫了一聲，道：「我不要吃點心。」
陳氏蹙眉，道：「這孩子真是挑食。」
葉啟露出細白整齊的牙齒，拿起一塊紅紅白白很好看的糕點，道：「很好吃的，十郎嚐嚐就知道了。」
這糕，顏色十分搶眼，葉標似乎有些動心。
「吃一塊試試。」葉啟說著把葉標抱坐起來。
葉標靠在哥哥懷裡，就著哥哥的手吃了一口。
「呸！」就在所有人以為他會嚥下，再吃一口時，葉標張嘴把糕吐出來了。
「不好吃，味道怪怪的。」他小臉皺成一團，看著葉啟道。
葉啟笑，慢慢道：「不好吃啊……」這是他回去後讓廚娘趕著做的，還熱乎呢。
「不好吃！」葉標很肯定地道。
陳氏氣極。「這孩子真不像話！」
那還不是妳慣的。丫鬟僕婦們心道。
室內只有咕嚕咕嚕的砂鍋冒泡聲音，一雙深邃明亮的眼睛看了小閒一眼，然後停在她面前的砂鍋上。小閒側頭，一張俊臉映入眼簾，長眉入鬢、星目朗朗，偏生臉上是一副若有所思的神情。

葉啟的目光再次投過來，四目相對的一刻，各自轉開。

長得不錯，難得的是這份沈著從容。她小小年紀，怎麼能如此沈著？

這人怎麼這樣？小閒睨了葉啟一眼，再不看他。

小丫頭生氣了呢。葉啟勾了勾唇角。

粥好了，趙嬤嬤端上來，放在食案上，陳氏道：「先讓她吃。」

趙嬤嬤應了，給小閒盛了一碗。

小閒狂喜，在小黑屋關了大半天，又餓又渴，有一碗熱粥吃，實在是太好了。

陳氏看小閒狼吞虎嚥，把一碗粥吃得乾乾淨淨，神色複雜。

「我要吃。」葉標雀躍道，一把搶過葉啟手裡的杓子，道：「我不要哥哥餵。」

葉啟笑看葉標大口大口地吞粥，道：「真的很好吃嗎？」

葉標顧不得說話，幾大口吃完，把空碗遞過去。「還要。」

吃了兩碗，葉標還要，葉啟哄道：「一下子吃太飽不好，不如把丫鬟留在這兒，過兩個時辰再熬一次粥。」

葉標待陳氏給他擦了嘴，指著小閒道：「妳留在這裡。」

小閒垂首應了。一道若有若無的視線瞟過來，她抬眼望去，那道視線卻收回去了。

半個時辰過去，陳氏看著沈沈睡去的葉標，揮了揮手，丫鬟僕婦們退了下去。

小閒靠在牆邊快睡著時，有人扯了扯她的衣角。

葉標站在身前，道：「不許貪睡。」

天快亮了，這位小祖宗又吃了兩碗粥，心滿意足地再次睡去。

這次的粥，小閒加了兩個雞蛋，撒一把蔥花，葉啟走進來時，香味還未散。

「做了什麼？這麼香。」他道。

鍋裡剩下的，小閒毫不客氣地吃了，這會兒滿足地欣賞窗外的天色一點點變亮。聽到聲音，她轉過身行禮，道：「見過三郎君。是雞子粥。」

「雞子粥？」葉啟道：「妳手倒巧。」

只是最普通不過的雞子粥，怎麼就手巧了？小閒不解。

獲准回自己小屋，已是快晌午了，小閒打著呵欠推開門，屋裡如同遭了賊，被褥被翻起，幾件換洗衣裳丟在地上，紮頭髮的頭繩被踩髒。

小閒匆匆收拾一下，倒頭就睡，被喚醒時已快天黑。

趙嬤嬤端了一壺酒、兩個菜，放在矮几上，含笑道：「給妳壓驚。」

小閒心裡感動，緊緊拉著趙嬤嬤的手，用力道：「謝謝。」

第二天上午，陳氏派人喚小閒過去。

小閒行禮畢，陳氏放下茶碗道：「妳在十郎的粥中加了雞子？」

十郎告訴他，昨天的粥比往常要香，嚷著要開小廚房，讓小閒當執事。

「是，加了兩個，打散了倒進去的。」小閒道。

兩個雞子而已，算得什麼事，可是十郎卻吃得香甜。這孩子自從斷奶後便不愛吃魚肉青菜，只愛吃白粥，雖然慢慢長大，比起同齡人卻是瘦弱多了。

「賞。」陳氏道。

陳氏賞了一貫錢，小閒行禮道：「謝夫人賞。」

陳氏道：「以後在粥裡加些魚肉。」

小閒應了。這一次的粥，如同往常一樣的白粥加入香油、醬油、蔥、薑、鹽，收了火，盛在雪白的碗裡，與往常不同的是碗裡加了剔骨洗淨、切得薄薄的生魚片，攪動間，生魚片燙熟，香氣撲鼻。

「好香。」葉標顧不得燙，大口吞嚥。

小閒勸道：「十郎君小心燙。」

葉標很快吃完一碗，忙去看鍋裡。

小閒再次盛粥的時候，葉德來了，風塵僕僕，身上的斗篷又是沙又是雪的。

葉標站起來行禮。「父親。」

「你不是病了嗎？好些沒有？薄太醫怎麼說？」葉德連珠炮似的發問，讓葉標有些呆呆的，不知怎麼回答。

「什麼這麼香？」葉德剛坐下，眼睛便停在案上一碗冒著熱氣的魚膾粥，再也移不開。

葉標不得已，只好說實話。葉德讓小閒盛一碗上來。

「嗯，香，好吃，不錯。」葉德邊吃邊讚。

陳氏來了，繃著臉道：「怎麼這時候才回來？」

葉德埋頭把碗裡的粥吃完，接過丫鬟遞來的錦帕擦了擦嘴，道：「昨天接到消息，我連夜趕回來。」

陳氏狐疑，讓人去傳出城報信的小廝進來回話。

葉德心虛，岔開話題。「吃了不乾淨的東西？下人怎麼侍候的？都該發賣了。」

葉標二話不說跑了出去。不一會兒，又跑回來，身後還跟著一人。

葉啟行過禮，道：「聽說父親要發賣熬粥的丫鬟？兒子那裡正缺丫鬟，不如送給兒子。」

葉德還沒說話，陳氏故意道：「十郎要是捨得，三郎領了去吧。」

葉標嘻嘻笑。「娘親，我怎麼捨不得？」

捨得還趕著去搬救兵？陳氏道：「以後可得好好吃飯，不許挑食。」

「嗯。」葉標大力點頭。

葉啟告退。走到院子裡，葉標追了出來。「三哥，我以後去你那兒吃飯喔。」

小閒撥去葉啟院裡的消息，不到一刻鐘就傳遍了陳氏的院子，眾人各有禮物相送，小閒拿出五百錢，請眾人吃酒。

第六章

小閒拎著小小的包袱，隨僕婦邁進院門。

一個皮膚白皙、鵝蛋臉，嘴角有一粒美人痣的丫鬟，就是葉啟最得用的大丫鬟錦香，她年約十五歲，微微一笑，明豔動人。

錦香給小閒指了房間，也是單間，比在陳氏院裡的還大些。

剛安頓好，錦香便讓人過來找。「十郎君來了，叫妳過去一趟。」

葉標坐不住，和幾個丫鬟玩捉迷藏呢，跑來跑去讓蒙了眼的丫鬟去捉他，那丫鬟直直走去，沒提防前面有一棵樹，一頭撞上了。

葉標拍手大笑，小廝們也跟著大笑，一起玩的丫鬟也笑，院子裡笑聲一片。

小閒在臺階下站定。

葉標笑得眼淚都快出來了，身子左搖右晃，一扭頭，看到小閒垂手站著，便跑過來，道：「小閒姊姊，妳以後在哥哥這裡給我熬粥，我每天過來吃喔。」

小閒行禮。「謝十郎君救命之恩。」

葉標擺擺手，小閒起來。

午後，陳氏把小閒叫去，道：「好好當差，若有差錯，妳十條小命也不夠杖斃的。」

小閒恭恭敬敬道：「小閒一定好好當差，不敢偷懶。」

陳氏沒再說話，只是揮了揮手。
錦香在廚房劃出一小片地方，說是專門供小閒熬粥用，又道：「要用什麼，跟我說，我讓人給妳送來。」
廚房裡，兩個廚娘竊竊私語。「什麼來頭，錦香姑娘這麼另眼相看？」
「說是三郎君問夫人討來的，錦香姑娘當然要好生對待了。」
兩人說著，眼角不時瞟一眼小閒，小閒微笑著看她們，只當她們議論的不是自己。
趙嬤嬤來了，道：「錦香聰明用心，對三郎君忠心耿耿，三郎君的喜好就是她的喜好，只要妳能得三郎君青眼，她自然對妳不差。」
小閒應了。
葉標果真飯點必到。這天，小閒在廚房熬粥，兩個廚娘極力奉承，門口一個小丫鬟道：「嬤嬤，我家郎君讓我來取粥。」
廚娘轉過身，小閒也抬頭望去，門口燈下，一個尖下巴臉的丫鬟陪著笑。
一個廚娘迎過去。「是十郎君院裡的吧？外面冷，快進來吃盞熱茶。」
小丫鬟邁步進來，感覺到兩道視線一直看著自己，回望過去，不禁呆住了。
或者一眨眼的工夫，或者有一個世紀那麼長，兩個年紀相若的小丫鬟緊緊抱在一起。
「小菊！」
「小閒！」
「沒想到妳在十郎君那兒，可想死我了！明兒下午妳過來找我，我們好好聚聚。」小閒強抑激動，拭去小菊臉上的兩道淚痕道。

小菊點頭，提了食盒出門，小閒一直送到院門外，看著小菊的背影消失在夜色中。

「大冷的天，在這兒幹什麼呢？」一個清朗的聲音道。

葉啟站在門口，身披黑色滾金邊斗篷，身後跟了幾個小廝。

「多謝三郎君救命之恩。」小閒行禮。

葉啟道：「謝就不用了，整治幾樣菜給我嚐嚐就行。」

小閒一怔。

「簡單的白粥都能熬得那麼好，做幾個菜更不在話下吧？」葉啟笑道。

小閒也笑了。真是聰明人。

錦香迎葉啟進屋，接過他的斗篷，道：「郎君可吃過飯了，廚房裡留了幾個菜。」

葉啟道：「已讓新來的丫鬟另做了，妳先煎茶來。」

錦香煎好茶，見葉啟坐在几案旁，不知想什麼想得出神。她不敢出聲打擾，輕輕放下茶碗，跽坐一旁。

約莫過了兩盞茶的工夫，葉啟微微蹙了蹙眉，端起案上的煎茶一口喝了，掃了兩碟子點心一眼，道：「這是誰做的？」

「廚房做的。」

葉啟嗯了一聲，沒有動。

小閒做了四個菜，廚娘姜嬤嬤爭著送過去。「外面冷，姑娘身子單薄，可吹不得風。」

小閒客氣兩句，也就隨她了。

晚上，廊廡盡頭，小屋的門被推開，錦香笑吟吟道：「不知妳在這兒可習慣？我過來看看。」

「謝謝錦香姊姊關心。」小閒不亢不卑道。

錦香自顧自在榻上坐了，道：「妳在夫人那兒當差多久？」

「承蒙郎君們青眼，」小閒含笑道。「我在夫人那兒只當了幾個月差。」

這一夜就這樣過去，午後的陽光灑在院子裡，幾個丫鬟邊曬太陽邊做針線。

小菊來了，小閒帶她回自己小屋，兩人敘話。

小菊走後，小閒做了椰香餅呈上去，葉啟吃了，隨口讚了兩句，錦香便愛上這餅了，常讓小閒做。

或許是看在小閒能做得一手好點心，深得葉啟喜歡的分上，錦香對小閒很不錯。這天，小閒提了食盒過來，見男式衣袍鋪滿匡床，床邊堆了幾雙牛皮靴，不解地問：「姊姊這是做什麼呢？」

錦香笑道：「三郎君差人來說，明天陪陛下打獵。我給郎君準備衣袍，妳也多備些點心。」

「三郎君要去打獵啊？」小閒看著一屋凌亂，像是要搬家的樣子，道：「去多少天，得帶這麼多東西？」

「不知道呢，不過臨近年關，估計時間不會太長。」錦香道。

第二天天還沒亮，葉啟一身戎裝，英氣勃勃地跨上馬，在錦香迷醉的眼神中，被小廝們簇擁著去了。

葉啟書讀得好，釋經講義不僅先生誇讚，皇帝也說好，詩辭歌賦更是名滿京城，至於弓箭馬術是必備功課，自然沒得說，他還只有十四歲，真正的前途無量。

驪山獵場一改往日的平靜，呼喝聲此起彼伏，幾百騎在樹林山間馳騁包抄，驅趕得黃羊兔子們驚慌逃竄，十幾位身著戎裝的少年紛紛彎弓搭箭。

一隻兔子屁股著箭，驚慌逃竄而去，引得一個錦袍少年拍掌大笑，嘲諷道：「三哥的箭術又進步了。」

三皇子沒有出聲，背後一枝箭如流星趕月，飛一般追著那逃竄的兔子去了。

少年橫了鬆開弓弦的葉啟一眼，招呼同伴。「走，我們到另一邊看看。」

呼啦啦，幾十騎簇擁少年去了。

天色漸暗，營帳前火把照耀亮如白晝，一群人簇擁著皇帝走來。

一堆堆的獵物堆在地上，葉啟面前的獵物尤其多，他腳邊還有一隻捆得結結實實的活豹子，毛色鮮亮，一身漂亮的金錢紋。

葉啟見皇帝的眼睛停在豹子身上，道：「受了傷，性命無礙。」

皇帝沒吭聲。

葉啟又道：「待傷好，獻予陛下。」

皇帝笑罵道：「胡說，朕是奪人所好的人嗎？」

葉啟道：「獵下這頭豹，臣與三殿下說過，打下來獻予陛下。因存了這個心思，才沒有傷牠性命，為此趕了三十里山路呢。」

三皇子在一邊幫腔。「是啊是啊，父皇，三郎可是一片真心。」

「這還罷了。」皇帝說道，又轉頭罵三皇子。「你的箭術也該長進了，怎麼連豹子也射不中。」

三皇子兩手一攤，抱怨道：「兒臣馬失前蹄而已。馬不如人家好，跑不過人家，有什麼辦法？」

錦衣少年撇撇嘴，對身邊的同伴道：「明明是箭術不行。」

少年是五皇子，因生母的妃位比三皇子生母高，打小對三皇子不大尊重，他多次挑釁都因三皇子息事寧人而作罷。

皇帝回頭斥責五皇子。「你還有臉說！你的獵物最少。」

親王勛貴重臣們圍繞在皇帝身邊，少年們年輕氣盛，不耐煩跟在父輩身邊受拘束，相約一起，半途又分為兩組，這時一看，可不是五皇子那一組的獵物少些，其中尤以五皇子的最少。同伴要把自己的獵物勻些給他，他哪裡落得下這個臉，硬是沒要。

受了斥責，五皇子臉一紅，辯解道：「兒臣還小嘛，力道弱了些。」

「過兩年要是沒長進，看朕不打折你的腿。」皇帝半真半假道。

夜深了，又在山裡，氣溫陡降，內侍勸皇帝入營帳歇息。

皇帝盤腿坐在胡床（注）上，朝葉啟招了招手。

葉啟快步過來，行禮道：「陛下。」

皇帝道：「坐吧。」自有內侍搬了胡床放在下首，葉啟謝賜坐後，坐下。

「朕聽說你母親天天纏著皇后，要朕賞你個千牛備身，可有此事？」

葉啟淡淡道：「臣不知。臣不想要這個。」

皇帝聽葉啟這麼說，一條腿踹了過去，葉啟不敢逃，挨了一下。內侍目瞪口呆。皇帝對皇子們從沒如此親近，這是要把葉啟當成子姪輩教導嗎？

「就知道偷懶。」皇帝道：「難道為朕捧刀會把你累死嗎？」

千牛備身每天站在皇帝身邊，朝堂中有個風吹草動，肯定是第一個知道的人。君心難測，能揣測帝心，在朝堂上是多大的便利？

葉啟撓頭。

皇帝又道：「你想偷懶，朕偏不讓你如意，過了年，給朕站班輪值吧。」

葉啟只好應了，臉上一副很勉強的欠揍表情。

「告訴你母親，後宮不能參政，婦人同樣不得議政。」皇帝道。

葉啟跪下替母親請罪。

皇帝道：「起來吧。你母親是你母親，你是你。從來沒有聽說兒子管教母親的，你把朕的話傳到就行。」

皇帝在獵場說的話，第二天便傳回京城，該知道的人都知道了，陳氏為此和葉德大吵一

注：胡床，一種可以摺疊的輕便繩椅。椅腳交叉即能折疊，背後設有靠背。靠背的花樣古時多為栲栳樣。

架。

四天後，皇帝聖駕回京，葉啟伴駕到宮門口，恭送皇帝入宮，和三皇子道別，各自回府。

葉啟和陳氏說了半天話，葉德回來，揀要緊的又說了一遍。

葉德抱怨道：「你小子太不懂事，皇上狩獵沒透一點風聲，為父可是射得一手好箭，要不然我們父子一起奪了頭名，豈不是美談。」

葉啟應聲，低頭吃茶。

陳氏翻了翻白眼，道：「就憑你？幾時見你練過箭？」

葉德訕訕地笑。

陳氏便吩咐擺膳，把三郎打的獵物做了兩個菜端上來。

葉標、葉馨等弟弟妹妹也來了，候在廂房，待兄長與父母說完話，進來互相見了禮，說起葉啟成了千牛備身，過了年要去宮裡輪值，都歡喜不已，暖暖燈下，笑聲一片。

葉標拉著葉啟的衣袖，仰起小臉，道：「三哥，我也要射箭，你教我。」

葉邵笑道：「你站起來還沒長弓高呢，等你像三哥這麼高了再練。」

姊妹們便都掩著嘴笑，葉標被笑得耳根子都紅了，扯著葉邵的衣角不依。

這邊說笑，陳氏的眼角無意間掃到庶出的葉豐，笑容凝滯了一下。葉豐在族中男子中排行第七，出生不到三個月生母便去世，寄在她名下，一直由乳母撫養長大。他可不小了，一直就這麼混日子。

葉豐笑看兄弟糾纏，猛然感覺到陳氏冰冷的目光，笑容僵硬，拿起一塊糕做掩飾，慢慢吃起來。

葉啟吩咐把獵物拿來，分給弟弟和妹妹們。

獵物抬來，葉馨先要了兩隻兔子一隻山雞，葉標要了葉啟的箭把玩，葉啟叮囑不能弄傷手，才給了他。

葉豐站在後面，避開陳氏陰寒的目光，感覺呼吸順暢了不少。

葉邵幫葉標挑了一隻黃羊，哄他說明天烤羊腿吃。葉標玩了一會兒，嚷肚子餓了，飯菜早擺好，新做的兩個野味也上了桌，一家人圍坐說笑用了晚飯。

錦香等在院門口，腿快凍僵了，葉啟還沒回來。

小閒勸她進屋，道：「臉都要凍壞了，快進來暖暖。派兩個人去夫人院裡守著就是了，待郎君吃完飯飛奔來報，我們再到門口迎接。」

「是啊是啊。」凍僵的又不止她一人，大家附和道。

錦香還是不放心，派兩人去陳氏院裡守著，兩人在自己院門口守著。

葉啟快三更才回來，為了在母親面前替父親周全，他多吃了幾盞酒。葉邵又提議在席上吟詩，輸的吃酒，葉標自然每輪必輸，次次由葉啟替吃，如此一來，葉啟不免吃多了。

小廝要扶他，被他推開了，雖然頭有些暈，步子還是邁得穩穩的。

「恭喜三郎君，賀喜三郎君！」丫鬟們曲膝行禮齊聲喊，然後圍攏過來，倒把小廝們擠開了。

「外面冷，回去吧。」葉啟說著當先而行。

風中隱隱飄來酒氣，小閒落後兩步，轉身去了廚房。

取出溫好的酒壺，錦香斟了兩盞，嬌笑道：「奴婢敬三郎君一盞，恭賀三郎君前程似錦。」

葉啟還沒說話，二等丫鬟翠煙斟了一盞酒，搶上一步，擋在錦香面前，道：「奴婢恭賀三郎君自此平步青雲。」

錦香差點沒氣暈過去，手一抖，酒灑了出來，全灑在襦裙上。

葉啟隨手接過酒杯，道：「妳們辛苦了，吃了這一盞，都歇了吧。」

便有丫鬟不依道：「奴婢們還沒敬郎君呢。」

葉啟道：「天色不早，都收拾歇了吧。熱水侍候，我洗個澡。」

郎君既然這麼說了，丫鬟們不情不願也好，心有不甘也好，都只得退下。

小閒手捧托盤進來，錦香因被別人擋在前頭，心裡不爽，沒好氣道：「酒菜都撤下了，妳還來做什麼？」

郎君連她精心安排的菜餚都沒嚐一口呢。

小閒微微一笑，道：「我煮了醒酒湯。」

「有醒酒湯？」裡間的葉啟大步出來，從托盤上取了白瓷碗，一飲而盡。

錦香訕訕道：「還是妳想得周到。」

葉啟放下白瓷碗時，不經意掃了眼前小丫鬟一眼。長眉疏淡有致，大大的眼睛亮晶晶的，從剪水雙眸中能看到自己的影子。

「妳是……」他想了一息，道：「那個熬粥丫鬟？」

小閒笑道：「是。天色不早，郎君奔波一天，還請早些安歇。」

看著她退出去的背影，葉啟有些怔神。

「郎君。」錦香喚了兩聲，又扯了扯葉啟的衣袖，道：「熱水備好了。」

葉啟喔了一聲，轉身進了淨室。

錦香站在淨室門口，一臉無奈。葉啟沐浴從不用丫鬟侍候，沒有機會下手呢。

第二天，旨意便下來了，送禮駕喜的人踏破了門檻。

「小閒，妳來。」錦香朝坐在廊下曬太陽的小閒招手。

箱籠打開，錦香拿出一件一件的錦袍，道：「妳幫我看看，明天的宴席，郎君穿哪一件？」

明天，夫人宴請京中的勛貴們，請了有名的戲班子德勝社唱大戲，可想而知，三郎君一定會萬眾矚目，不好好打扮一番怎麼行呢？

新做的衣裳花花綠綠的，就算是少年，穿這麼花真的好嗎？

小閒看了半天，道：「妳問過三郎君的意思沒有？」

錦香道：「我先挑，挑好了再請三郎君過目。」

她太在意了，生怕葉啟不能在客人們面前閃亮登場。

「三郎君長得好，穿什麼都好看。」小閒籠統地道。

錦香點頭，不無驕傲地道：「我們郎君長得可真是好，特別是那雙眼睛，跟會說話似的。」

是嗎？小閒只覺得葉啟雙眼深如潭水，高深莫測，一眼看透人心。

第七章

宴席那天，小閒特地留意了，葉啟穿的是一件大紅錦袍，更顯得唇紅齒白，神色飛揚。

丫鬟們都跑去玩了，小閒閒著沒事，拿了小棍子在沙地上練字，遠遠聽得絲竹鼓樂之聲傳來，頗有現代京劇的韻味。

寫了一會兒，虛掩的門被推開，麗蓉郡主來了。

院裡沒什麼人，小閒只好迎出去，行禮道：「見過郡主。」

麗蓉倨傲道：「煎茶。本郡主去三郎屋裡坐會兒。」

小閒上了茶退出來，找人去前院遞話。

過了小半個時辰，小丫鬟來報。「郎君和三皇子、文信侯府的十八郎君、鄭國公府的十四郎君一同出府了。」

也就是說，一時半會兒不會回來。

麗蓉郡主氣得砸了茶盞，走了。

花園裡，陳氏詫異道：「三郎出府了？妳們沒告訴他麗蓉在這兒嗎？」

明月低頭小聲道：「說了。三郎君原是要回來的，鄭國公府的十四郎君非拉著三郎君去蒔花館，說讓三郎君請客聽曲。」

蒔花館的規矩，白天只是聽曲，夜幕降臨才會做勾欄的勾當，所以白天也有女客，少年人白天去倒不妨事。

陳氏要說什麼，秀王妃忙道：「麗蓉小孩子心性，哪裡真有什麼事，由她去吧。」

宴席到傍晚才散，葉啟天黑前回來，俊臉薄紅，由小廝扶著進院子。

這日，寒風呼呼，鉛雲密布，眼看著雪就要下來了。

葉馨身著大紅狐狸毛斗篷，在丫鬟簇擁下直衝進來，錦香迎了出去，含笑道：「四娘子來了，快請屋裡坐。」

葉馨看都沒看她，望向起居室，道：「三哥呢？」

「三郎君上學還沒回呢，妳請屋裡坐。」錦香說著，打起厚厚的氈簾。

葉馨游目四顧，道：「妳們這裡那個做點心很好吃的丫頭呢？」

錦香微微一怔，道：「您找小閑？」

葉馨不說話，去了起居室，丫鬟們簇擁而入，倒把錦香晾在外面。

大丫鬟雅琴去廚房找小閑，道：「四娘子喜歡甜食，皮要酥脆，餡要甜膩。妳上次做那個滴酥泡螺也要一些，我們院裡的人都喜歡吃呢。」

說著，從荷包裡掏出一個赤金戒指遞過去，道：「這個妳拿著玩吧。」

小閑不肯收，雅琴硬要給，推來推去幾次，小閑只好收下了。

兩人說了一會兒話，小丫鬟跑來道：「小閑姊姊，四娘子喚妳。」

葉馨吃了點心，這會兒在吃茶。

「我問三哥討妳過去，妳給我做點心可好？」她道。

小閒微微一笑，道：「這個，可不是婢子說了能算，主子們派給婢子差事，婢子盡力做好就是了。」

葉馨滿意了，道：「倒是個懂規矩的。」又讓人去文秀館看看，眼看著快下雪了，怎麼葉啟還不回來？

冬天天黑得早，天氣又不好，不過申時末天就黑了，雪倒是一直沒下。

葉馨是個坐不住的，留下三哥回來說一聲的話，帶著丫鬟們回去了。

錦香送到院門口，轉身去了廚房，看小閒在廚房裡忙碌，嘆息道：「人都說藝多不壓身，我看妳是藝多惹禍。」

「怎麼說的？」小閒抬頭看了她一眼，手上不停。

錦香把廚房裡的人打發出去，掩上門，道：「四娘子刁蠻任性，難侍候得很，可沒有我們郎君好脾氣。」

原來是為這個。小閒淡淡一笑，道：「三郎君自有主意，姊姊不用擔心。」

葉啟城府深著呢，可不是沒有主見的人。他一副迷死人不償命的笑容，卻不見得真的像表面上看起來那麼和善。

葉啟直到起更才回來，換了家常衣裳。

燈下，他的俊臉似染上一層薄紅，錦香看他的眼神更加迷醉了。葉啟奇怪地看了她一眼。

葉馨派丫鬟來說要過來吃飯，葉啟笑道：「下雪了，讓她走慢些，我等她。」

丫鬟們撐著傘，手爐腳爐齊全，很快送她過來。

兄妹倆相對而坐，葉啟吩咐擺膳。

「三哥，我想問你討一個人。」葉馨先不動筷，陪笑道。

葉啟給她布菜，道：「我這院裡的丫鬟，除了一人外，別的任妳帶走。」

「誰？」葉馨睜大眼。

葉啟道：「小閒嘛。她是十郎寄在我這裡的，妳要，問十郎去。」

葉馨嘟著嘴，道：「他是娘親的心肝寶貝，我哪敢招惹他？」

葉啟勾了勾唇，不說話。

吃了飯，吃了茶，再帶上兩大匣子點心，葉馨帶著丫鬟們回去了。

明天休沐，葉啟夜裡多看了半個時辰書，才收拾歇下。一覺醒來，窗紙上透出白光，他伸個懶腰下了地。外面輪值的錦香聽到聲響問：「郎君起來了嗎？天還沒亮呢。」

窗紙被雪一映，白晃晃的，倒似天亮了。

這一起來，葉啟便沒再躺回去，洗漱後坐在憑几前看書。

錦香披了斗篷，去拍小閒的門。

小閒睡得正香，被叫醒，迷迷糊糊地起來開門。門一打開，風猛灌進來。

「郎君醒了，妳快做了早飯送過去。」錦香道。

葉啟早起上學，放學後才習武練箭，所以一般起床後便吃早飯。

小閒匆匆綰了頭髮，趕去廚房。

她端點心進屋，葉啟見她髮髻歪了，也不提醒，咧開嘴笑了，道：「今天三皇子要過來，妳準備一下。」

「要準備什麼菜？」小閒問，她可不知道三皇子喜歡吃什麼。

葉啟擺擺手，道：「我們烤鹿肉吃，妳準備些點心就好。喔，他還要帶些回去。」

又是一個饞嘴的。小閒問清楚三皇子的口味，回廚房又做了一些。

到了晌午，兩個小廝抬了半頭鹿過來，道：「郎君說了，切兩隻腿燒烤。」

這個自有廚房的姜嬤嬤收拾，不用小閒操心。

做好八樣精緻點心，她一時興起，拿了一個，邊走邊吃。

「吃什麼呢？吃得這麼香。」一個帶笑的聲音傳來。

小閒扭頭一看，廊下站著一個身披靛藍斗篷的少年，貂毛領上露出一張國字臉，正是三皇子。

見過三皇子幾次，他都一副少年老成的樣子，沒想到會開玩笑。小閒看看手裡吃了一半的老婆餅，略一猶豫，把餅塞進袖裡，行禮。「見過三殿下。」

三皇子見了小閒的窘態，哈哈大笑，道：「把妳吃的點心裝兩碟子，我也嚐嚐。」

看他大步而去，小閒朝他的背影皺皺鼻子。

器具一早備好，自有姜嬤嬤帶人抬進去，收拾好的兩隻鹿腿一併送去，又抬了一罈好酒，估計這兩人是要吃喝一天了。

小閒提了食盒走到門口，便聽見內裡一陣大笑。三皇子道：「你沒瞧見那丫鬟窘成什麼樣，我還以為她會把餅塞嘴裡呢。」

葉啟道：「你也真是的，捉弄她做什麼？」

三皇子道：「你不知道，小丫鬟一邊走一邊吃，還滿臉享受的樣子，一看就是個饞嘴的。再說，我要不叫住她，她就要撞到柱子上去了。」

兩人同時大笑，廊下的丫鬟忍笑看著小閒，表情怪怪的。

有這麼不堪嗎？哪裡會撞上柱子了，還離著十萬八千里呢。小閒腹誹，掀簾子進去，什麼？小閒腳步一頓。

小閒放下食盒轉身就走。葉啟道：「既然喜歡吃，就留下吧。」

三皇子瞧見她，又是一陣大笑，直笑得前俯後仰，指著她笑得說不出話來。

道：「郎君、三殿下，點心來了，還溫熱著呢。」

鹿腿的油脂不時滴在銀霜炭上，傳出吱的一聲輕響。

小閒從不知一向惜言如金的葉啟如此多話，三皇子更是一改平日莊重肅穆的形象，兩人斜倚憑几，說著文秀館的趣事，不時大笑。

葉啟切了一小片鹿肉放進嘴裡慢慢嚼著，示意可以吃了，於是三皇子拿起小刀，開始切鹿肉吃。小閒沒有做奴婢的覺悟，那口水未免吞得多了些。

「果然是個饞嘴的丫頭。」三皇子笑道。

葉啟順著他的目光望去，剛好看見小閒很沒骨氣地吞口水，也笑了，切下一大塊鹿肉，道：「賞妳吧。」

小閒大喜，道了謝，問葉啟要過小刀，切了一半給錦香，餘下的用手抓起來往嘴裡送。

三皇子笑指著小閒對葉啟道：「這丫頭有趣。」

活了兩世，小閒還真沒吃過烤鹿肉，嚐個鮮也好嘛，再說，聞了半天香氣，確實饞了。

葉啟眼中閃過異色。

小閒可不在乎有四道目光像探照燈似的盯著自己，大口吃完，才發現錦香面前的鹿肉沒動。

「妳要不吃，我可一併吃了。」

小閒的話再次引得三皇子大笑，又切了一塊給她。

笑聲未歇，外面報。「四娘子來了。」打聽到葉啟休沐的葉馨過來蹭飯了。

丫鬟打起簾子，葉馨看清上首少年的英俊模樣，有一剎那失神。

屋裡的人同時望了過來，卻沒有人注意簾外一人悄然離開。

「怎麼不進來？」葉啟剛剛大笑一場，清朗的聲音還帶著笑意。

走近前，三皇子臉上蕩漾著笑容，眼中笑意滿溢，更英俊了。葉馨行禮，他擺擺手，道：「無須多禮，坐吧。」

聲音真好聽。葉馨的臉紅了，羞澀地低下頭。

葉啟吩咐小閒。「做幾個菜，加幾樣點心。」

小閒有了出來的機會，站了幾次，腿卻麻得站不起來，好不容易扶著牆，狼狽萬狀，毫無儀態地直起身，腿依然無力支撐，只好繼續撓牆。這裡的人習慣跽坐，她兩隻腳都坐麻了，根本站不穩。

三皇子又是一陣大笑，連聲道：「有趣有趣。」

小閒尷尬極了。

葉啟示意錦香攙扶她，笑對三皇子解釋。「這丫頭平時沒在屋裡侍候，想是拘束得緊。」

三皇子樂不可支道：「宮裡的侍女們只會一板一眼，哪裡見過這樣隨意自在的丫鬟？這哪裡是拘束，分明是真性情。」

這是真性情？葉啟不解。

被錦香攙扶著，一瘸一拐走向門口的小閒也不解，回頭看了他一眼，眼中是滿滿的疑問。

「哪個奴婢腿麻站不起來，敢扶牆？」三皇子的聲音在身後傳來。

屋裡除了小閒，都明白他話裡的意思，這時候，小閒應該跪下磕頭求饒恕，而不是不屈不撓非要扶牆站起來。

葉啟點頭。「殿下說得是，確實是真性情——」

內裡再說什麼，被簾子隔斷，聽不真切。

廊下侍候的丫鬟們奇怪地看著小閒，一人關切問道：「怎麼啦？」

小閒搖了搖頭，讓小丫鬟搬來馬扎（注），坐下揉腿。

錦香責怪道：「妳呀，幸好郎君性子溫和，三皇子又大度，要不然豈能不受責罰？」

這個倒是。小閒歉意地笑笑，催錦香快進去侍候。

丫鬟們聽說了剛剛發生的事，都咋舌，道：「幸好是在郎君面前，要在嬤嬤們面前試試，不扒掉妳一層皮豈能善罷干休。」

平時與小閒交好的丫鬟剪秋關切地道：「以後小心些，切不可再發生這樣的事了。」並不是次次都會有這樣的好運氣。

小閒道了謝，不敢久歇，勉強能行走時便去了廚房。

做了四個菜、煲一個湯，加上四樣甜食點心，送到廚房，又引得三皇子大加讚嘆，轉頭對葉啟道：「小丫鬟不得了啊，這才多大，做幾個菜猶如信手拈來。不如我問你討了去，回頭送兩個聰明伶俐的來。」

錦香臉上浮起異樣的神色，看了小閒一眼。

小閒巴不得快點離開，生怕再待一秒就得在這兒跽坐，她放下食物，拿了托盤行禮退下。

葉啟搖頭，道：「聰明伶俐的宮人，你自己留著吧。」

葉馨一直低著頭，這時插話道：「我問哥哥開口，哥哥也沒答應呢。」

注：馬扎，一種可摺疊、攜帶方便的小型凳子，腿交叉作為支架，上面繃皮條、麻繩等，有些類似今日的童軍椅。

那意思分明是說，這麼好的奴婢，我哥哥不肯給我，怎麼肯給你？

三皇子定睛看了葉馨一眼。這是自葉馨進來後他第一次正眼看她，葉馨害羞，頭快垂到胸前。她是大家閨秀，平時見的貴人不知有多少，從沒如此刻般忸怩。

葉啟重重咳了一聲。

三皇子若無其事地轉頭，和葉啟說過幾天再去打獵。

葉啟道：「這個時節動物藏匿過冬，哪裡能打到什麼好獵物？不如我們去證果寺賞梅。」

三皇子只不過藉此轉移話頭，並不拘泥於非得打獵不可，於是兩人約定，下次休沐去證果寺。

三皇子又道：「記得把那個有趣的丫頭一併帶去。」

葉馨一怔。哪個有趣的丫頭？

錦香一副若有所思的神色，像是想起什麼，隨即又搖搖頭。小閒實在太小了，過了年才十一歲呢……

小閒回屋裡歇著，一直到下午，葉啟都沒讓人來喚她，倒是聽說錦香被陳氏叫去。

天黑時，雪停了，侍候葉啟吃完晚飯，葉啟道：「妳去書房取《論語》，現在就去。」

小閒莫名其妙，卻還是應了聲是。

這是小閒第一次踏進書房。地方很大，與牆齊高的書櫃，滿滿的書籍，靠北牆邊鋪著厚厚的氈墊，檀木几案上攤開一本看了一半的書，銅香爐的鶴嘴上香氣裊裊，地龍已燒開，屋裡很溫暖。

几案上攤開的書裡沒有論語，小閒就著一排排書櫃找去。一盞茶過去了，三盞茶過去了……所有的書都看遍，無數孤本讓小閒眼睛一亮，獨獨沒有《論語》。

「還沒找到嗎？」葉啟清朗的聲音在身後響起。

「是。」小閒回頭，看到他帶笑的眼睛，才知被捉弄了。

葉啟笑吟吟從袖中抽出一物，慢慢展開，上面藍色封面上寫著兩個字：論語。

小閒看他。葉啟笑了笑，目光從她微揚的下巴，緊閉的雙唇上掃過，走到墊上坐下。

「妳果然識字。可曾進學？」葉啟把《論語》放在几案上，饒有興趣地道。

這時代，可不是誰都有機會讀書識字。盧國公府開府百餘年，奴婢們識字的，每一代也就那麼幾個，大多是郎君娘子們的書童伴讀。

小閒搖頭。

「以後妳就在書房侍候吧，負責整理書籍。我會吩咐順發給妳打一把鑰匙。」葉啟眸中的笑意滿溢，偏偏裝出一副無所謂的樣子，拿起一本書翻開，漫不經心般地道。

順發是葉啟最得用的小廝，也是他說了小閒託他買紙筆，葉啟才知小閒識字。

小閒道：「我還有廚房的差事。」

葉啟想笑，又忍住，咳了一聲，道：「妳只需侍候我的飲食，別的不用管。」

第八章

熱鬧地過完年，葉啟和一群好友去證果寺賞梅。剛開始吟詩，盧國公府的小廝便趕了來，說秀王妃來了，讓葉啟回去。

文信侯府的十八郎岳關，鄭國公府的十四郎周川都起鬨，三皇子也瞅著葉啟。

葉啟慢慢喝了一盞酒，似笑非笑地對三皇子道：「秀王妃很閒啊。」

三皇子攤攤手，道：「她閒不閒的，我哪知道。」

岳關調侃道：「肯定是看上你了，要捉你回去做女婿。」

一眾損友都大笑起來，岳關更是笑著把桌捶得咚咚響。

周川走過來，前後左右看了葉啟一番，搖頭晃腦道：「嗯，天庭飽滿，鼻直口方，一表人才，一表人才啊！」

葉啟衝他的胸口就是一記老拳。

小廝待笑聲稍歇，上前在葉啟耳邊懇求道：「夫人再三囑咐了，一定要三郎君回去赴宴。」

葉啟道：「我知道了，你先回去，就說我隨後就到。」

小廝道：「郎君快點。」

葉啟哪去管他，道：「剛才輪到誰了？」

秀王妃眼巴巴等著，陳氏只好讓小廝再去催；三催四催的，菜都熱了兩遍，葉啟還沒回來。

下午，葉啟才姍姍來遲，宴席早就撤下了。

「三郎怎麼這時才來，吃飯了沒有？」秀王妃心疼地道。

門外一片行禮聲，麗蓉郡主不高興道：「證果寺的梅花有什麼好看的？」

葉啟沒有理她。

秀王妃母女傍晚告辭回去，葉啟再陪陳氏說會兒話，陳氏才放他回去。

夜裡，葉啟看書看到四更天，早上未免起得遲了。三皇子一大早過來，葉啟還酣睡未醒。

三皇子不讓人通報，進了葉啟的臥室，一把掀掉他的被子，道：「快起來，我有好消息告訴你。」

葉啟懶洋洋起身行禮，道：「什麼好消息，說來聽聽。」

三皇子故作神秘道：「秀王向父皇提起你。」

葉啟睨了三皇子一眼，道：「好好的，提我做什麼？」

三皇子道：「麗蓉十四了，要為她揀婿呢。」

「什麼?!」葉啟一下子跳起來，道：「陛下怎麼說？」開什麼玩笑，娶了麗蓉以後還有好日子過嗎？

「你要怎麼謝我，先說清楚，我再接著往下說。」三皇子耍起了無賴。

「富貴錦一席酒，怎麼樣？」葉啟似笑非笑道。

三皇子連連擺手，道：「快別提富貴錦了。上次剛進去，酒還沒上，宮裡便來了人，那一趟，我可是在父皇宮門外跪了兩個時辰哪，膝蓋都跪破了。」

葉啟道：「那算了。快說，陛下怎麼說的。」

三皇子道：「你欠我一個人情，先記帳上。秀王求父皇賜婚呢，不過父皇說了，麗蓉還小，過兩年再賜婚不遲——」

小閒收拾完書房過來，錦香迎面走來，道：「正要著人跟妳說，三皇子來了，今兒的早膳多備一份。」

小閒答應，自去準備。

三皇子看著擺在面前的小米粥和大肉包子、兩樣小菜，道：「你早上就吃這個？」

葉啟挾一個大肉包子放他碟子裡，道：「嚐嚐，難得的美味，京城中只有我家能嚐到呢。」

三皇子狐疑地咬了一口，嚼了兩三下，又飛快再咬一口，不一會兒，一個大肉包子進了肚裡，手上又拿一個。

「慢點吃，包管夠。」葉啟很得意。他也是偶然發現小閒做包子有一手，褶子均勻細密好看之外，味道更是鮮美。

三皇子消滅了三個包子，摸摸滾圓的肚子道：「這是那個饞嘴小丫鬟做的？」

葉啟點頭。

「我給你透露這麼重要的消息，你怎麼著也得投桃報李吧？」三皇子奸笑道：「不要別的，把這個小丫鬟送給我就行。」

葉啟吃相斯文，一個包子吃完，才道：「不行。」

三皇子道：「那個丫鬟呢？叫什麼來著？叫她過來。」

葉啟揮揮手，錦香去把回房間練字的小閒喊來。

「三皇子喚我？」小閒驚訝。

來到屋裡，三皇子繞著面前的小閒轉了兩圈，對葉啟道：「好像長大了些。」

可不是，最近半年吃好喝好，氣色好了，身量也長高了。

小閒在兩人旁邊侍候。三皇子和葉啟打鬧了一陣，安靜下來，三皇子說起元宵節送皇帝的禮。「……年年紮元宵燈，年年要有新意，真的很難。」

元宵節天子要與民同樂，會在御街賞花燈，當然，能在御街與天子一同賞燈的，都是勛貴以及四品以上的官員。

身為兒子，為表孝道，皇子們會在元宵節這天送皇帝禮物，最應景的當然就是元宵燈了。只是年年如是，將作監(注)的匠人再有才，也未免黔驢技窮。

葉啟道：「你為什麼不自己紮一個呢？就算粗鄙些，是你親手做的，陛下也會歡喜。」

三皇子眼睛一亮，道：「不錯，我怎麼沒想到？」

看他匆匆離去，錦香道：「郎君今年可去御街上賞燈？」

若是葉啟去，她們自然要去侍候。

葉啟漫不經心道：「去。」

丫鬟們互相用眼神傳達喜悅之情，待錦香得空出來，都圍了上來，各種討好。

陳氏打發人來說，秀王府也著人來問三郎君去不去賞燈？

錦香站起來回了話，說三郎君會去，來人客氣幾句，回去回話了。

這日，葉啟被三皇子拉去將作監，忙到晚上才回。錦香示意丫鬟們出去，說起安排去御街侍候的人選。葉啟道：「妳和小閑去。」

錦香應了，自去告訴小閑。侍候葉啟用過晚飯後，馬上著手準備葉啟去御街賞燈要穿的衣物，小閑在一旁幫忙。

很快到了元宵節，御街上搭了高臺，皇帝與臣子們共同賞燈。

三皇子不停張望，脖子幾乎要望瘦了，才看到葉啟一行人朝盧國公府的帳篷走去。他不停朝葉啟使眼色，無奈葉啟始終沒有望過來，倒是一旁的皇后察覺他的異樣，看了他一眼，他連忙正襟危坐，做端莊狀。

略坐了坐，葉啟要出去和三皇子打招呼。葉德道：「你急急忙忙又要去哪裡？快坐下。」

注：將作監，中國古代負責宮室、宗廟、陵寢等政府土木建築的機構，兼領百工。

葉啟只好坐下，父子幾人說些閒話。後帳，女眷們說笑聲一陣陣傳來，來往密切的幾家當家大婦都過來了，秀王妃和麗蓉的到來掀起了一陣小高潮，女眷們都誇麗蓉越長越漂亮。

岳關和周川一前一後過來，問候在外面的錦香道：「妳家郎君呢？怎麼半天不見人影？」

錦香行禮含笑回道：「和我們國公爺說話呢。」

周川咦了一聲，驚奇地道：「你們國公爺也來了？」

這可真是太陽從西邊出來了，盧國公什麼時候參加過家庭聚會？他也就只在煙花柳巷混跡罷了。

岳關向周川使了個眼色，兩人一起進帳去了。

麗蓉和葉標一人一邊，嘰嘰喳喳說個不停，葉啟坐在中間。對面，葉邵對葉豐道：「真難為三哥了，要是我，早煩死啦。」

葉豐便訕訕地笑，他倒希望有人這麼跟他說話。

三人出帳，周川攬了葉啟的的肩頭，走在恍如銀河般璀璨的御街上，道：「你要不擺一席酒謝我們，我們——」

葉啟笑道：「怎樣？」

周川想了想，對岳關道：「我們還真不能把他怎麼樣。」

三人一齊大笑，笑聲稍歇，岳關道：「我可聽說了，你府裡有個小丫鬟廚藝十分了得，三皇子都嚐過幾回了，你若不讓她做一桌酒席給我們嚐嚐，我們可不依啊。」

葉啟一把推開周川的手，道：「行啊！你們各弄一匹好馬來，我就讓她做一桌席面又如何？」

「美得你！」周川道。

三皇子可算瞧見三人了，不敢有大動作，只能時不時擠眉弄眼。

夜深了，夜風又起，皇帝在皇后的勸說下回宮了，三皇子代替天子與臣子們同樂，瞅著皇帝的儀仗進了宮門，猶如解了緊箍咒的猴子，走到高臺邊，咧嘴直朝三人笑。

葉啟用唇形提醒道：「殿下快回去坐好，小心明天御史彈劾你。」

三皇子滿面笑容地回榻上坐下，招手讓內侍過來。

不一會兒，內侍小跑過來傳話道：「殿下說了，一直想念盧國公府的吃食，卻不得空，明天請三郎君在府中等候，殿下要過去呢。」

元宵過後，各衙門開始辦公，葉啟也很快要進宮輪值了，要不趁明天再聚，又不知什麼時候得空。

周川和岳關一齊拊掌大笑，道：「殿下果然與我等甚有志趣相投。」

葉啟摸著鼻子應了，內侍自去回話。

周川湊上來道：「聽說三皇子對你府裡那個小丫鬟的手藝很欣賞，幾次三番要討了去，可是真的？」

葉啟果斷道：「那是十郎的丫鬟，誰能這樣欺負一個孩子，連一個小丫鬟都不給他留著？」

周川和岳關又是大笑，周川更道：「有趣有趣。」

小閒一直在帳門外候著，欣賞璀璨如流星的燈火，直到快三更才隨葉啟等人回府。

過了元宵，年才算過完。

錦香斜倚門框，看著僕婦們收拾用具。

岳關和周川連袂而來，都是自小玩到大的玩伴，從來就沒有通報一說，門房裡的人也見怪不怪了。

「妳家郎君呢？」岳關問錦香。

錦香笑著行禮，道：「我家郎君在練武場射箭呢，郎君們請坐，奴婢這就著人去請。」最近，葉啟每天增加一個時辰的練武時間，射箭改在早上了。

周川卻東張西望，道：「那個很厲害的小丫鬟呢？」

錦香抿嘴笑，對一個小丫鬟道：「去喚小閒過來。」

小閒同樣看著僕婦們收拾器具。過年過節的，平時用不到的器具、高檔碗筷、點心模子都拿出來用，現在年節過完，可得清洗乾淨，一樣樣歸位。

「鄭國公府和文信侯府的郎君找我？」小閒笑道：「是不是妳說錯了？鄭國公府和文信侯府的郎君怎麼會找我？」

人來客往不關小閒的事，她大多數時候不是在廚房，便是在書房。葉啟的朋友，除了三皇子見過之外，其他的都只是耳聞，並沒有見過面。

「沒有錯，我聽得真切的。」小丫鬟把周川的話學得維妙維肖，不無羨慕道：「周十四郎君特地讓我來找妳呢。」

小閒連連擺手，道：「可不能亂說。」

吩咐其他人接著收拾，她隨小丫鬟過來。

起居室裡，錦香已煎了茶。

「妳就是那個小丫鬟？」周川繞著小閒轉了一圈，轉頭對岳關道：「不會是三皇子跟我們開玩笑吧？這麼小的丫鬟，也就在廚下洗洗菜切切蔥。」

可不要小看切蔥，豪奢的人家，切蔥也有專門的丫鬟。

岳關也一副不相信的樣子，看了看笑而不語的錦香，再看看小閒，道：「妳多大了？」

小閒道：「十一了。」

「妳真會廚藝？灶臺妳搆得著嗎？」周川連珠炮般發問。

錦香笑道：「十四郎君說笑了，我家小閒廚藝可是很好的。」

「不信。」周川下了結論。他有些失望，這麼小的一個小女孩，懂什麼呢？哪裡搆不著灶臺了，小閒營養充足，在同齡人中身量偏高。不過面對質疑，小閒並沒有反駁，只是笑笑。

周川盯著小閒看了一會兒，對錦香道：「不會是三郎糊弄我們吧？」

幾個損友之間時有惡作劇，不會是葉啟和三皇子兩人合夥來算計他們吧？

錦香道：「我家郎君不是這樣的人。」

觀察小閒半天的岳關插話了。「小丫頭眼神清澈，表情自然，不亢不卑，看樣子有點門道。」

周川一聽有理，從氈毯上爬起來，鼻尖幾乎湊到小閒眼前，鼻中只聞到淡淡的幽香，不覺心跳加快，臉一紅，強嘴道：「不見得。」

「你們膽敢欺負我的丫鬟，這是活得不耐煩了嗎？」葉啟清朗的聲音在門外響起。從他的角度看來，周川快湊到小閒身上了。

周川跳起來蹦過去，道：「你就欺負我們吧，弄一個這麼小的丫鬟糊弄我們。」

錦香稟道：「十四郎君不信小閒會一手好廚藝呢。」

葉啟練了箭，洗漱過，換了衣裳，這才過來，神清氣爽在主位上坐下，道：「妳跟一個缺心眼的人爭論什麼呢？」

「誰缺心眼了?!」周川吼，揉身就要撲上。

他一向喜歡用拳腳解決問題，當然，真打起來，不一定能贏得了葉啟。

「慢來慢來。」岳關攔住他，道：「先讓這丫頭做一桌席面，我們嚐過便知。」

錦香抿嘴笑道：「十四郎君才說小閒太小呢。」

葉啟哈哈大笑，道：「這麼說來，今天的席面只能讓富貴錦送來了。」

周川被葉啟這麼一嘲笑，牛脾氣發作，梗著脖子道：「就讓她做，我倒要看看，她能做出什麼花樣來。」

「她做不出花樣，只能做出世間美味。」三皇子邁步進來，身後的內侍把手裡的匣子遞給小閒，道：「殿下說了，妳也嚐嚐我們的點心。」

小閒謝了賞，打開一看，是四樣點心，用梅蘭竹菊的模子做的。

眾人行了禮，還沒站直腰，周川搶上一步對三皇子道：「殿下說的就是這個丫鬟？」

岳關笑著搖頭。這還用說嘛，要不然三皇子會巴巴從宮裡給她帶點心？

小閒把點心呈上，葉啟瞄了一眼，道：「既是殿下賞妳的，妳或自用，或送人，隨妳的便吧。」

錦香悄聲對小閒道：「給我留一點。」

小閒應了，欲行禮退下準備午膳，三皇子道：「做幾樣清淡的吧。」

「是，預備了魚膾。」小閒道。

三皇子便不說什麼了。

「欸欸欸！」周川直叫喚。

錦香揶揄道：「十四郎君若是不信，不妨去廚房看看。」

君子遠庖廚，錦香料定他身為紈褲，是無論如何不可能走近廚房的，卻沒料到他一咬牙，道：「好，我去瞧瞧。」

錦香目瞪口呆，葉啟幾人相視一笑。岳關道：「三郎不日就要進宮輪值，以後我們就不能天天廝混在一起了，今天這頓宴席，我借花獻佛，祝三郎以後步步高升。」

三皇子笑道：「你倒會做人，借人家的席面祝人家高升。」

岳闟理直氣壯道：「要是我家也有做得好席面的丫鬟，自然請諸位到我府裡去，這不是沒有嘛！」

周川哪裡管他們說些什麼，一甩袖，大步流星地去了廚房。

雖說主菜是魚膾，但配菜、湯、甜品、點心還是要準備，小閒用蘿蔔雕花，打算做一味清淡的湯。

周川探頭進來，見小閒神情專注，不由得呆了。

燒火丫頭見一位身著錦袍的郎君站在廚房門口，失聲嚷道：「哪位郎君在這兒？」

周川低聲喝道：「別嚷！」

為他的眼神氣勢所懾，燒火丫頭不敢吭聲，看他一步步走近，來到小閒身邊。

第九章

一朵朵小巧潔白的花在小閒手上呈現，看得周川眼都直了。

小閒沒理周川，該幹啥幹啥，姜嬤嬤等人起先還戰戰兢兢，見小閒如此淡定，才漸漸平靜下來，接著幹活。

順發尋來，道：「十四郎君快走，我家郎君煎了好茶呢。」

周川被順發拉走，一見葉啟便道：「把這丫鬟送我吧。」

三皇子拊掌大笑，道：「能要得到，我早要走了。」

岳關好奇道：「怎麼了？」從不相信到深信不疑，當中一定發生了什麼。

周川道：「她用蘿蔔雕花呢！」

三皇子笑道：「我對今天的席面很期待啊。」

岳關看看三皇子、看看周川，站起來道：「我也瞧瞧去。」

葉啟拉住他，道：「你就別跟著胡鬧了。」

岳關重新坐下，對錦香道：「妳去問問，現在能開席不？」

看來，他們都迫不及待了。

錦香去問。「可以。」小閒道。

薄如蟬翼的生魚膾、在清湯中載浮載沈的花、軟糯卻味道剛好的甜品、酥香的點心，無一不衝擊著紈褲們的味蕾。

周川一張嘴塞滿了魚膾，筷子卻伸向盛湯的碗。三皇子吃相斯文，邊吃邊點頭，突然放下筷子道：「這醬，裝一份我帶回去。」

小閒應了聲是。

葉啟道：「這醬以前怎麼沒嚐過？」

「魚膾味腥，特別用這醬除去腥味。」小閒道。其實原理跟現代的芥末相似，小閒不過費了心尋找代用的食材罷了。

葉啟喔了一聲，不言語了。

岳關差點把舌頭吞下去，一改以往翩翩佳公子的形象，風捲殘雲般吃完，看著面前的殘湯空碗，道：「還有嗎？」

小閒再送上一份。

四人直吃得肚子滾圓才捨得擱下筷子，還沒等吃茶，周川先撫著肚子嚎起來。「飽得很，太難受了。」岳關吃了兩份，他可是吃了三份。

葉啟笑道：「誰讓你跟餓死鬼投胎似的？」

「不行，」周川耍賴道：「你得把這丫鬟借我幾天，要不然我肚子就要撐破了。」

一句話說得屋裡的人都笑起來，三皇子敲敲他的肩頭道：「我先開的口，有我在場，三郎是不會先借你的。」

葉啟也笑了，道：「說來慚愧，這丫頭還掛在十郎名下呢，估計過兩年他大了，會來問我要回去。」

眾人忙問怎麼回事，葉啟說了，於是他們相約過幾天再來吃，這次只吃粥。

其實葉標現在也吃菜吃肉，並沒有以前那麼挑食，不過是跑葉啟這兒吃。

晚上，錦香等人把三皇子賞的點心分吃了，小閒又留了一塊給順發，自己只嚐到一塊。

只不過過了一天，迫不及待的周川便約了三皇子和岳關一起再次過府蹭飯。

三皇子臨出門被皇帝叫去，差了小內侍來說，不一定能到。

周川一進門便大呼小叫嚷嚷道：「那個小丫鬟呢？快快快，讓她熬粥。」

丫鬟們都抿著嘴笑，饑荒年也沒見這麼著急吃粥的人。

小閒行了禮，道：「兩位郎君想吃什麼粥？有蘿蔔火腿粥、鹹魚肉片粥、皮蛋瘦肉粥、狀元及第粥、滋補豬肺粥、香蔥雞肉粥——」

聽她清脆爽利地報菜名，周川張大了嘴回不了神。不過是一鍋粥，也有這麼多名堂嗎？

岳關打斷小閒，道：「那個蘿蔔火腿粥來一份，狀元及第粥來一份。我們雖然不用考狀元，沾沾狀元的喜氣也是好的。」

周川想了半天，道：「不跟他重複就行。」

小閒笑著應付，自去熬粥。

葉啟自顧自練字，周川坐不住，進了書房，一把搶過葉啟手裡的筆，道：「你的字怪好了，不用練啦。」

周川是紈褲裡的粗人，平時舞刀弄棒，讓他拿筆不如殺了他。

葉啟重新從筆架山上取了一枝筆，接著寫，並不理他。

岳關站在旁邊，認真看葉啟運筆，良久，嘆道：「難怪陛下誇你的字寫得好，我本還不服氣，現在看來，確實比我好那麼一點點。」

葉啟笑了笑，抬頭瞟了他一眼。

練完字，小閒的粥也熬好了，過來請示什麼時候擺膳，就在這時，三皇子趕來了，眾人行禮畢，上了粥。

他們暢快淋漓地吃完，撤下食具食案，葉啟煎茶。

小閒剛退下，又被叫過去。

「煎茶？不會。」她答得很乾脆。

三皇子頗為失望，道：「妳怎麼能不會呢？」

小閒想了想，道：「煎茶是貴人們吃的，我……婢女哪裡會這個嘛。」

喔，原來是沒有機會學。三皇子釋然的同時，又數落葉啟。「你們府裡規矩太嚴了。」

葉啟淡淡道：「著錦香教妳煎茶吧。」

小閒一頭汗，只得應了。

周川道：「這是我長這麼大吃過最好的粥，丫鬟過來，賞妳這個。」

小閒回頭，周川從腰上扯下一塊玉珮。

岳關邊在袖子裡尋摸，邊道：「對對對，應該賞。」

可是他尋摸半天，什麼也沒拿出來。

小閒轉身看葉啟。葉啟道：「十四賞妳，妳就收下吧。」

小閒謝了賞，收下。

三皇子瞅瞅這個、瞅瞅那個，摸了摸下巴，道：「妳想要什麼，孤賞妳。」

小閒道：「不敢。上次殿下賞的點心，院裡的人吃了都說好，就是量有點少，好些人沒吃到……」

葉啟幾人都笑了，周川尤其笑得大聲，道：「聽見沒，小丫鬟嫌你小氣呢！」

三皇子也笑，對廊下侍候的內侍道：「去，多裝幾匣子來。」

周川、岳關和三皇子告辭後，葉啟把小閒叫過去，看了她兩眼，道：「膽子不小呀。」

小閒裝傻，道：「我實話實說而已，確實不夠分嘛，這樣說不對嗎？」

錦香快步進來，稟道：「郎君，宮裡送了一車點心過來。」

一車點心？小閒傻眼了。

葉啟快步出去一看，果然一輛小巧精緻的馬車停在院門前，車簾已被掀開，排得整整齊齊的一個個朱漆匣子呈現在面前。

「這得多少點心啊？」耳邊不時響起丫鬟們的驚嘆聲。

小閒看向車旁的內侍，那內侍一本正經道：「殿下有命，給妳送點心。」

這麼多點心，可以開點心鋪子了。小閒對內侍道：「謝殿下，謝公公。」

葉啟似笑非笑地道：「妳面子可真大。」

小閒苦笑。哪裡料到一句話，人家真大方到送了一車呢。

她留兩匣子給趙嬤嬤，再分發給院裡的丫鬟，還剩好些，小閒抱了兩匣點心進了書房。

「孝敬我的？」葉啟頭也沒抬，道：「放下吧。」

一個時辰後，小閒進來收拾，他淡淡道：「沒妳做的好吃。」

「嗯？」小閒抬眼看他。

葉啟修長的手指指了指几案上的匣子，道：「拿回去吧。得空做些老婆餅，過兩天我進宮輪值拿給他們賞賞，讓他們開開眼界。」

小閒應了。

點心不過小事，真正的大事是葉啟要進宮輪值了。日子下來了，是正月二十。

闔府都動起來，忙了三天，又開祠堂祭了祖，擺席請至親吃了酒。葉啟吃了幾盞酒，推說明天要起早進宮，要回去安歇。

回了院子，他沒有去臥室，而是去了書房。

書房門關著，裡面烏燈瞎火，小閒不在裡頭。

順發上前一步把鎖打開，進去點了燈，恭請葉啟入內。

葉啟丟下一句。「喚小閒過來。」

很快，小閒端了醒酒湯過來。

葉啟一飲而盡，道：「守緊書房，除了我和順發，誰也不許進來。」

小閒應了。

葉啟定定看了她一會兒，見她神色肅然，目光端毅，才放心地道：「下去吧。」

小閒應了聲，退了出來。

葉啟早早歇了，四更正起床，梳洗、著官袍、用早飯，在小廝們的簇擁下騎馬出門進宮。

進宮輪值第一天，葉啟手捧大刀，站在皇帝御座不遠處，聽皇帝和朝臣議事，聽得入神，散朝後隨皇帝進奉天殿，依然捧大刀站在御座旁邊。

內侍進了點心和茶，皇帝朝葉啟招招手，道：「小子，過來。」

葉啟放下大刀，走過去。皇帝拿了一塊糕遞給他，葉啟謝恩後往嘴裡塞。內侍傻眼，千牛備身他見得多了，從沒見有此恩寵的。

葉啟兩口吃完，又朝點心碟子看。

皇帝吃了兩塊，再吃一碗茶，也就夠了，見了葉啟的饞嘴樣，沒好氣地把一碟沒動過的點心全遞給他。葉啟回到原位，把刀往彎臂裡一靠，專心吃起來。

皇帝示意內侍給葉啟端碗煎茶，然後拿起奏摺開始辦公。

看了半天奏摺的皇帝，大概想找人聊聊天，又招手把葉啟叫過去。

葉啟自小逢年過節進宮拜見皇帝、皇后、太后，九歲進文秀館讀書，與三皇子成為好友，此後在皇帝的關注下成長，皇帝對他印象很好。

皇帝高高在上，威嚴無比，對葉啟卻是例外，有時對他比對皇子們還寬容。葉啟自小聰明，書讀得好，字也寫得好，弓馬嫻熟，在皇帝跟前沒有拘束。

一老一小說了一會兒話，皇帝伸個懶腰，又看起奏摺，然後召見大臣。

眼看到了出宮的時辰，葉啟向皇帝告退，準備走人。

皇帝把他叫住，道：「陪朕走走。」

葉啟隨皇帝去了御花園，直到申時末，皇帝散完步回後宮，他才得以出宮。

他先去陳氏院裡。陳氏上上下下打量兒子一番，細細問了在宮裡的情形，葉啟揀能說的說了，陳氏點頭，道：「這樣，娘親就放心了。」盧國公府興起大有希望了。

母子說了半天話，陳氏留葉啟一起吃飯，席上不停打量兒子，越看越高興，嘴一直沒合攏。

探聽消息的小丫鬟趕回院子報信，郎君回來了，和夫人說話；郎君回來了，和夫人一起吃飯……

小閒做了豐盛菜餚，等葉啟回來為他慶祝，畢竟第一天進宮嘛。

小丫鬟回來稟報葉啟在上房用膳，小閒只好把擺了兩几案的菜分給有等級的丫鬟。

這邊吃完飯，葉啟回來了，得知小閒白做了菜，安慰幾句，去了書房。

小閒跟進來侍候，想著葉啟累了一天，也該歇一歇，沒想到他道：「磨墨。」

寂靜的書房，一人磨墨，一人練字，俱都聚精會神。

自從當了千牛備身後，朝臣們用心巴結葉啟，葉啟的應酬也多了起來，不用進宮輪值也少有時間在府裡，每天練字習武，只能見縫插針安排時間了。讓小閒佩服的是，就這樣，他還天天勤練不輟。

這天晚上，葉啟應酬回來向陳氏請安時，向陳氏提出要增加一個一等丫鬟。「錦香一個人忙不過來。」

葉啟按例有兩個一等大丫鬟，可一直以來，只有錦香一個，現在補上也沒什麼。

陳氏道：「你屬意誰？」

葉啟道：「娘親看誰好用，讓誰補上就好。」

陳氏笑了，道：「後院的事，原不該你們男子理會，是娘親問得差了。待娘親好好想想，挑個可心的給你。」

消息很快傳回去，一院子的丫鬟們都張大了口合不攏。錦香絞碎了手錦，咬碎了銀牙，想了一宿，第二天收拾了，去上房見陳氏。

既然事情不可挽回，人選自然得由她定，這樣，以後這人在她面前就得讓一步了。

走到半道，恰好遇到汪嬤嬤帶了一個十五、六歲的丫鬟走來，錦香停住腳步，含笑道：「嬤嬤上哪兒去？」

汪嬤嬤一指身後丫鬟，道：「這是翠煙，夫人升她為一等丫鬟。妳既然來了，我跟妳說一聲。」

錦香自然認識翠煙，原就是三郎君院裡的二等丫鬟，她怎麼會不認識？

翠煙上前兩步，牽起錦香的手，道：「以後我們一起侍候三郎君，院裡的事，自然是有商有量的。」

靠，誰跟妳有商有量啊?! 錦香就差沒罵娘了。

翠煙名字給人溫柔軟弱的印象，人卻十分剽悍，回院裡後，馬上召集一干人等開了個會，然後分派任務，限期完成，一下子把錦香架空了。

因為翠煙晉升，平靜的生活被徹底打破了。她好像有無窮的精力，無時無刻不在忙碌，更要命的是，她自己忙碌也就罷了，非逼著大家跟她一樣忙個不停，這下子，做針線活、傳八卦、閒聊的時間全都沒了。

不過兩天，一眾丫鬟僕婦已怨聲不絕。

小閒領了兩份差事，在翠煙眼裡是個勤快喜歡幹活的人，受到的「關照」少了些，反而有充足的時間練字。最不濟，往書房禁地一躲，翠煙也拿她沒轍。

很快，有人發現了小閒這個擋箭牌，翠煙一找，便說小閒吩咐下來，有什麼差事。

翠煙一開始沒在意，可次數多了，心裡很不爽，於是找上門來，準備和小閒好好談一談。

小閒在練字，桌上攤了幾張寫好的紙。

翠煙推門進來，一眼瞧見桌上的紙，馬上驚呼道：「妳怎麼敢亂拿郎君的字？」

先看清楚好不，郎君的筆跡可不是這樣。小閒翻白眼，提了提毛筆，道：「是我的字。」

翠煙這才注意到小閒手裡的毛筆，張大了口，好半天，一個字一個字，語不成句，蹦出一句話。「妳識字？」

小閒又揚了揚手裡的筆，一臉高深莫測的笑。

第十章

幾天來，翠煙第一次收起一等大丫鬟的自信，低下了高高的頭顱，改了咋咋呼呼的大嗓門，細聲細氣道：「我能坐下來嗎？」

多新鮮，剛才推門的時候，門扉因為受了大力撞上牆，發出好大聲響，這時候想起應該問主人一聲，不是很滑稽嗎？

小閒淡淡道：「坐吧。」把筆擱在筆架山上，問：「要吃茶還是喝水？」

翠煙小心翼翼挪動腳步，自己移過一張氈毯，在小閒几案對面坐了。

小閒給她倒了水，道：「我現在沒空，妳有什麼事交代我去做，要再過半個時辰，我才有時間。」

「喔喔。」翠煙乖巧地道：「我沒什麼事，就是隨便坐坐。」

妳是一個閒得下來到處閒逛串門子的人嗎？小閒看她。

她便訕訕地笑，道：「院裡幾十號人，沒個管事的實在不行。我這不是剛剛接手嘛，有不明白的地方，還請妳搭把手，幫個忙。」

真是見鬼了，她什麼時候這樣謙恭？小閒驚奇地看她，道：「有什麼事，妳不是應該和錦香姊姊商量嗎？」

翠煙不好說她想把錦香架空，只是看著小閒不說話。小閒雖然是三等丫鬟，做得一手好菜卻是人盡皆知，她想把小閒拉到自己這邊，不然，她怎麼會一直對小閒挺客氣呢？

她對小閒沒有呼來喝去不說，還沒強行給小閒分派活計。對她來說，這就是對小閒另眼相看了。當然，現在她覺得自己相當高明，眼前可是一個識字的主兒。識字，那可是娘子們才會，一個小丫鬟也會，真讓人膜拜。

「錦香性子太過柔和了。」翠煙道。「院裡的人平日裡總是偷懶。妳看，後園的花樹沒有修剪，門前的路沒有壓實，她們不想著把這些幹了，天天偷奸耍滑。」

天氣沒有轉暖，花草不到修剪的時候吧？至於院門前那條土路，呃……好吧，確實沒有壓實。

盧國公府占地廣闊，從大門通往正房的大路是青石板路，掃得一塵不染，但是通向別處的院落，就沒有青石板鋪路的待遇了。

葉啟住的是府裡最普通不過的院子，並不是世子所居的吟竹軒，所以出了門，同樣只是黃土路。話說回來，這時又沒有瀝青，京城的大道同樣是黃土路。

「這些應該報給汪嬤嬤，由汪嬤嬤派人處理吧？」小閒道。黃土路沒有壓實，關她什麼事？

「怎麼能這樣想呢？」一說起公事，翠煙暫時忘了眼前是一個識文斷字的文化人，馬上義正辭嚴與小閒抗爭。「這條路，我們每天都在走。」

不一定吧，丫鬟們只有幾人需要走出院門去別的院落送取東西。不過小閒沒有與她爭辯，只是問：「妳想怎麼辦呢？」

「我們壓實。」翠煙認真道。

丫鬟僕婦聽到這個消息時，馬上炸開了。有這樣折騰人的嗎？一群弱女子做男人們的粗活？

錦香被丫鬟們圍住了，耳邊嘰嘰喳喳嘈雜一片，她看火候到了，道：「都別吵了，我去稟報夫人，請夫人定奪。」

她去了陳氏屋裡，陳氏細細問了葉啟的起居飲食，錦香一一回了後，道：「翠煙是極好的，是個能做事的人，什麼事都辦得妥妥貼貼。夫人把這麼能幹的人升為一等丫鬟，是奴婢的福氣。」最重要的一句，由錦香嘴裡輕輕吐了出來。「不過，她曾放言，只要侍候好郎君便能改變命運。」

能改變命運，改變什麼命運？當然是做丫鬟的命運了。

陳氏有底線是絕對不能逾越的，或者說，豪門大戶的當家主母心裡都有一條底線不能逾越，那就是，丫鬟不能對服侍的郎君們有非分之想。只要越過這條線，輕則發賣，重則杖斃，沒有第三種可能。

當然，錦香並不認為自己對葉啟的感情，屬於非分之想的範疇。她只是用心服侍三郎君而已，覬覦三郎君的都是別人。翠煙是最大的威脅，現在正好借她犯了眾怒的機會除去，這樣既能起到殺雞儆猴的作用，又能除掉最強勁的對手。

而陳氏的底線，是最好的那把刀。

陳氏臉色變了。

任嬤嬤道：「翠煙一直在三郎君身邊侍候，要有非分之想，怎麼會等到現在？不可能吧？錦香聽誰說的？」

錦香道：「好教嬤嬤得知，愛慕三郎君的話，是翠煙親口告訴奴婢的。」

此言一出，屋裡的人都愕然。翠煙再沒有腦子，也不會把心事輕易對人言吧？

「喚翠煙過來。」陳氏道。

翠煙正滿院子攆丫鬟們去抬土壓實路面，聽說陳氏找她，倒沒多想，望望天色，道：「妳們別偷懶，我去去就來。」

汪嬤嬤當陳氏的面問翠煙，翠煙不肯承認。「嬤嬤，您不能亂說啊！我什麼時候對三郎君有別樣心思了？我的心思是服侍好三郎君，做好一個丫鬟的本分。」

「妳親口對我說，三郎君人長得俊，讓人見了心喜。」錦香不鹹不淡道。

翠煙整個人跳了起來，大聲道：「我什麼時候說過？」

「對啊。」汪嬤嬤道：「錦香可有人證？」

陳氏臉色黑如鍋底，屋裡的人都感到寒意森森，燒了地龍的室內，好像突然被冰雪覆蓋，膽小的人不禁打個寒噤。

汪嬤嬤緊緊盯著錦香的眼睛，道：「說，有何人證？」

緊急關頭，錦香不免心慌，口不擇言道：「當時小閒也在場。」

陳氏面現怒色，慢慢從薄薄的唇中吐出三個字。「喚小閒。」

「夫人叫我？」小閒不解。自從到葉啟院裡，除了葉標時常來蹭飯，葉馨三天兩頭派丫鬟來要點心之外，並沒有人記得她。陳氏管著那麼大一家子，怎麼會記得她一個小丫鬟？

僕婦點點頭，道：「這就走吧。」

「嬤嬤，」小閒拿起几案上兩條新手帕，遞了過去，道：「我的針線粗糙，妳別嫌棄。」

僕婦接過看了一眼，一條繡了牡丹花，一條繡了兩隻蝴蝶，俱都活靈活現，便揣進懷裡，壓低聲音把事情經過說了。

「叫我作證？」小閒驚呆了。

真是人在屋中坐，禍從天上降。好好的關她什麼事，為什麼非要把一條鮮活的生命交到她手裡？這件事，最殘酷的地方在於，無論她指證翠煙有沒有說過這話，兩人都有一人必然送了性命。

對生命的敬畏，讓小閒無所適從。

「夫人還等著呢，姑娘快點走吧。」僕婦說著，當先而行。

屋裡，陳氏已經不記得小閒了，認真看了兩眼，道：「好像有些眼熟？」

汪嬤嬤便笑了，道：「可不是，原在我們院裡服侍過，就在廚房，給趙姊姊打下手。」

「喔——」她這一說，陳氏倒想起來了，道：「長高了些，模樣出脫得更好了。」

初見小閒的人，誰不說她是個美人胚子，只是在勛貴之家，長得好的丫鬟多了去了，小閒可從沒覺得長得好是優勢，要活下去，還是得有一門手藝傍身，不能靠臉。

「夫人找我，有何吩咐？」小閒行禮道。

陳氏道：「妳與錦香、翠煙對質，翠煙可曾與妳提過三郎，說過什麼？」

錦香不停向小閒使眼色，翠煙卻臉色蒼白。她何曾不知，罪名一旦成立，只有十死無生，小閒與她來往極少，兩人沒有建立深厚友誼，小閒憑什麼幫她？

小閒道：「翠煙姊姊與錦香姊姊以及婢子提起三郎君時，三郎君也在場，當時說的話很多，婢子手裡又在做針線，並沒細聽。」

「三郎也在場？」不僅陳氏意外，屋裡的丫鬟們也覺得不可思議，錦香與翠煙更是瞪大了眼。郎君怎麼會為她們圓謊？

小閒肯定地道：「是。那天三郎君休沐，就在起居室，我們在廊下說話，郎君還偶爾搭一、兩句話呢。」

陳氏當即決定。「妳們先回去，待三郎回來，我問他便了。」

出了上房，錦香喊住小閒，低聲怒道：「妳可真能編！」

小閒苦笑，道：「姊姊拖我下水，我不如此，豈能自保？」

選擇站隊不難，難的是抹殺良心，害了翠煙的性命。那是一條鮮活的性命，一個如花般十六歲的女孩，她怎麼下得了手？

翠煙過來，拉著小閒的手道：「謝謝妳，妳的救命之恩，我永世不忘。」

小閒笑了，道：「話可別說得太早，決定權在郎君手裡，且看郎君如何決斷吧。」

這正是她聰明之處，拿葉啟當擋箭牌，交由葉啟處理，自己不蹚渾水。

兩人看著她，眼中自信滿滿。

錦香以為憑自己與葉啟的情分，葉啟一定會幫她圓謊；而翠煙沒有說過，自然不怕。

小閒悄聲道：「錦香姊姊，妳應該與郎君對一對說辭。萬一郎君不知情，直說了呢？」

問話的方式有很多種，葉啟是兒子，不是奴婢，陳氏只要不經意間拐彎抹角問一句，葉啟毫不知情，肯定露餡兒。

「對對對，快派人跟郎君說一聲。」錦香著急起來。

這事來龍去脈太複雜，總不能讓小廝傳話，讓郎君幫她欺騙娘親吧？

既不能借小廝之口，只能由小閒寫一封信了，但小閒不肯說謊。

葉啟在富貴錦。

豪華寬大的包廂裡，幾位朝臣坐在葉啟周圍，幾人在作詩。

葉啟看了信，道：「知道了。」

天色將黑，他才回來。門子早得了吩咐，一見葉啟來到府門前翻身下馬，馬上迎過去，接過韁繩，道：「三郎君，夫人請您過去一趟。」

葉啟嗯了一聲，一撩袍袂，上了臺階。

這半天，陳氏越想越不放心，眼見兒子一年年大了，服侍的丫鬟也一年年大了，縱然兒子沒有亂來，架不住丫鬟們心大，萬一真做出什麼丟人的事，豈不是丟了她的臉？

葉啟一進門，劈頭蓋臉便挨了一頓訓。「瞧瞧你身邊服侍的都是什麼人，一個個不用心服侍，光會勾引主子。」
如果沒有小鬧的信，葉啟不知發生什麼事，一定莫名其妙，少不得分辯兩句。有了小鬧那封信，他心知肚明母親指的是什麼，淡定行禮，道：「兒子天天在外忙碌，少在府裡，若有不妥當的人，娘親打發便是。」
一句話說得陳氏一顆心落了地，既能隨她打發，自然沒有私情。
「錦香十六了，我想給她指門親事，打發出去，你看如何？」陳氏假意道。
葉啟吃一口茶，潤潤嗓子，道：「這些事娘親作主就是，不用和兒子商量。」
「話雖如此，到底還是要問你的意思。翠煙同樣十六了，你看有哪個小廝年齡相當，一併打發出去吧。」陳氏笑得像隻老狐狸。
葉啟笑了，道：「娘親不如把日常跟兒子的小廝叫進來，看看哪個合適，一併打發。」
這下陳氏滿意了，笑咪咪道：「好，娘親自會安排。」
過了幾天，翠煙被打發出去，許了一個家生子的兒子。
宴席室裡，幾個夫人和陳氏相對而坐，交談甚歡，氣氛熱烈。
兩個丫鬟端了點心上來，分放在夫人們面前的几案上。
一個腰身似水桶的夫人笑道：「一向聽說盧國公府的丫鬟做得好點心，今天有幸得見，那是一定要嚐的。」說完不待陳氏回應，招呼在座的貴婦一聲，取了一塊糕點毫不客氣放進嘴裡。

這幾個夫人以前與陳氏並沒有來往，但葉啟成了千牛備身之後，幾人央求秀王妃牽線，在秀王妃舉辦的宴席上結識，自此開始走動，與陳氏成為閨密。

胖夫人一口咬下去，神色間有一絲錯愕。

其他人看在眼裡，伸去取點心的手便遲疑了一下，有的便縮回去了，有的猶豫一下，繼續拿。

雖說各人的舉動神情變化只有一瞬間，但陳氏瞧在眼裡，還是十分不快，臉色不由一沈，喚過在旁邊侍候的明月，道：「今兒的點心誰做的？」

丫鬟回道：「是新來的廚娘做的。」

陳氏的點心一直由趙嬤嬤經手，這不是趙嬤嬤有事外出嘛，只好讓平時打下手的廚娘頂上了。

陳氏皺了皺眉，道：「這人調去大廚房吧。」

也就是說，她手藝不過關，不能在上房侍候了。

胖夫人好不容易把一塊糕點吞進肚，吃了一口茶，空出一張嘴道：「外間傳言，盧國公府一個丫鬟做得好點心，怎麼……」

陳氏吩咐。「去，把三郎那裡叫……叫……」反正不記得叫什麼名字，先含糊過去。「喚她來，為夫人們做幾樣點心。」然後含笑向夫人們解釋。「外間傳言盡不可信，不過是有一個小丫鬟嘴饞，喜歡弄些點心吃著玩。幾位稍待，我已著人去喚了。」

小閒進來行禮時，好幾人驚嘆。「這麼小啊！」

早就聽說盧國公府有個小丫鬟做得一手好點心，卻沒想到竟然這麼小。胖夫人和旁邊一個夫人耳語。「只有十二、三歲吧？」

小閒行完禮，站直身子，上頭的陳氏發話。「先做四樣點心請夫人們嚐嚐。」

小閒應了，自去廚房準備。很快，兩鹹兩甜四樣點心冒著熱氣端了上來。

胖夫人依然第一個動手，取了一個咬一口，讚道：「色澤金黃，皮酥餡甜，確實美味。這是什麼？」

小閒道：「是老婆餅。」

一人笑道：「看著可愛，名字更可人。」

四樣點心一一嚐遍，夫人們紛紛交口稱讚。「果然不負盛名。」

陳氏笑道：「妳們是來找我敘話，還是特地來吃點心的呢？」

胖夫人也笑了，聲震屋宇，道：「她們不敢開口嘛，看我是個嘴饞的，託我提要求。來到盧國公府，不嚐嚐點心，豈不是白來？」

夫人們都笑了起來，陳氏望向小閒的目光卻若有所思。

待夫人們走後，她把小閒叫到跟前，道：「妳在三郎院裡，卻掛在十郎名下，自今日起，升為二等丫鬟，專事侍候三郎。」

以前算是借用，現在是正式調動。院子裡的丫鬟們少不得一番賀喜，小閒一一道謝，做了幾樣點心，請她們吃了才罷。

第十一章

小閒站在廊下，望著碧藍的天，和陽光下長出嫩芽的芍藥，一個頭戴黑紗襆頭，身著象牙白工筆山水樓臺圓領袍，腰束蹀躞帶（注）的少年，搖搖擺擺走到她面前。陽光灑在少年身上，像鍍上一層金光，任誰一見，都要嘆一聲：「好個美少年。」葉啟跟他一比，多了些陽剛氣，少了一層柔美。

小閒感嘆完，仔細一看，忙行禮。「見過郡主。」美少年原來是麗蓉郡主。最近京城流行女扮男裝，淑女們一個個穿上男裝，招搖過市。麗蓉細心打扮了，來找葉啟，準備給葉啟一個驚喜。

麗蓉笑道：「免禮。三郎呢？」

小閒剛要說話，錦香不知從哪兒冒出來，道：「我家郎君進宮輪值，郡主還是先回府吧，待郎君回來，奴婢會向郎君稟報。若是郎君有閒，自然會請郡主過府一敘。」

要是以前，麗蓉早就大發雷霆了，可是這一次麗蓉沒發作，而是無比嚴肅認真地道：「休得胡鬧，我有正事找妳家郎君。」

小閒呆住，錦香也呆住。

注：蹀躞帶，是古代的一種腰帶。蹀躞（ㄉㄧㄝ　ㄒㄧㄝ）一詞，本來是小步行走的意思，後來指腰帶上的飾物，繫在有孔的帶板上，用來佩帶各種物件。

麗蓉在起居室坐下，錦香跟進去侍候。這裡沒小閒的事，她去了書房。

葉啟昨晚看了一半的書擱在几案上，桌上散落幾張紙，是昨晚練的字。小閒把几案收拾了，又打了一盆清水，細細擦拭。

堪堪擦拭完畢，門外錦香道：「小閒，妳出來一下。」

「錦香姊姊。」小閒手拿抹布，走了出去。

錦香一臉焦急，道：「妳寫一張紙條，著人遞給宮裡的郎君。」

葉啟進宮輪值有段時間，在宮裡有自己的人手，若是府裡有急事找，可以傳遞消息。

「發生什麼事了？」小閒問。

錦香嘆氣，道：「我也不知道啊，夫人打發人把我叫去，當堂問郎君的去向，屋裡坐滿了人，有尚書的夫人、侍郎的夫人，還有幾位郡王妃。」

夫人們某種程度上代表丈夫，亦即不管重臣還是勛貴，都急著從葉啟那裡得到消息。

小閒道：「姊姊想讓我寫什麼？」

錦香不能進書房，望著書房門焦急地道：「夫人的意思，讓郎君探探陛下的心思。」

小閒臉色倏變，低聲道：「陛下的心思，是郎君能猜的嗎？」

身為臣子，還是近臣，不僅猜測皇帝的想法，而且公諸於眾，這是想置葉啟於萬劫不復之地嗎？

錦香見小閒臉色不善，退了一步，道：「夫人喚我去，是這麼吩咐的。」

「當眾吩咐還是悄聲吩咐？」小閒急道。陳氏不至於這麼糊塗吧？

錦香慌了，怯怯道：「叫到跟前，悄聲吩咐的。」

小閒鬆了口氣。那還好，還不至於太糟。

「妳去回夫人，為郎君前程計，為盧國公府安全計，還是把來客的來意告知郎君就好。至於郎君知道些什麼、不知道些什麼，待郎君回來再說吧。」小閒盯著錦香的眼睛，直看得錦香低下了頭，沈聲一字一頓道。

錦香也知道事態嚴重，可是夫人吩咐下來，怎能不聽？

「我自己去跟夫人說。」小閒放下抹布，反身鎖了書房門，大步朝上房去。

「夫人在會客，有什麼事，以後再說吧。」

小閒在廊下被明月攔住了，透過窗櫺，依稀能瞧見屋裡雲鬢高聳，夫人們個個珠光寶氣，可是內裡安靜得很，既沒有人高談闊論，也沒有人交頭接耳，更沒有人笑語喧喧。

小閒對明月道：「麻煩姊姊請汪嬤嬤出來一下，我有要事稟報。」

明月瞧了她兩眼，道：「剛當了二等丫鬟，就有要事？」語氣說不出的嘲諷，小閒卻無心計較，道：「是。」

汪嬤嬤很快出來，道：「信寫好了嗎？」

小閒牽了汪嬤嬤的手，走到庭院中，確定不會有人躲在一邊偷聽，才壓低聲音道：「朝廷一定出了大事。怎能有三郎君妄自猜測聖意的傳言？不如坦承郎君進宮，無法聯繫，再悄悄告知郎君消息。」

汪嬤嬤稍一思忖，馬上明白小閒的用意，頷首道：「說得是。若是傳出郎君妄自猜測聖意，傳到陛下耳中，豈不是……」

若傳出這種風聲，葉啟的聖眷算是到頭了，千牛備身不用幹，光明前途也不復存在。

「幸好有妳提醒。妳且回去，把來的人告知三郎君，我去跟夫人稟報。」汪嬤嬤的嘴唇貼在小閒耳邊，把夫人們丈夫的官銜姓名一一報與小閒。

小閒默默記在心裡。

「夫人怎麼說？」錦香等在院門口，一見小閒馬上迎上去。

以小閒的等級是見不到陳氏的，何況陳氏此時有客，更不會理會一個二等丫鬟。

小閒道：「汪嬤嬤代為稟報。」

錦香露出笑容，心想，妳倒聰明。她以為小閒不是被訓斥，就是被罰跪，無論如何跟陳氏說不上話，沒想到小閒另闢蹊徑，達到了目的。

小閒很快寫就密信一封，交由小廝快馬送了出去。

日已過午，麗蓉郡主還沒有走的意思，錦香只好問她，是不是在這裡吃飯。

麗蓉笑了，道：「讓妳們做得一手好菜的小丫鬟做個席面上來，我賞光嚐嚐，看看她的手藝是不是如傳言中說的那般好。」

誰要妳賞光？沒得浪費糧食。錦香嘀咕兩句，交代小閒道：「隨便做兩樣菜應付就行。」

人家是郡主，當然不能太寒磣。小閒做了兩葷兩素四個菜，外加一個湯、一碗粳米粥。

麗蓉吃後大加讚賞，賞了一個羊脂鐲子。

小廝送來了葉啟的回信，只有三個字：「知道了」。

陳氏的客人同樣賴著不走，午後又來了幾個人，更是熱鬧。

汪嬤嬤來了，對小閒道：「夫人誇妳呢，說待客人走後再賞妳。」

小閒道了謝。她這麼做不光是為盧國公府，為葉啟，更是為自己。若沒有盧國公府這個遮風蔽雨的所在，她又能到哪裡去呢？

汪嬤嬤又道：「進府的都是有頭有臉的貴客，還有些等級不夠，不能進府，只能遞了拜帖，在門房乾坐的，送上來的拜帖就有二十多張。」

也就是說，此時盧國公府已成了焦點，一舉一動俱在無數雙眼睛的注視下。

小閒認真道：「請嬤嬤轉告夫人，一言一語一舉一動皆須小心。」

或者一個不經意的動作，被有心解讀，就會惹出滔天大禍。

汪嬤嬤見小閒說得鄭重，點頭道：「夫人曉得。」

待汪嬤嬤匆匆離去，錦香再次派人去宮門口守著，只要葉啟一出宮門，馬上回府報信。

小閒估計，此時守在宮門口的人一定很多。

眼看天色漸漸黑了，又有消息傳來，來了好些官員，藉口接夫人回府。

葉啟會怎麼做呢？他只是一個十五歲的少年，在現代，不過是一個國三學生。

奉天殿裡，殿角佇立的內侍大氣不敢喘一口。天子一怒，伏屍百萬，不是鬧著玩的。

几案前隨處丟著奏摺，皇帝臉黑如鍋底，腰繃得直直的，端坐不語。

葉啟手捧大刀，如石雕般站在位置上。

又一本奏摺被丟在地上，兩個內侍頭垂得更低了，身子往牆角貼了貼，恨不得把自己縮進牆裡去，心裡暗暗祈禱，皇帝別把怒火發洩在自己身上。

今天早朝，御史臺監察御史陸進上了一本奏摺，請求皇帝冊立太子。

皇帝五子，長子次子早夭，三皇子已經十六歲了，照理說，立太子這事早該安排，可是皇帝好像失憶，遲遲不提此事。朝廷上下早就議論紛紛，經過一番試探、商議，最後達成共識，八品的陸進被推出來投石問路，試探皇帝的態度。

可是皇帝心機深沈，看了奏摺後臉上波瀾不起，於是大臣們散朝後一窩蜂派夫人跑到盧國公府打探消息。

皇帝的態度決定他們接下來的行動，或是死磕，不達目的不甘休；或是換一種做法，步步為營，最後達到目的。

其實在皇帝看陸進的奏摺時，站在不遠處的葉啟明顯感覺到他眼中閃過一絲憤怒。只是一閃而過，可是葉啟捕捉到了。

皇帝到奉天殿後才發作，几案上的兩大摞奏摺已被他扔得差不多了。

葉啟能理解皇帝的心情。他正當壯年，大臣們已準備另起爐灶了，他怎能不憤怒？

當然，站在大臣們的角度，他們是希望帝國後繼有人，把繼承人定下來。

葉啟正想得入神，突然聽到一聲暴喝。「發什麼呆呢，滾過來！」

皇帝的怒火燒到葉啟頭上，兩個內侍暗自慶幸，就差沒拍手慶賀了。

葉啟放下大刀，平靜地走過去，道：「陛下有何吩咐？」

「坐下，陪朕聊天。」

聊天就聊天，用得著搞成威逼嗎？葉啟腹誹，掃開几案另一側的奏摺，跽坐下來。

皇帝又不說話了，過了一會兒，轉頭喝令內侍。「拿酒來！」

酒上來後，又吹鬍子瞪眼罵葉啟道：「還要朕給你倒酒不成？」

葉啟早就起身，伸手從几案上拿起酒壺，看在他深受刺激的分上，不跟他計較，倒了兩盞酒，一盞放在他面前，道：「陛下請吃酒。」

「哼！」皇帝氣呼呼道：「你小子平時跟羽郎嘀嘀咕咕，說些什麼？」

三皇子名羽，皇帝皇后私下稱為羽郎。皇帝這是懷疑三皇子組織大臣逼宮了。

葉啟捋袖子端起酒盞，吃了一口，斜睨皇帝道：「殿下平時跟臣廝混，絕不跟大臣往來，今兒上奏摺的可是陸進，不是臣。」

隨著年齡漸長，三皇子為避嫌疑，除了跟他們幾個自小玩到大的玩伴還有來往外，跟大臣們可不曾有任何私交。

「今兒的事，你小子事先就沒聽過一點風聲？」皇帝也斜睨葉啟道。

葉啟搖頭，道：「沒有。臣母雖與幾位誥命夫人有私交，臣與大人們只是風花雪月，不敢涉及朝政，陛下宣大人們一問便知。」

朝中大臣相約吟詩作對、詩酒應酬，怎麼也瞞不過皇帝，而他並沒有一言相責，可見沒有反對。朝臣們與葉啟交好，不過是先打個埋伏，一枚這麼重要的棋子，哪捨得輕易動用？一旦用了，自是到了危急萬分的時候。

葉啟在應酬中極少吃酒，從不吃醉，防的就是酒後吐真言。

皇帝哼了一聲，道：「用得著你說？」

如果他不是確定葉啟嘴巴極緊，早不會放他在自己身邊。每次葉啟與朝臣飲酒吟詩，不用一個時辰，席間誰說過什麼、作過什麼詩、吃了幾盞酒，皇帝便心中有數。

「所以臣很無辜。」葉啟苦著一張俊臉。

皇帝一巴掌輕拍在葉啟腦門上，道：「吃一點苦便嚎天喊地，算什麼好漢。」

一壺酒吃完，皇帝也發洩過了，開始重新看奏摺。

葉啟上茅廁時，收到了小閒的信，信捲成一條，上面列了一些人名。葉啟看後丟進茅坑，又若無其事走出來。

到了時辰，從奉天殿出來，守在宮門口的小廝忙迎上來。葉啟見七、八個小廝打扮的人從不遠處伸長脖子望過來。

皇宮除了是皇帝的辦公場所、后妃們的居住場所之外，還是宰相們的辦公場所。當然，是專門撥出來的一所宮殿，以方便宰相們隨時奉召，有事請示皇帝也方便，所以宮門外有小廝一點也不奇怪。

但是葉啟知道這些小廝不是跟隨宰相的小廝。

「回府稟報夫人，某還有事。」葉啟丟下一句，翻身上馬，帶了隨身侍從拍馬而去，留下小廝呆在當地。

府裡還有一大堆客人呢，三郎君這樣好嗎？

「什麼？三郎沒有回府?!」陳氏接到消息，只覺陣陣眩暈。應付這些人一天，她已經很累了。

客人們很失望。

因為來了男客，葉德被小廝從蒔花館找來。他原就吃高了，兩碗醒酒湯灌下去，神志還不大清醒，一聽葉啟沒回府，當場就炸了。

「混帳小子，跑哪兒去了！你們快追上去把他綁回來！」一聲大喝把堂上的客人和堂下的小廝都轟懵了。

還是管家老李反應快，馬上按住捋袖子要去綁兒子回來的葉德，細聲細氣勸道：「想必三郎君有事要辦，不能及時回府。先派人去看看，待事情辦完，請三郎君快馬加鞭趕回來也就是了。」

真是一個好臺階，於是客人們紛紛拉住葉德，道：「正事要緊，正事要緊。」

平時這些人見面，也就是面子上的事，隨便拱拱手了事，哪裡會像今天一樣對自己恭恭敬敬？一想到難得在這些重臣面前揚眉吐氣，葉德跟打了雞血似的，人越勸，他越要去把葉啟綁回來。

堂上亂成一團時，小閒已得到消息：葉啟避出去了。

她笑了。葉啟是聰明人，能明白她的意思。

「郎君去哪兒了？有誰跟著？帶的衣裳可夠？」錦香連珠炮般問回來報信的小廝。怎麼不回府就走了呢？起碼讓人回來捎換洗衣裳呀。

小廝呆呆地搖頭。

錦香氣得跺腳，對小閒道：「妳說，這叫什麼事！」又對小廝道：「你別在前院侍候了，趕明兒交了差事，去馬廊餵馬吧。」

「啊……」小廝大吃一驚。餵馬是最差的差事了，只怕以後再沒出頭之日。

小閒勸道：「郎君那麼大的人了，身邊跟的人又多，怎麼著也不會委屈了自己。」能在這時候一走了之，這份決斷不是一般人做得出來。他是貴公子，身邊帶著侍衛、小廝，有的是銀兩，不可能露宿郊野。

就在這時，外邊喊起來了。「國公爺帶人去追三郎君了。」

葉德只有陳氏才壓得住，陳氏與貴婦人們應酬了一天，累得夠嗆，可大家嘴緊得很，愣是不肯說找葉啟有什麼事，加上葉啟沒回府，而是不知跑哪兒去了。這時陳氏才想起來，應該派人去打探一下。

她找藉口離開貴婦人們去派人時，葉德已帶了人騎上馬去追葉啟了。正堂上的男賓、那些重臣，自然也跟著去了。

「國公爺去哪兒追？怎麼追？」小閒急了，抓住說這話的丫鬟的衣領問。

小閒的表情很猙獰，丫鬟嚇了一跳，結結巴巴道：「不……知道。」

第十二章

麗蓉郡主被晾了一天，很不耐煩，要不是來之前，秀王妃再三叮囑一定不能發脾氣，她早把面前的几案掀翻了。

外面吵吵嚷嚷，不知吵些什麼，已經掌燈了，葉啟怎麼還不回來？

門被推開，小閒快步進來，行禮後懇切地道：「三郎君有事不能回府，郡主還請自便。」

「三郎不回府？他去哪兒？」麗蓉驚訝道。

小閒道：「郡主今兒在這兒等了一天，只是為與三郎君敘舊嗎？」

以麗蓉的性子，怎麼可能老老實實安安靜靜坐一天？

她從麗蓉的臉上得到了答案，道：「想必郡主已經知道發生什麼事。郡主想知道什麼，三郎君不方便透露，還請郡主見諒。」

麗蓉很意外，不過是個在廚房做事的小丫鬟，居然有此見識？她深深看了小閒一眼，道：「妳來見我，可有話說？」

「是，」小閒道。「國公爺帶人去追三郎君了，若是追到，於三郎君不利。」

麗蓉自小在王府長大，受的是皇家教育，見識與一般人不同，稍一凝眉，立即明白小閒的意思，站了起來，道：「我去勸他。」

小閒和錦香換了男裝緊跟在後，出府時得知，陳氏坐了馬車追去了。

夜幕降臨，已經宵禁，街上除了巡城的武夫，只有一群騎馬的男人橫衝直撞。這群男人的來頭還挺大，武夫只有點頭哈腰放行的分兒。

接著是一排馬車，領頭的車上高掛寫著「盧國公府」的燈籠，後面掛的是寫著三、四品大員府邸字樣的燈籠。

「真是見鬼了。」一個年輕武夫目送馬車離去，嘀咕了一句。

旁邊一個年長武夫道：「盧國公府出什麼事了？國公爺這會兒不在蒔花館，滿大街瞎跑什麼呢？」

另一個矮個子武夫笑道：「沒瞧見盧國公夫人急急追去？想必盧國公躲避夫人也說不定。」

「捉姦？」幾個聲音同時響起，接著哄堂大笑。

武夫們得在城中主幹道巡邏到天亮，長夜漫漫，說些富貴人家的風流韻事打發時間，也是好的。

武夫頭兒也笑了，笑完，抖官威喝道：「休得胡說。」

矮個兒武夫笑道：「要不然，盧國公夫人大半夜滿大街地跑什麼，還打聽盧國公往哪個方向去？」

夜幕降臨不到半個時辰，捉姦啥的還早，頭兒下意識望了望天，再望望平康坊的方向，將信將疑。

武夫們卻開了葷腔，越說越不像話，直到得得聲響，又一輛馬車駛來。

車夫出示了秀王府的腰牌，倨傲道：「可曾見過盧國公爺？往哪個方向去了？」

頭兒和武夫們都傻了眼。怎麼秀王府也找盧國公爺，這又是什麼風流韻事？

得到答案後，武夫們清晰無比地聽到車內傳出一聲嬌斥。「快追！」

是個女的！待馬車快速離開，武夫們又炸開了窩。

車裡，麗蓉比小閒還著急，不停催促車夫快點。車夫先還以安全第一相勸，無奈麗蓉不聽，只是不停催促，生怕葉啟被葉德追上，壞了大事。

聽說陳氏出府，小閒懸著的一顆心總算稍稍回位。有陳氏阻攔，想必葉德無法找到葉啟。

其實葉德並不知道去哪兒追葉啟，只是一個勁兒地朝皇宮趕，在御街上遇到羽林軍，一問，才知葉啟往春明門去了。

出城了？葉德大急，罵了一聲。「兔崽子，這會兒出城幹什麼？」

跟隨的官員心想，躲得可真徹底，卻不知誰透的消息？

往日盧國公要叫開城門並不難，可是如武夫所說，真是見鬼了，不管他怎麼說，守城官就是不肯下令開城門，不僅不肯開城門，還不肯透露葉啟有沒有來過。

在官員們面前丟了臉，葉德氣得直跳腳，不停咒罵，還是一起來的侍郎拍馬而出，喝道：「難道本官來了，也不能開城門嗎？」

隨從提了燈籠，在侍郎面門照了照，燈下一張五旬的清瘦面容，可不是侍郎是誰？

守門官道：「大人恕罪，離得遠，小的沒看清。」

侍郎氣得吐血。盧國公爺你看得清，本官你就沒看清？本官要收拾你一個守城門的，很難嗎？

又一個官員拍馬上前，喝令開城門時，陳氏的馬車到了，貴婦人們的馬車也跟著到了。

守城官兵們居高臨下親眼目睹了大官們夫妻相會的戲碼，以及證實了盧國公爺怕老婆的傳言。

據一位守城兵士日後跟人說的。「好傢伙，盧國公夫人一下車，把盧國公狠狠訓了一頓。盧國公那麼高的爵位，吭都不敢吭一聲，說上馬就上馬，說回府就回府，都沒二話。」最後下結論。「真不是爺們！」

麗蓉的馬車走到半道，遇見了垂頭喪氣的葉德。

「妳們怎麼來了？」陳氏見錦香和小閒從馬車裡下來，詫異道。

錦香稟道：「奴婢們想著三郎君公務繁忙，無暇回府，國公爺又急著給三郎君送衣裳，特地趕來侍候。還好來得及。」

什麼送衣裳？不過是給葉德臺階下。

陳氏瞪了葉德一眼，心想，一個丫鬟見識都比你高。

憑良心說，要不是葉德口口聲聲要把葉啟綁回府，她擔心兒子，斷不會追來。可是聽說葉德追向春明門，她已經意識到事情非同小可，若非潑天大事，葉啟不會避出城去。

葉德垂頭喪氣，半天時間，把臉面都丟光了，先受守城官戲弄，再挨老婆訓，以後怎麼有臉出去混喲……

回府後，派去打探的人回來，陳氏才明白出了什麼事。

小閒回府後，行禮退下，回了自己屋子。

葉啟到春明門，把守門官叫來，叮囑兩句，一行人縱馬出城。在城外兜了大半個圈子，來到安化門，憑千牛備身的腰牌叫開城門；進了城，直趨臨近皇宮的太平坊，叫開坊門，來到一處安靜的院落。

院落小巧，只有前後兩進，卻佈置精巧，平時只有一個老蒼頭打掃，雖沒住人，卻收拾得異常乾淨。

老蒼頭在睡夢中被叫醒，披衣出來，道：「三郎君來了？」

這是葉啟購下的一處院落，原是一位京官的住宅，因犯了事被充軍，院落低價發售，葉啟看價錢便宜，便讓順發出面買下。

可別以為葉啟只與三皇子、周川等人廝混，紈褲們在葉啟帶領下，早就做一些生意，不過是沒有出面，由妥當的人打理罷了。

葉啟擦了把臉，叫過順發吩咐幾句，順發牽馬出門。半個時辰後，周川來了。

「他們到處找你呢，你家可熱鬧了。」周川笑得沒心沒肺。

葉啟道：「找你有正事。你明天一早找個由頭去三皇子那兒，跟他這麼說……」

周川不停點頭，道：「你放心吧，都交給我。」

出了這麼大的事，照常理，三皇子明天不可能上學，他要上奏摺，表明支持老爹的決心。

周川跟做賊似的，躲躲閃閃出了小院落，在太平坊七繞八繞，繞了半天才回府。

小閒天沒亮便起身，開始和麵做點心。

天色大亮，陳氏把小閒叫去，上上下下打量她半天，道：「妳勸麗蓉郡主攔下國公爺，勸錦香稍安勿躁？」

小閒道：「是。」

「為什麼？」陳氏一雙眼睛死死盯著小閒，似乎要把小閒看穿看透。

小閒道：「婢子只是覺得三郎君不回府，自然有不回府的道理。我們做奴婢的，自然唯主子之命是從，就算沒有命令，也該配合主子行動才是。」

「妳不知道出了什麼事嗎？」陳氏的語氣很冷。

小閒道：「婢子不需要知道發生什麼事，只需要領會主子的意圖，照主子的意圖去做就好。」

領會主子的意圖，照主子的意圖去做，是為奴婢的最高境界，也是主子可遇不可求的人才。若能遇到這樣的人才，主子會當成心腹對待。

陳氏很意外，非常意外。

「妳回去吧。」沈思半晌，她道。

小閒回廚房做老婆餅，午後，汪嬤嬤來了，後面兩個丫鬟捧了四疋絹。

「夫人賞小閒的。」汪嬤嬤笑得和氣，對錦香道：「快請小閒姑娘出來吧。」

絹是可以當錢使的，是皇帝賞賜大臣的必備之物；賞絹，那是夫人把小閒當個人物了。

錦香臉色驟變。

小閒洗了手，換了衣裳，接了絹，去上房謝賞。

陳氏含笑道：「好好幹活。」

這就是入了陳氏的眼了，小閒在上房廚房做事的時候，陳氏可沒能記住她。

四疋絹是兩疋紅色、兩疋纏枝花紋，都是年輕女孩當穿的顏色。丫鬟們羨慕得不得了，都道：「小閒是個有福氣的呢！」

小閒含笑道：「夫人的恩典，人人有份。我拿出兩貫錢，姊妹們加幾個菜，吃點酒，樂呵樂呵。」

聽說有酒吃，還加菜，丫鬟們歡呼起來。

夜幕降臨時，順發來了，先和錦香說了幾句話，再來找小閒，道：「我來取點吃食，外面的東西不乾淨。」

小閒把準備好的老婆餅和幾個紅燒肘子、一隻燒鵝交給他。

順發驚訝。「妳都備好了？」

小閒微微一笑，道：「郎君吃慣了府裡的吃食，外面的一定吃不慣。」

是吃慣了小閒做的飯菜，嘴養得很刁，別人做的，肯定不合口味。

順發豎了豎大拇指，道：「郎君一切安好，妳放心。」沒有問葉啟的去向，不是不擔心，而是不該問的不問。順發不說，同樣是不該說的不說。

送走順發後，小閒去了錦香的屋子。錦香在抹淚，臉上淚痕沒乾。

「郎君有順發他們照顧，沒事的。」小閒安慰道。

錦香點點頭，淚如斷線的珍珠，嗚咽道：「他什麼時候受過這樣的苦呢……」自小乳娘護著、丫鬟哄著，不要說獨自住外邊，就是在府外過夜，也從沒有過的。

小閒靜靜坐在一旁，待她哭得差不多了，道：「多謝姊姊在夫人跟前幫我說話，要不然夫人不會賞我。」

陳氏不知是一時沒想到，還是故意的，賞小閒那麼豐厚，對錦香半點賞也無。錦香要是心理能平衡，那才有鬼了呢。

一提起這個，錦香也不哭了，眼一瞪，道：「夫人對妳可真是好得沒了邊。」

小閒笑，道：「夫人看重姊姊，若是賞，就見外了。我是一個小丫鬟，夫人若是不賞，她才是夫人的人好不，立下這麼大的功勞，一點賞都沒有。倒讓下人們寒了心。」

言下之意，陳氏賞小閒是為博個善待下人的好名聲，可不是真的要賞她。

是這樣嗎？錦香將信將疑。

小閒道：「姊姊請想，我這麼一個小丫鬟，都能得夫人重賞，府裡那麼多姊姊，可不是有勁一處使，只要是為盧國公府好的，一定會向夫人提建議。嗯，也就是個千金買馬骨的故事。」

小閒不知這個故事錦香懂不懂，打算好好給她上上課，使勁把這事忽悠過去。

「這是千金買馬骨？」錦香眉開眼笑，道：「這故事還是以前聽郎君講過，沒想到用在這地方。夫人可真是博學多才。」

小閒鬆了口氣，聽進去就好。「所以啊，以後我們要更加努力才是。」

錦香卻道：「妳雖然年齡小，卻透著老成，就沒想過以後嗎？」

以後？以後什麼事？小閒不明白。

面對小閒撲閃撲閃的大眼睛，錦香加重語氣。「女兒家，總有一天必須面對的婚姻大事。」

她才十一歲，就要面對婚姻大事了？小閒目瞪口呆。

錦香卻毫無羞澀，她的年齡，若是一般百姓已算晚婚了，父母這會兒一定為她的婚事著急上火；而此時，她更有了心上人。

「三郎君是人中龍鳳。」錦香含笑道：「妳又深得他信任——」

「行，不用再說下去了。小閒打斷她道：「我還小呢。再說，我希望有一天能出府，開家小店，最好是點心鋪子，靠手藝吃飯。」

錦香眼睛亮了起來，道：「妳都想好了？」

真是太好了，公認的美人胚子小閒居然對三郎君沒有一點點的動心。錦香頓時心花怒放，不知不覺中聲音也爽朗了，道：「妳說的是真的？不會過兩年又改了主意吧？」

小閒年輕聰明，又長得好，舉手投足不像丫鬟，倒像娘子，又做得一手好菜好點心，還識文斷字。這樣的女子，三郎君怎麼可能不動心嘛……

事實證明，錦香想多了。小閒肯定地道：「不會。」

「好妹妹，妳可真是好人。」錦香感激道。

小閒笑了，道：「我只是一個小丫鬟，可不敢有非分之想。」

敢勾搭葉啟，那是死路一條。為安全計，小閒還是安安分分做個丫鬟好。

可不是，三郎君不是花心的人呢！錦香放了心，轉念一想，又擔心起葉啟來。「不知郎君住哪裡，此時做些什麼，可有人服侍？」

小廝們笨手笨腳的，怎麼服侍得好嘛？

小閒道：「郎君那麼大的人了，一定會照顧好自己的。」

這話錦香不愛聽，道：「郎君什麼時候會照顧自己了？」

得，當自己沒說，反正該安撫的也安撫了，小閒打算告辭出來，錦香卻拉著她說個不停，說的都是葉啟的舊事。葉啟自小書讀得好，五歲便能背論語啦；葉啟從不調皮，總是彬彬有禮啦；葉啟待下人極好，從沒有打罵過啦……總之，葉啟什麼都好。

小閒靜靜聽著，末了，輕聲道：「可是，郎君總會有自己的妻子，我們，只不過是……」

丫鬟最好的歸宿，是妾侍。想到要和無數個女人共用一個男人，小閒興致缺缺。

第十三章

皇帝對陸進的奏摺留中，算是保留意見。

兩天後，御史汪注上奏摺，再次請立太子。

葉啟得到消息後，從太平坊的小院落回府。

陳氏望著在外三天的兒子，淡淡說了句。「以後不可招呼不打一聲就跑。不吱一聲就跑，留下一個爛攤子讓誰收拾？還不是煩勞了她，而她，卻什麼都不知道。」

葉啟認錯道：「是兒子的錯，兒子該派個人回府說明，娘親才好做出適當回應。」

陳氏滿意地點頭，道：「這次多虧你院裡一個小丫鬟，叫什麼小閒的，若不是她，府裡不知得多亂呢。」

雖說當時也很亂，但主要是葉德引起的，又及時被制止，在控制範圍內。想到堂堂國公不如一個小丫鬟有見識，陳氏想死的心都有了。

「小閒？」葉啟訝異。

陳氏嗯了一聲，揮手道：「你也累了，回去吧。」

葉啟見母親興致不高，告退離開上房。一路上，順發把打聽來的情況一五一十稟報葉啟。「連麗蓉郡主都說動了呢，與錦香姊姊一同坐了車，出府追趕國公爺。」

能說服麗蓉，確實不一般。葉啟加快腳步。

「郎君回來了——」坐在屋裡發呆的錦香聽到一聲喊，鞋來不及穿，光腳跑了出來，一見葉啟，立即放聲大哭。

從各個屋子跑出來的丫鬟們呆了，三郎君毫髮無損回來，哭啥呢？

小閒最先反應過來，低聲道：「郎君平安歸來，應該歡喜才是，妳哭什麼？」

錦香抽抽噎噎道：「我高興……」

眾人無語了。

錦香從袖裡取出帕子擦淚。其實她也不想這樣失態，這不是兩、三天一直擔驚受怕，心提在嗓子眼，一旦鬆下來，只覺無盡的委屈，只能用眼淚傾洩了。

「好了，不要哭了。」葉啟說著，腳步不停，進了屋。

錦香聽話地止了哭，緊跟在後，又吩咐打水，又備下帕子，侍候葉啟淨了臉，細聲細氣地道：「郎君可餓壞了？待奴婢傳膳。」

葉啟還來不及說話，錦香揚聲對候在廊下的小閒道：「小閒，快做幾樣郎君愛吃的菜呈上來。」

葉啟道：「不急。小閒，妳進來。」

小閒進屋行禮，道：「郎君有什麼吩咐？」

葉啟先不說話，靜靜看她，半晌，道：「平常看什麼書？」

小閒很意外。穿到這兒後，看書先是為了努力適應繁體字，後來在葉啟書房，就著他看了一半散在几案上的書看，算是偷看，不知他知不知道，反正沒被訓斥過，小閒當他默許。

現在問看什麼書，是什麼意思？

葉啟在几案後坐了，道：「不用緊張。妳怎麼知道應該安撫錦香的情緒，又怎麼勸說麗蓉阻攔國公爺？」

原來是為這個。小閒笑了，道：「憑直覺。」

憑直覺？葉啟蹙了蹙眉，道：「直覺可信？」他不信，直覺怎麼可能作為憑據呢？據陳氏和順發所說，當時小閒反應極快。丫鬟們不知發生什麼事，不知所措，亂成一團時，她很鎮定。直覺能讓一個人做出正確的判斷，並據此行動？

小閒見葉啟不信，解釋道：「若不是發生了大事，郎君不會出宮後不回府，夫人們也不會一早前來拜訪，至晚還不告辭。」

早朝結束，消息便在朝廷傳開，機靈點的，馬上派夫人來盧國公府探消息。大家為了等葉啟回來，不約而同閉口不談早朝上的事，把陳氏蒙在鼓裡。這一天，陳氏過得相當憋屈；而身為小丫鬟的她不僅嗅到不同尋常的氣味，還做出正確的判斷，如果她不是天賦異稟，那真的是撞了大運。

「所以，妳據此認為一定發生了大事？卻為何贊成我避出去？」葉啟問。

葉德急匆匆地要把葉啟追回來，小閒怎麼確定此舉不妥呢？

「郎君若是能回府，自然回了，不用國公爺去追郎君回來。」小閒一副白癡都懂的眼神瞧著葉啟。

葉啟沒有說話。

她道：「婢子下去了。」

葉啟道：「書房裡的書，妳若想看，只管拿去看，不要帶出書房就好。」

就是說，能待在書房還能光明正大看書？小閒大喜，兩眼發光，道：「真的？」

葉啟微微一笑，道：「當然。」

小閒道了謝，哼著歌走了，門口的錦香一頭霧水。

晚上，只有錦香一人服侍。她細細打量葉啟，良久，幽幽道：「郎君瘦了。」

「嗯？」葉啟道：「有嗎？」

除了第一天晚上吃了燒餅，其餘時間可是點心吃食照舊，跟往常一樣是小閒出品。每晚宵禁前，順發過來取吃食及換洗衣裳。

「有。」錦香肯定地道：「就是瘦了嘛。」

最後的「嘛」字，帶了尾音，聽上去有些撒嬌的味道。

葉啟修長的手撥弄著棋盤，似乎沒有意識到錦香語氣中的不同。

「以後有什麼事，郎君可得提前說一聲，人家擔心死了。」錦香接著道。

葉啟嗯了一聲，瞟了門口一眼，道：「小閒呢，怎麼沒來？」

為了能與郎君有個安靜的獨處環境，傳情達意，傾訴相思，錦香把丫鬟們都支開了。小閒卻不用她趕，吃過飯，鑽進書房翻書去了。

書房很大，藏書很多，空間都用來放書櫃，坐臥的地方很舒服。小閒倚在大迎枕上，看書看得入神。

「小閒……大概在忙吧？」錦香假意朝門口望了一眼，道：「郎君找她做什麼？」

葉啟道：「妳去喚她過來。」

錦香無奈，只好起身吩咐廊下侍候的丫鬟去找小閒。

待她重新進屋，葉啟又道：「以後遇事，別慌慌張張的，跟小閒學著點。」

錦香很委屈，三天兩夜哭瞎了眼，不是因為擔心郎君，關心則亂嘛，怎麼成了慌慌張張？可是最終，她還是低低應聲。

小閒放下書，回到起居室。葉啟放下手裡的棋子，看著小閒道：「妳在做什麼？」旁邊的錦香大為吃醋，剛才葉啟跟她說話，眼睛一直停在棋盤上，正眼沒看她一下。

小閒道：「婢子剛才在書房看書呢。」

「看什麼書？」葉啟說著站起來，道：「走吧，去書房。」

「這……」錦香抓狂了。

到了書房，葉啟指著一個書櫃，道：「這裡的書，妳先看。」

小閒看了幾本書名，都是些話本，也就是文言文小說。

她笑指對面角落裡一個表面鏤花書櫃，道：「婢子先看這個。」這裡放的是史書。

葉啟再次訝異，道：「妳喜歡看史書？」

難怪小小年紀有此見識，原來興趣是最好的老師。

小閒道：「當故事看的。」

她最想看的是大周錄。在這個朝代混了快一年，才搞明白這兒是大周朝，已立國一百多年，一百多年來發生的事情大多記錄在這本大周錄裡，實是居家必備之良書。

葉啟恍然，小女孩嘛，可不是喜歡看故事書，歷史比話本精采多了。

「妳叫兩個人，把這兒重新收拾了，某以後在這兒讀書。」葉啟的手指劃過一小片空地，那兒放一張矮榻、一張几案，除此之外別無他物。

這是要給她置讀書的場所嗎？小閒好生感動，再次真誠道謝。

她讓錦香開了庫房，取了兩張厚氈鋪在地上，又放了大迎枕，一張小憑几，放了花觚，插了四時鮮花，經小閒巧手略一佈置，略顯冷清的書房溫馨無限。

葉啟滿意地頷首，道：「這樣好多了。」

自此，葉啟回府後，一大半時間待在書房，或是練字，或是讀書。小閒侍候磨墨茶水之餘，在角落裡看書，兩人相安無事。

書房只有小閒一人能進，錦香漸漸不滿，常常在葉啟外出時指桑罵槐，又常找藉口為難小閒，小閒總是以禮相待，不和她計較。

這天負責漿洗葉啟中衣紈褲的丫鬟來報，葉啟一件中衣不見了，錦香到處搜，最後卻在小閒房裡搜出來。錦香以小閒對葉啟有非分之想為由，要發賣小閒，恰好葉啟回來，笑道：「愛書的人不會猥瑣。我看她要偷只會偷書，偷一件舊中衣做什麼？妳仔細些搜。」

在葉啟的命令下，查出是一個小丫鬟，偷了曬在繩子上的中衣栽贓陷害小閒，小丫鬟供出是錦香指使的。

葉啟斥責錦香一頓，罰她半年的月例，院子裡總算暫時清靜了。

日子就這樣一天天過去，轉眼到了秋天。天氣漸冷，地龍燒得暖暖的，書房裡，小閒在煎茶。

「進步很快。」葉啟嚐了一口，勉強滿意。

小閒微微一笑，道：「可惜婢子不會畫畫，無法在茶面上點茶。」

沒有畫畫基礎，無法在茶面上畫出樓臺亭閣，煎茶看起來便不那麼賞心悅目了。

葉啟淡淡一笑，道：「妳很有寫字的天賦，又天天練字，已算不錯。」

這個「不錯」是從丫鬟的角度說的。若是娘子，如葉馨，自小便請了老師，琴棋書畫全方位發展了。

小閒確實喜歡練字。思念父母時，練練字便能忘記悲傷，孤獨時練練字便能心境平靜；可是對畫畫，一來沒有老師教導，二來她的興趣不大，沒碰過。

小閒打趣道：「跟郎君相比怎樣？」

葉啟的字是公認的好，輪值時，皇帝開朝會，還讓他做記錄呢。

葉啟認真想了一會兒，道：「伯仲之間。」

小閒一怔，沒想到葉啟對她的字有這麼高的評價。就她看來，自己的字還不夠好，還需要繼續練。

「就女子來說，已經好得很了。」葉啟接著道。

小閒瞧他不像開玩笑，不像打趣，不由怔怔看他。

葉啟笑了，露出雪白整齊的牙齒，道：「不信？改天問四娘要張字對一下就知道了。」

小閒應了。想必葉馨的字寫得不好？

這天，葉啟回來，錦香侍候更衣，小閒端了點心走到門口，聽裡頭錦香道：「奴婢願意一輩子服侍郎君，還請郎君成全。」

這是表白嗎？小閒退後兩步，在階下候著。過了好一會兒，門打開了，錦香紅著眼眶跑出來。

小閒進去，葉啟臉色如常，坐下吃點心。不知錦香剛才有沒有發現自己？她想。

錦香一夜之間憔悴得怕人，在床上躺了三天，再出來，便鼻子不是鼻子，臉不是臉，逮誰罵誰，除了葉啟外，院裡的人，沒有不挨罵的。

挨罵最多的那些人裡，有小閒，因為她在書房的緣故，算是遭了池魚之殃。

小閒有冤無處訴，只好避之大吉了。可是有時候，並不是想避就能避的。

這天，錦香把小閒叫過去，道：「昨晚的蘿蔔湯可是妳做的？誰讓妳做這個？妳腦袋瓜子天天閒著沒事想什麼呢？沒經我同意，就敢胡亂做了呈給郎君？」

俗話說，冬吃蘿蔔夏吃薑，此時已是深秋時節，地龍已經燒起來了，蘿蔔正當時，有什麼吃不得？再說，昨晚的蘿蔔排骨湯清甜可口，葉啟吃了還誇獎呢。昨晚的吃食等到這會兒才來訓，不是沒事找事嘛。

小閒道：「郎君吃了覺得還不錯，讓我今晚再做呢。」

錦香本就沒事找事，自從表白被拒後，她最聽不得的就是郎君說，小閒這話算是捅了馬蜂窩了。她厲聲道：「以後不許再做蘿蔔湯！」

以為傷了她的心，想吃就能吃得上嗎？

小閒明白了，敢情昨晚有人把葉啟連吃兩碗湯，說好吃的話傳給她了。

「錦香姊姊，廚房的事，郎君親自管的。」小閒似笑非笑道。廚房的事歸小閒管，她負責葉啟的吃食，怎麼著也輪不到錦香插手。

錦香罵道：「小蹄子！這麼說，我還管不了妳了？」

院裡有哪個丫鬟僕婦敢不服她管？小閒這是仗著有葉啟撐腰，要造她的反嗎？

小閒一臉為難道：「郎君吩咐今晚上再做，姊姊還是自己去稟明郎君吧。」

錦香氣道：「妳這小蹄子，是拿郎君來要脅我嗎？」

誰不知道現在她最沒臉見的人就是葉啟了，小丫頭片子學會看人下菜碟，拿她尋開心了？說著，她隨手拿起几案上的雞毛撣子，就往小閒身上抽去。

小閒一彎腰，從她胳膊肘下跑了，邊跑邊道：「待郎君回來，我會問他的，他要是不吃，我以後自然不做。」

錦香緊追不捨，小閒低頭猛跑，跑得氣喘吁吁，同時暗暗下定決心，以後得多鍛鍊，起碼每天沒事跑跑步。

她只顧跑，一不留神，撞在一個人身上，那人嗷的一聲叫，道：「找死啊！」

小閒肩頭一陣疼痛，忙站住，定睛一看，來了幾人，走在前面的是許久沒來的周川，後面是葉啟，最後是岳關。

周川看清是小閒，一邊捂著胸口，一邊道：「好好的，妳跑什麼？」

小閒回頭，只見後面的錦香不知躲到哪裡去。

「嘻嘻，婢子練跑步呢。」小閒笑得沒心沒肺道：「給郎君們請安。」

「三郎啊，妳瞧瞧，妳把小丫頭慣成什麼樣子！」周川回頭對葉啟道：「哪有人滿院子亂轉練跑步的，撞了人怎麼辦啊？」

葉啟笑道：「我不是沒在府裡嘛，要在，斷然不許她這樣沒規矩。」說是這樣說，並沒有責罵的意思，而是和顏悅色道：「我們去起居室閒坐，上茶上點心吧。」

周川又高興起來，道：「對對對，半年沒吃到小丫頭做的點心了，可饞死我了。」

岳關走過小閒身邊時，對葉啟道：「小丫頭長高了些。」

「是嗎？我倒沒注意。」葉啟道。

三人說著話，一徑進去了。

小閒抹了抹汗，四處張望。待他們走過後，錦香現身出來，冷冷看她。小閒苦笑，道：「主子吩咐，我唯命是從。」

意思是，妳的命令我不是不聽，只是上頭的命令我不能不聽。

錦香瞪了小閒一眼，轉身走了。最近總這樣，葉啟一回來，她便躲到自己房裡，輪夜也重新安排，把自己撤下來。

第十四章

小開去廚房取了四樣點心，送去起居室。

周川口沫橫飛道：「……可不是，陛下發了火，他們才消停些。只是苦了三皇子，受此無妄之災，天天在府裡不敢出來，跟坐牢似的。」

御史請立太子的奏摺遞到皇帝案前，皇帝留中不發後，各級官員都跟著湊熱鬧，奏摺雪片似的飛到皇帝御案。

三皇子為自證清白，閉門不出。

皇帝眼看群情洶湧，便下旨訓了幾個激進分子。群臣見皇帝有所行動，反而受了鼓舞，新一輪奏摺攻勢再次把皇帝淹沒。

皇帝真火了，當場打了十個大臣的板子，十人在殿前被褪下褲子，露出白晃晃的屁股，打得鮮血淋漓，血肉模糊，大臣們總算暫時消停了。

這半年，葉啟不顧與眾位重臣詩酒唱和的情誼，獨處一室，盧國公府也閉門謝客，除了至親骨肉之外，誰也不見。

周川、岳關等死黨，各自被父親關在府裡，免得一不小心惹上是非，直到此時才放出來。一能出府，便來找葉啟，恰好在路上遇見，便一起過來。

周川看著眼前四樣形狀精巧、色澤可愛的點心，一口一個，不停往嘴裡塞，他跟前的几案，一下子就剩下四個空碟子。

「再拿幾碟子來。」周川顧不上吃茶，對侍立一旁的小閒道。

哪裡想到他們要來呢，本就沒準備多少。小閒笑道：「已經沒有了，十四郎君請稍等，我這就現做去。」

周川揮手道：「快去快去。」

岳關笑道：「你幾天沒吃飯了？」

四碟子點心，雖說小巧，也有十六個，這一會兒工夫全塞肚子裡去了。他細嚼慢嚥的，只吃了一個。

葉啟道：「多做些，你們走時帶些回去。」

後面一句話是對周川、岳關說的。

周川哼哼。「用得著你說？」

他在這裡從沒當自己是外人，不讓他帶還不行呢。屋裡的人都笑了，葉啟道：「不知道的，還以為這是你家呢。」

小閒很快做了兩樣，端了上來，周川拿起來就往嘴裡塞。小閒道：「十四郎君，小心燙。」

周川皮糙肉厚，還真不怕，燙得直噓，還是嚥了下去。

「陛下待你如何？」岳關見屋裡只有小閒一個丫鬟侍候，壓低聲音問葉啟。

岳關最擔心的，是葉啟受此事影響，失了聖眷。他跟三皇子好得就差沒穿一條褲子，要是皇帝懷疑葉啟是三皇子放在身邊的棋子，那就糟了。

葉啟搖搖頭，道：「很好。」

帝心難測，皇帝疑心最重，為了不讓他懷疑，無論朝臣多麼激動，葉啟始終不發一言，不為三皇子辯護，也不提立太子一事。

身為皇帝活著的長子，三皇子這些日子很難熬，葉啟只是暗中讓人傳話，並沒有任何可以讓人抓住把柄的地方。

葉啟依然是千牛備身，依然進宮輪值，一切跟以前並沒有不同。岳關總算放了心，道：「還是要小心。」

葉啟點了點頭。

小閑退出起居室，在廊下侍候，不一會兒，傳來周川的哼哼聲。「撐死我了。」

屋裡的葉啟、岳關，屋外的小閒等丫鬟都笑了。這麼個吃法，不撐著是不可能的。

岳關道：「說起來，好些天沒有出城了，不如等第一場雪下來時，我們去證果寺賞雪。」

「證果寺賞梅是極好的，賞雪卻未必。此時梅花未開，沒什麼好看。」周川反駁。

葉啟道：「今年陛下沒有心情秋獮，不如我們一塊兒去打獵，樂呵兩天。」

這半年過得小心翼翼，不要說周川，他都快憋壞了。

周川和岳關一致同意，周川開始扳著手指頭算，要帶這個去，要帶那個去。小閒在後面抿著嘴偷樂。

就在這時，前院一個小廝跑來，道：「三郎君快去吧，國公爺酒吃多了。」

葉德吃了很多酒。從早上陳氏的豪華馬車離開府門回娘家，他就開始吃了。

最近這段時間，像從山頂跌落低谷，先是達官貴人們爭先恐後討好他，讓他過了一把高高在上的癮；就在他自我感覺良好時，葉啟回府了，盧國公府閉門謝客，朝臣們對他恢復愛理不理的舊態了。

葉德很受傷，只好借酒澆愁，可惜陳氏在府裡，總吃不痛快，去蒔花館，又常遇到那些變臉的朝臣，聽些冷言冷語。有些缺德的朝臣少不得說他如今能得意，不過仗著生了個好兒子，把他氣得鬍子根根翹了起來，所以，他已經有好些天沒去蒔花館了。

葉啟趕到時，葉德披頭散髮，外袍敞開，手拿酒壺，直接往嘴裡倒，身邊的小廝、隨從焦急萬分，卻沒人敢上前奪下他手裡的酒壺，敞開的外袍已經被酒濺濕了。

葉啟一把奪過他手裡的酒壺，遠遠擲了開去。葉德醉眼迷濛，並沒有看清眼前到底是誰。這些天困在府裡，又受了極大的窩囊氣，崩潰了，一屁股往地上一墩，老淚縱橫，哭訴道：「你們就會欺負我！就會欺負我！」

這就過分了。岳關很尷尬，周川平素大大咧咧，此時也覺得不好意思，兩人不約而同向默默站在後頭的小閒打個手勢，悄悄溜走了。

葉啟把葉德從地上攙起來，放在堂屋。葉德哭鬧著，鼻涕眼淚全擦在葉啟前襟。

小閒吩咐小廝取了熱水、帕子來，又讓人趕緊煮醒酒湯。

葉德哭了好一會兒，總算發洩完了，大概累了，沈沈睡去。

小閒遞上熱帕子，葉啟為他擦了臉，吩咐抬來軟轎，把他抬到書房，餵他吃醒酒湯，服侍他躺下。

小閒第一次來到前院，第一次進葉德的書房，不免多打量兩眼。書倒是挺多，只是他曾經摸過書本嗎？

「這些書是祖輩傳下來的，一直擺在這兒。」葉啟的聲音一如既往的平靜。

小閒微覺詫異，深深看了葉啟一眼。葉啟也在看她。

「郎君若要留在這兒，我去取替換衣裳來。」小閒被葉啟看得渾身不自在，想找個藉口離開。一向愛潔的葉啟前襟上一大片鼻涕眼淚，實在難為了他。

葉啟微微一笑，道：「好。」

小閒有種被看透的感覺。他的眼睛好像能穿透人的五臟六腑，把人看透。她急急走了。

「站住！」

小閒取了葉啟的外袍，用包袱包了從房間裡出來，一聲斷喝，錦香面有怒色地攔在門口。

本來，跟隨到前院是錦香的活兒，怎麼也輪不到小閒，只是剛才周川特地吩咐小閒侍候，她才一併跟去。

其實為保證活得長一點，不該看的，小閒不看，不該聽的，小閒不聽。今兒這事實在是意外，小閒只好硬著頭皮把活兒幹完。

「錦香姊姊，郎君在國公爺書房，麻煩妳把衣裳送過去。」小閒把包袱遞上。

不知葉德會不會有任何不合身分的言行舉止，妳是心腹丫鬟，聽了不該聽的也沒什麼。

錦香臉色稍緩。聽說小閒隨郎君去了前院，她便怒火中燒。其實葉啟身邊總得有人侍候，可是小閒在，她便抑制不住地想罵人。

小閒一臉無辜，完全不以成為葉啟身邊唯一一個服侍的丫鬟為榮。她到底年紀小，不曉得知道郎君的秘密越多，跟郎君越親近。

「妳去吧。」錦香一番權衡後，裝作不在乎道。

此時讓她與葉啟獨處，她怕會哭。

小閒很為難的樣子，道：「我剛才沒認路，不記得怎麼走了。」

旁邊的丫鬟很無語。既然不認路，怎麼從前院回來的？

錦香唇邊浮現一絲笑，又繃住，道：「順原路回去就可以，若是迷了路，問一下路過的人。」

盧國公府很大，大到占了一條街，出了院子迷路是正常的，她初次去前院時，不也迷路？好在府裡下人多，只要不太偏僻的地方，總能遇到人，一問便能找到路了。

「喔……」小閒噘了噘嘴，走了。轉過身，抿著嘴便笑了。怎麼可能不認路呢……

葉德又嘔吐了，小閒進門時，小廝剛好拿了污物出門。

葉啟彎腰給父親蓋被子，動作又輕柔又細心。

小閒放輕腳步，待他蓋好被子，在榻上坐了，才道：「郎君請更衣。」

葉啟道：「回來了？」

「是。」小閒從沒貼身侍候過他，不免有些手足無措，不知如何下手，抱了包袱呆呆站著。

葉啟微微一笑，接過小閒手裡的包袱，轉到屏風後，自己換了。

他不是自小錦衣玉食、奴僕成群嗎？怎麼會自己穿衣服？小閒驚奇。

葉啟從屏風後轉出來時，小閒忍不住多打量他幾量，還好，衣裳穿得挺齊整，沒扣錯扣子，腰帶也繫得恰到好處，腰上的玉珮荷包等飾物一應俱全。

「隨陛下秋獮時，順發等人不能近身，穿衣疊被都得自己動手。」葉啟淡淡道。

小閒再次有被看穿的感覺，不，是真的被看穿了，要不他不會特地解釋。

「陛下注重儀表，曾經有勛貴子弟衣裳不齊整被訓了。」葉啟又道。

原來是這樣。小閒道：「郎君沒被訓過吧？」

當眾被皇帝訓，很難堪吧？給皇帝留下壞印象，以後還怎麼混？小閒又看了葉啟一眼，皇帝是否也讓他看透了呢？

「沒有。」葉啟道。「自小娘親帶我進宮，與陛下混熟了。」

果然，皇帝的性情早就被他摸得一清二楚了。想到他進宮輪值，立太子一事鬧得沸沸揚揚，他卻依然深得皇帝信任，小閒不由對他心生佩服。

葉啟在榻上坐了，道：「先回去吧。」

小閒取出葉啟看了一半的書，遞了過去，問：「晚飯送到這兒嗎？」不知他要在這兒當孝子，還是吩咐人侍候，然後果斷回去？

「送到這兒吧。」葉啟深深看了小閒一眼，接過書。

這丫頭比錦香細心多了，知道在這兒枯坐無趣，特地取了書來，還是他昨兒沒看完那本。

院門口沒壓實的那條黃土路，差點讓錦香來回踱步給壓實了。一會兒擔心小閒錯走到杳無人煙的地方，葉啟沒衣裳換；一會兒又擔心小閒威脅到自己，腦中轉過七、八種把小閒收拾了的念頭。

小閒出現得太及時了，再不回來，錦香已在腦中拿刀把她切成兩段了。

「怎麼這時才來？」錦香雖是責怪，臉上還是帶了笑。

小閒道：「半道上迷了路，多走了一段，來遲了。」

「以後出門記得認路，天天迷路，說出去沒地讓人笑話。」錦香道。

小閒應了，道：「郎君一人在書房呢，要不要派兩個人過去侍候？」

「那是自然。身邊沒人，要茶要水怎麼辦，難道讓郎君自己動手倒水煎茶不成？」錦香充分體現了一個合格丫鬟的職業素養。如果是平時，她一定義不容辭，可現在是非常時期，派誰去好？

此時不同往時，在國公爺書房不同在自己院子裡，派誰去，豈不是暗示誰將是另一個一等丫鬟？錦香好苦惱。

小閒備了切成薄片的羊肉、幾樣青菜和一個小爐子，爐子下面炭火燒得旺旺的，再帶上一個精緻的鍋以及醬料若干，用大托盤裝了，著兩個小丫鬟捧了，往葉德書房而去。

小丫鬟把食案取出來，各式食具一字擺開。

「路遠，怕剛出鍋的菜餚到這兒冷了，所以備下火鍋。」小閒道。

葉啟笑了，道：「不錯，現在天冷，吃這個正好。我記得還是大年夜吃過一次，之後再沒吃過了。」

他這裡坐下吃飯，院子裡有了主意的錦香已讓人提了冷水來，裝滿一浴桶，自己脫光光跳了進去。

凍冷入骨的冷水凍得她不停打噴嚏。

小閒回來得知，只能無聲感慨。不就是葉啟不肯收房嗎？過兩年求陳氏配個體面小廝，好好過日子也就是了，犯得著不要命嗎？

第十五章

天快亮時，葉啟回來了。

葉啟梳洗後只著中衣，斜倚著大迎枕，見小閒端著吃食進來，微微一笑，道：「吵醒妳了？」

笑容溫暖明亮，並沒有一宿未眠的疲憊。

小閒也笑，道：「時辰差不多了，也該起來了。」最多再睡半個時辰，就到該起的時候了。

吃了兩小碗熱氣騰騰的麵片兒湯，葉啟漱了口，把書遞給小閒，躺下了。

小閒吹熄燭火，因為天將亮，沒有在屋角留一盞燈。她悄悄退出來，坐在外間值夜的床上，就著微弱的燈光看葉啟沒看完的書。

窗紙透出亮光，廊下腳步聲走動，丫鬟們低低的說話聲時斷時續，天亮了。

小閒放下書，把被褥收起來，打開門走出去。

「小閒今晚輪值？」廊下幾個丫鬟有些意外。錦香從不安排小閒輪值，說是她還小，讓她再安穩歇兩年。其實她們心裡都明白，錦香防著小閒呢，能不能輪值，得看錦香的心意。就像她們，倒盼著能輪上一輪，就是沒入了錦香的眼。

小閒道：「沒有，郎君服侍國公爺剛回來。」

幾人心理瞬間平衡，旋即又後悔起來，這麼好的機會，自己怎麼錯過了？

小閒回廚房，吃了早飯，聽說錦香病了，已經回過葉啟，派人去請大夫了。

錦香臉頰通紅，嘴唇乾裂，湯杓遞到唇邊，便僵硬地吞嚥。

小閒摸了摸她額頭，燙手，怕是不止三十九度。

「快盛盆水放外面冰了。」小閒吩咐道，等不及，先用冷手擰了帕子捂在錦香額頭，又捂了五、六次帕子後，錦香的燒退了些。大夫總算來了，毫無疑問，自然是風寒，開了兩劑藥，叮囑兩句走人。

催粗使僕婦去前院。「看看大夫來了沒有？」

小閒拿了藥，吩咐侍候她的丫鬟仔細煎，還沒轉過身，就聽她道：「郎君可知道我病了？」

錦香昏昏沈沈中還掛念一件事，一件對她來說無比要緊的事。

小閒正在氣頭上，冷冷道：「郎君安睡未醒，哪裡知道這些？」

錦香眼望帳頂，不知在想什麼。

葉啟直到午後才起身，得知錦香病了，來到她房中，只見床上躺著一個面容憔悴、頭髮散亂的女子，臉頰潮紅，呼呼喘氣，不停咳嗽。

葉啟在床前的榻上坐了，道：「好好的，怎麼病了？」

「郎君！」錦香抬起失神的眼睛，吃力地道：「奴婢快死了，不能好好侍奉郎君了，還請郎君珍重……」

「快別胡說。」葉啟道。「大夫的藥方我看過了，不過是得了風寒，調養兩天就好。妳好好養病，不要多想，好了我有話和妳說。」

他還是關心她的。錦香心裡暖暖的，連連點頭，道：「是，奴婢一定好好養病，快點好起來。」

葉啟略坐一坐便走了。

「我要吃粥。」錦香露出一個大大的笑臉，道：「要吃小閒熬的。」

從早上到現在，她半粒米不肯下嚥，只是喉嚨乾得受不了才喝水，這會兒真的很餓。粥還沒熬好，錦香將成為姨娘的消息已經傳遍了院子。若是真的成就好事，那就是新一輩裡第一個姨娘了，平日裡對錦香不滿、這些天看錦香笑話的丫鬟僕婦，馬上轉了口風，說起錦香的好來。

人情冷暖，大都如此。小閒搖了搖頭，專心熬粥。

周川和岳關又來了，和葉啟在起居室說話，要小閒過去侍候。

起居室裡溫暖如春，周川把丫鬟們都趕了出去。

冷風颳過廊下，一陣冷似一陣，小閒回屋把二等丫鬟配的那件粉紅色斗篷披上，又抱了燒得暖暖的手爐，趕回來在門口候著。

「妳倒會享受。」剪秋笑道。又不是冷得不能忍受，怎麼就這樣不經凍呢。

別的丫鬟都捂嘴輕笑起來，一人道：「怕是要顯擺她的斗篷吧。」

府裡衣裳有一定定例，只有二等丫鬟以上級別才有斗篷；一等丫鬟與二等丫鬟的斗篷又有不同，二等丫鬟的斗篷是羊皮縫製，一等丫鬟的斗篷是狐狸皮，不過是是毛色次點。通體沒有一根雜毛的狐狸皮，那是娘子們的專配。

不過，不用花錢能穿上貨真價實的皮草，小閒很滿足，由得同伴們笑話。

天色全黑透了，夜風更急，有丫鬟低聲埋怨道：「郎君們也真是的，怎麼有那麼多話說。」

要不是周川和岳關在這兒，這個時辰葉啟應該在書房。葉啟在書房，從來不用她們在廊下侍候，書房門口三尺之內屬於禁區。

小閒悄聲道：「低聲，小心周十四郎君聽見。」

周川可真沒拿自己當外人，要讓他聽見了，會受罰的。丫鬟們心領神會，不再言語。

小丫鬟來請示要不要關院門，小閒道：「先關了吧。小心些，待郎君們回去，趕著開了便是。」

小丫鬟應了，走到院門口，剛好遇見乳娘牽著葉歡的手走來。

陳氏生有兩子兩女，兒子是葉啟、葉標，女兒是葉馨、葉歡。葉歡在兄弟姊妹中排行最小，與葉啟也最親厚。只是她年齡尚小，陳氏不許她到處跑，因而到這兒的次數不多。

乳娘稍一打聽便帶葉歡往起居室來，葉歡眼尖，在行禮的丫鬟們中認出小閒，道：「妳有什麼好吃的拿來，我要帶回去。」

乳娘大臊，道：「娘子怎麼能這樣說話？我們那裡什麼都有。」

堂堂娘子跟一個小丫鬟要吃食，真是丟人。

葉歡不依，扭著小身子道：「不嘛，我要吃她做的，她做的好吃。」

葉歡族中排行第九，與葉馨同住一個院子，兩人分住東西廂房。葉馨在這兒順回去的點心，她沒少吃，所以牢記小閒有好吃的。

乳娘還要勸，小閒道：「乳娘太小心了，不過是幾樣點心，不值什麼。九娘子若是喜歡，我馬上裝了，著人送過去就是。」

葉歡搖頭，道：「不要，我要自己帶回去。」

小閒不解，葉歡又道：「送過去被四姊吃光了。」

小孩子的心思特別單純，想到什麼說什麼，一句話把丫鬟們都逗笑了。有丫鬟笑著誇道：「九娘子真聰明。」

小孩子得人誇，不免有些得意。

葉啟剛好走出來，聽到了，便吩咐小閒。「裝兩匣子先送過去吧，待會兒九娘要回去，再讓乳娘拎一匣子帶回去。」想了想，又道：「七娘那裡也送一匣過去。」

盧國公府還有一位庶出的娘子，名叫葉芸，是王氏所生，族中排行第七。因是庶出，獨住一個院子，就在盧國公府東北角一個偏僻所在。那地方，就是大白天也少有人到，特別荒涼。

小閒應了，自去辦理。

葉啟彎腰抱起葉歡，親了親她的小臉蛋，道：「九娘怎麼來了？」

葉歡環住葉啟的脖子，道：「九娘想娘親了。」

因陳氏的母親，魏國公府的老夫人盧氏病了，陳氏回娘家盡孝，於床前服侍湯藥。生怕小孩子調皮搗蛋，擾了老夫人養病，因而沒有帶葉歡、葉標一塊兒去。

葉歡兩天見不著陳氏，想念得緊，晚飯時，葉馨又搶了她最愛的點心紅豆糕，一時思親之情大作，哭鬧一回，在乳娘哄騙下便來找葉啟了。

葉啟抱她進了起居室，還沒坐下，她便告了葉馨一狀，小嘴癟了癟。

周川大為替她抱不平，好生聲討了葉馨一番，剛巧小閒下午做了紅豆糕，葉歡有了吃，倒把不快忘了。

逗了一會兒葉歡，岳關便拉著周川告辭，臨出門道：「記得把你家那個丫鬟帶上。」

葉啟笑著應了，周川又叮囑道：「說話算話啊——」

一句話沒說完，被岳關拉了腳不點地走了。

葉啟披了斗篷，抱了葉歡回去。葉歡手上的紅豆糕有一大半糊在葉啟前襟上，連他臉頰都糊了一些。

葉啟低聲訓乳娘道：「妳平時怎麼教導九娘的？」

身為大家閨秀，雖然年紀幼小，一舉一動也該有儀態，是為大家風範也。與一般百姓家的小兒無異，怎麼能算是大家閨秀？

乳娘畏懼，不顧路面凍得又冰又硬，當場就跪下了，磕頭道：「奴婢該死。」

娘子有專門教導禮儀的嬤嬤，但日常是否遵守，卻要乳娘督促。如今葉歡這樣，肯定是乳娘見陳氏回娘家，鬆怠所致了。

葉啟回頭道：「跟汪嬤嬤說一聲，九娘的乳娘不堪職守，著遣出府。」

手拎點心匣子跟著的是小閒，應了一聲，把點心交給葉歡的貼身丫鬟，轉身去了。身後傳來乳娘的磕頭求饒聲，她回頭一看，燈籠移動，葉啟早去得遠了。

平時葉啟待人溫和，待下人寬厚，從沒有這樣重地處置過下人，何況對方還是乳娘？小閒第一次領教了他的厲害。

汪嬤嬤在訓人，道：「……夫人不在府中，妳等要比平時小心十倍，力求別出差錯。若有差錯，處置也會比平時重十倍，可聽明白了？」

上夜的僕婦們齊聲應是，道：「嬤嬤放心，我等不敢不小心。」

汪嬤嬤道：「知道就好，天冷風大，不許偷懶吃酒，半個時辰巡視一次，不可鬆怠。」

僕婦們齊聲應了，汪嬤嬤擺擺手，僕婦們各自提了燈籠散了。

小閒上前，汪嬤嬤臉色和緩了些，道：「小閒來了？趙嬤嬤在廚房，妳過去吧。」

小閒笑道：「今兒來有正事。」傳了葉啟的命令，道：「煩請嬤嬤遵從。」

葉啟從沒插手後院的事，不知汪嬤嬤聽還是不聽呢？畢竟開除的是乳娘，不是一般丫鬟，小閒心裡有些沒底。

她還在想若是汪嬤嬤不聽，要怎麼下說辭，沒想到汪嬤嬤爽快地道：「請姑娘回稟三郎君，今兒天色已晚，明兒一早，派人送她出府就是。」

既是奉三郎君的命令來的，汪嬤嬤便以姑娘相稱了。

小閒道了謝，順道去瞧了趙嬤嬤，站著說兩句閒話，才去葉歡的院裡找葉啟。

「姊姊來了，三郎君在東廂房呢。」一個丫鬟笑道，引小閒過去了。

在廊下聽到一陣哭聲，是那種很假、很誇張的哭聲。小閒心裡大奇，掀簾子進去，葉啟倚著几案坐著，輕鬆自在；葉歡像個小淑女般跽坐在榻上，一小口一小口吃著手裡的紅豆糕。

小閒剛要行禮，一件暗器飛了過來，她連忙低頭避開，暗器無聲無息落地。定睛一看，原來是一個大迎枕。

這時哭聲又傳來，小閒望過去，才發現葉馨臉上又是要哭，又是憤怒的表情，隨手抓起一個茶碗，擲了過來。

茶碗猶如帶了眼睛，衝小閒飛來。小閒大驚，這東西要磕上，搞不好要帶彩的。

小閒忙避到一邊，茶碗落地，碎成幾片。

「夠了！」葉啟道。「再鬧，禁足三天。」

「三哥就是不疼我，只疼九娘！」葉馨大聲道。「待娘親回來，我告訴娘親去！」

「妳若想念娘親，今兒讓丫鬟們收拾了，明早我送妳回外祖母家，妳和表姊妹們好好玩幾天。」葉啟道。

葉馨跺腳，道：「哥，你是我的親哥嗎？哪有這樣欺負我的？」

葉啟笑了，道：「我為妳好啊，明兒去外祖母家，又不用被我欺負，又可以馬上告狀，多好的事。」

葉馨瞪了他一眼，到底還是噗哧一聲笑了，道：「你明知娘親向著你。哼，我就說你欺負十郎，且看娘親還向著你說話不。」

府裡誰不知道葉標是陳氏的心肝寶貝，那是含在嘴裡怕化了，捧在手心怕摔了，若不是陳老夫人需靜養，陳氏是一定要帶他一塊兒去的。就這幾日，還一天幾次差人來問十郎吃飯了沒有，衣裳可穿暖和了。

葉啟臉色僵了一下，又恢復自然，道：「隨妳。要不要我勸十郎幫妳撒謊啊？」

葉馨又不樂意了，大聲道：「你就欺負我，就欺負我！」

小閒不知兩人鬧什麼，悄聲問一旁的丫鬟，丫鬟低聲笑道：「四娘子要去打獵呢，三郎君不讓。」

原來是葉馨想出府放風，葉啟不想帶累贅。小閒點頭。

「三哥帶我去嘛，回頭我給你做雙新鞋。」葉馨眼珠子一轉，轉換風格了。

葉啟哈哈大笑，道：「妳的針線見得了人嗎？」

葉馨一向不喜歡女紅，陳氏雖逼著她學過幾天，到底沒學成。

她惱羞成怒了，撲上去揮拳便打，粉拳雨點般落在葉啟身上。

葉啟揮手格開，道：「妳寫一幅字來，若寫得好，我便帶妳去。」

這話一出，不要說侍候葉馨的丫鬟們，就連小閒都笑了。葉馨的字，同樣見不得人。

第十六章

錦香吃了兩劑藥，出了一身汗，風寒稍好點，掙扎著起身。

小閒勸她。「妳才好一點，還是再歇兩天，好了再說。」

錦香哪裡忍得住，兩天來時睡時醒，無論在夢中還是清醒，腦中轉來轉去的只是郎君會有什麼承諾，夫人的反應又是如何？她迫不及待想成為新姨娘，梳婦人髮髻。

「郎君身邊沒個貼心的人，我怎麼能放心？」錦香目光流轉，那笑容從心裡一直往外溢出來，藏也藏不住。

小閒嘆了口氣。錦香不知道，她可是清楚得很。兩天來，葉啟只淡淡問過一次錦香可好些了，並沒有再過來瞧她。他並沒有受到影響，該出府出府，該在書房練字練字，世上就算沒有錦香這個人，他的日子依然過得從容。

錦香在小閒攙扶下如弱柳般走進來時，葉啟剛練完箭，換了家常袍服，斜倚憑几而坐。

錦香行禮時咳了兩次，短短一句話歇了三次，看著實在不好。

「好索利了再來。」葉啟道。

錦香搖頭，道：「不妨事。郎君說有話和奴婢說，不知是什麼話？」

葉啟揮了揮手，屋裡侍候的丫鬟們都退了出去，房中只餘兩人。

有丫鬟好奇，悄聲問一旁的小閒。「妳說，郎君會對錦香姊姊說些什麼？」

小閒搖搖頭，真相有時候很殘酷。

另一個丫鬟探過頭來，興奮地道：「會對錦香姊姊表白，讓錦香姊姊當姨娘吧？」

能當姨娘，還是美得動人心弦的三郎君的姨娘，可真讓人羨慕。錦香是侍候葉啟長大的，兩人感情非同尋常，就算以後娶了少夫人進府，也無法相比呢。

「一定是這樣的。」剛才說話的丫鬟插嘴道。

丫鬟們熱烈地議論著，門砰一聲被拉開，錦香快步走了出來，一隻手緊緊捂住嘴，低低的嗚咽聲飄入眾人耳內。

先前的丫鬟愕然，叫了一聲。「錦香姊姊。」追了上去。

小閒望向房門洞開的起居室，葉啟面有惻隱之色，碰到小閒的目光，低下了頭，拿起几案上的茶碗把玩，藉以遮掩。

小閒挺了挺脊背，走了進去，把門帶上，在側邊跽坐下來，低聲道：「郎君對錦香姊姊說了什麼？讓她那樣難過。」

先前兩人在屋裡說話，不知葉啟說了什麼，錦香的反應可沒有這麼大。

葉啟的側臉線條柔美，神色淡然，語氣平靜，道：「某不過實話實說。」

小閒一時不知如何措詞，難道勸他，反正你可以娶許多老婆，既然她對你一往情深，不如收了她吧？

葉啟靜靜看了小閒片刻，道：「妳去勸勸她，若是她看上府裡哪個小廝，某回稟夫人，准了就是。」

每次葉啟以主子的身分和小閒說話，便自稱某。某是這個時代有地位的男子的自稱。小閒明白，此事已無法挽回，葉啟這麼說，她只須遵從，只好應了。

錦香哭倒在床上，眼淚把枕頭都沾濕了。

小閒勸了半天，錦香只是不理。小閒故意長嘆一聲，道：「郎君看重妳，才沒有接受妳的情意。」

一言既出，哭聲驟歇，錦香止住了悲聲。

小閒接著道：「情到濃時情轉淡，妳自小與郎君一起長大，交情非比尋常。郎君對妳敬重異常，才不肯收房，只想給妳說門好親，看妳幸福才安心。」

這話扯的，小閒自己都不信。

可是錦香信了。「真的嗎？」含著一泡淚，她顫聲道。

「當然。」小閒挺了挺胸膛，大聲道：「比真金還真。」

錦香露出歡喜的神色，道：「我一片心，終歸沒有白費。」

就在小閒以為把她勸住，接下來雲收雨住時，她卻轉身俯在床上再次痛哭起來。

這一次，錦香沒有哭太久，不過一刻鐘，又起身問小閒。「真的嗎？」

「真的。所以妳要接受郎君的安排，好好嫁人才是。」小閒道。希望能把她勸過來，要不然傳出去，陳氏得知，她哪有命在？

錦香道：「郎君對我的一片心，我自是曉得，他不過擔心日後娶了少夫人委屈了我。」

妳自己想開就好。小閒點頭。

「以後，我會好好服侍郎君。」錦香擲地有聲道。

小閒道：「姊姊現在的本職工作就是這個。」

錦香用袖擦了擦眼淚，喊屋外侍候她的小丫鬟。「吩咐廚房做幾個菜，燙一壺酒。」

小閒呆呆看她。這是化悲痛為食量嗎？

錦香道：「吃了兩天稀粥，可餓死我了。我得快點好起來，才能像以前一樣服侍郎君啊。」

原來是這樣，小閒鬆了口氣，連聲應是。

說到府裡的小廝任她挑選，錦香斷然拒絕。「女子哪有水性楊花的道理？」

好吧，妳想怎樣就怎樣。小閒只好丟開這個不提。

晚上，葉啟練完字，問起錦香來。「話可傳到了？」怎麼晚飯時她那麼奇怪呢，非要為他嚐湯的冷熱鹹淡？

小閒把話原原本本轉達了，道：「想來她是感動了，所以暫時不考慮嫁給小廝。」

錦香是一等大丫鬟，深得葉啟和陳氏寵愛，若是放出去，不知多少有臉面的嬤嬤爭著為家裡的兒孫聘了去呢，可惜了。

葉啟深深看了小閒一眼，道：「妳倒會說，只是以後怎麼辦？」

他的本意可不是太愛了，不敢接受；而是一點也不愛，所以不肯接受。小閒一通胡說八道，倒讓錦香對他更死心塌地了。

小閒乾笑兩聲，道：「只好走一步算一步了，時間是醫治一切的良藥，或許過幾個月，她的心思淡了，又想許人了呢。」

葉啟很不以為然，道：「她一向死腦筋，怕不會輕易改變。」

這個，小閒真的沒辦法。

葉啟要訓她兩句，剛張嘴，外面傳來錦香夾雜咳嗽的聲音。「帳篷得預備三頂，器皿開了庫房取去，馬兒明天叫順發挑去，郎君平時最喜歡那匹踏雪，一定要好生照看……」

「她做什麼呢？」葉啟問小閒。

小閒訕訕道：「大概為後天郎君打獵做準備呢。」

不知哪個嘴快的告訴了她，聽說葉啟要去打獵，她馬上忙活起來了，先前小閒預備下的都被退回庫房，一切以錦香的命令為準。

葉啟出了書房道：「妳去叫她來。」

小閒把錦香叫到起居室，然後準備溜走，轉過身還沒邁步，葉啟道：「回來。」

小閒只好灰溜溜地站回屋角。

葉啟想解釋他的意思不是小閒說的那樣，又擔心她再鬧騰，末了，只好道：「妳病沒好索利，不便風餐露宿，後天妳留在家裡吧。」

錦香急忙道：「奴婢已好了八、九成，再吃兩劑藥，後天就全好了，陪郎君打獵沒問題。」

也就是她，要換了小丫鬟得了風寒，早就移出府回家養著去了，沒有十天半月哪能回來？陳氏一向對丫鬟們的病十分忌諱，生怕過了病氣給兒女們。

葉啟耐心勸道：「以後某去打獵的機會多著呢，下次妳再去不遲。」盧國公府在郊外有別業，還有一座山，平時山上的果樹、動物有人照料，為的是秋冬主子們來打獵時不至於掃興。

「郎君，」錦香態度堅決，道：「奴婢幾天沒在郎君身邊侍候，已很不盡職，郎君外出，怎能不讓奴婢相陪？」

多一個人分擔，她們還能少一份責任，小閒幫著求情。「錦香姊姊熟悉郎君的喜好，服侍又盡心，若是到時風寒好了，不如一起去。」

錦香投來感激的一瞥，道：「小閒還小，哪裡顧得過來？」言下之意，沒有她是不行的。

葉啟本不大管這些事，揮揮手讓她們退下自行商量去。

錦香大喜，道：「謝郎君。」

這就是默許了，趕緊敲定磚腳，免得郎君又說不帶她去的話。

葉馨派人送了字來。葉啟打開紙，掃了一眼，道：「跟來人道，字不好，重寫一張吧。」他笑對小閒道：「四娘若有妳刻苦就好了。這幅字怕是寫了一天呢，只是臨陣磨刀，又濟得甚事？」

小閒笑道：「不敢，婢子不過是借練字打發時間罷了。」

葉馨很快來了，拉著葉啟衣袖，不依道：「哥哥分明是為難我，這字哪裡不好了？」

葉啟對小閒道：「把妳平時臨的字拿一張給她看。」

「嗯？」葉馨瞪大眼，道：「三哥，你這是什麼意思？難道我的字還不及一個丫鬟？」

葉啟實在忍不住，哈哈大笑起來。葉馨惱羞成怒，整個人撲在葉啟背上。

葉馨在看到小閒的字後，只瞄一眼便撕得粉碎，衝葉啟吼。「有你這樣做哥哥的嗎？拿自己的字假丫鬟的名義羞辱我，我告訴娘親去！」

一迭連聲地喊備車，要去魏國公府告葉啟一狀。

葉啟忙拉住，吩咐小閒準備文房四寶，道：「妳現寫一張字讓四娘瞧瞧。」

小閒忍笑應「是」，告了罪，在几案前坐定，提筆寫字。

葉馨又跳又吼，直到雅琴在她耳邊道：「娘子快看，小閒真的寫得很好呢。」

葉馨怔了一下，突然抬手給了雅琴一巴掌，道：「妳個小蹄子哪裡知道好壞！」眾目睽睽之下，挨了葉馨一巴掌，雖說打得不重，雅琴還是下不來臺，心裡委屈，不敢說什麼，只應一聲「是」，退到一旁。

「妳是盧國公府的娘子，怎麼能不懂規矩，隨手打人？」葉啟蹙眉道：「她若有不是，自該交由汪嬤嬤處置，哪有娘子親自動手的道理？」

葉馨真的生氣了，脹紅了臉道：「你是我親哥呢，怎麼向著一個丫鬟說話？」說話間，抬手又給了雅琴一巴掌，衝葉啟抬了抬下巴，頗有示威的意思。

葉啟吩咐錦香。「告訴汪嬤嬤，四娘子禁足三天。」

間。

錦香應了一聲「是」，叫了僕婦來，在葉馨的掙扎叫喊聲中，把她扶回院子，關進房

小閒把字寫好，交給葉啟。

葉啟仔細看了，道：「不錯。」不知是說她的字不錯，還是說她的表現不錯。

葉啟嘆道：「四娘若有妳一半，我就心滿意足了。」

屋裡的丫鬟們臉色都變了，這話，豈不是說盧國公府嫡出的娘子還比不上小閒這個丫鬟？要是傳到葉馨耳朵裡，小閒還能活嗎？

小閒微微一笑，道：「郎君說哪裡話？四娘子出身盧國公府，身分貴重，不該跟婢子相提並論。」

不卑不亢，自成風度。葉啟暗暗讚許，道：「拿這張字去給四娘子看，告訴她，某待她禁足後再去打獵，到時帶她一併去。」

小閒笑著應了，覺得他倒像父親，表面裝得凶，其實是愛之深，責之切。

「放我出去！」葉馨很生氣，非常生氣，不停用腳踢門，砰砰聲在院子裡迴蕩。

小閒搖搖頭，站在門口傳了話，也不知她聽到沒，又把字交給雅琴，轉身走了。

下臺階時，葉歡跑出來。後面，大丫鬟可兒連聲道：「九娘子慢些。」

「姊姊瘋了，我怕，要去找三哥。」葉歡站在小閒跟前，仰頭看小閒，一字一句道。

小閒牽了她的手，對可兒道：「我送九娘子過去，妳們帶了九娘子的應用之物過來侍候

吧。」

葉歡一見葉啟，便撲到他懷裡，道：「姊姊踢門，很凶，我害怕。」

葉啟不停哄她，又讓小閒拿點心來，道：「九娘喜歡吃什麼呀？」

「紅豆糕。」葉歡答得又快又響亮。

小閒笑道：「婢子這就做去，九娘子稍等。」

葉歡小大人似的點頭，道：「這位姊姊比四姊可親呢，不如我以後跟著妳。」

一屋子的人都笑了，道：「哪有娘子反跟著丫鬟的。」

吃了熱呼呼的紅豆糕，葉歡倚在葉啟懷裡沈沈睡去。可兒要抱她回去，葉啟道：「讓她留在這兒吧。」

當晚，葉啟親自照顧這個小妹妹。

接下來三天，葉啟沒有出府，謝絕見客，專心陪葉歡玩，有時把庶出的七娘葉芸叫來，一起玩拼圖，笑聲不斷。

小閒連做了三天紅豆糕，葉歡見她便歡呼雀躍，喊：「紅豆糕來了！」

錦香私底下笑稱小閒是「紅豆糕」，道：「身上都有一股紅豆糕的味。」

消息傳到葉馨耳朵裡，她幾乎氣死，把雕花門板踢壞一扇，發洩了才作罷，又讓人去魏國公府告訴陳氏。「三哥虐待我，我就要活不成了。」

老夫人病體稍有好轉，陳氏原想回來，老夫人不高興了，道：「難道離了妳就不行？過了門十多年，從沒在娘家住幾天，今兒我作主，妳且住下，享幾天姑奶奶的福。」

魏國公夫人，陳氏的大嫂張氏又極力挽留，盛情難卻，陳氏只好住下了。天天和嫂子弟媳妹妹們相聚，張氏又請了德勝社過來唱戲，老夫人在暖閣掛了簾子聽戲。

葉馨絕望了，娘親聽了，讓人訓了葉啟兩句，既沒有回來，也沒有要接她去外祖母家住幾天的意思，這日子還怎麼過？

葉啟垂手聽了母親的訓示，讓人帶話。「請娘親在外祖母家放心，家裡一切都好。」然後繼續陪葉歡玩，小閒在一旁侍候，玩七巧板時，時不時給葉歡暗示。

第三天晚上，葉啟讓錦香去把葉馨放出來，並道：「讓她準備一下，明天辰時出發。」

「我不去！」葉馨隨手抓起一個碟子擲了過去，好在錦香避得快，要不然臉上一定開花。

「四娘子既然不去，奴婢回稟郎君就是。」錦香說完轉身就走。

葉馨喝道：「站住！」走到錦香面前惡狠狠道：「妳敢胡說，瞧我不扒了妳的皮！」都說四娘難侍候，果然傳言無假。錦香道：「四娘子要我如何回稟郎君？」

葉馨瞪了錦香一眼，大步走了，丫鬟取了斗篷追去。

錦香還沒走到起居室，葉馨的聲音已傳來。

「……你就會欺負我，就會欺負我，嗚嗚嗚……」

小閒微微搖了搖頭，知道的是妹妹撒潑，不知道的還以為葉啟騙財又騙色呢，瞧這哭的，梨花帶雨，別提多傷心了。

葉啟待她哭了一會兒，道：「禁足三天，可曾反省？」

葉馨大怒。她的情緒總是在波動中，說變就變。小閒見她突然柳眉倒豎，忙往屏風邊移了移，生怕一下子又是碗又是抱枕滿天飛。

飛來的是葉歡的拼圖，沒有飛到小閒站的角落，而是如天女散花般紛紛揚揚自半空中飄落。葉歡睜著大眼睛看她，然後對葉欣道：「姊姊不乖。」

小閒抿嘴笑了，朝葉歡招招手。

葉歡蹬蹬蹬跑了過去，投入小閒的懷抱，在小閒耳邊道：「姊姊好凶。」可不是很凶。小閒也悄聲道：「我們到外面玩去。」

葉歡便點頭，從小閒懷裡溜下來，牽了小閒的手，去別處玩了。

葉欣目送葉歡和小閒離開，搖頭道：「還是一點沒變。算了，待娘親回來再說吧，我懶得理妳。」

「我不用你理，你就是偏心。」葉馨忿忿道。

葉欣攤攤手，道：「好吧，妳明天去不去？可別現在說不去，到時候又說我欺負妳。」

「你就是欺負我嘛。」葉馨又不怒了，好整以暇坐了下來，拿起几案上葉歡吃剩的紅豆糕，一口一口吃起來。

葉欣抬腳就走。

「哥哥，」葉馨道。「我明天穿哪件衣裳好？」

真是有病。葉欣嘟囔一句，頭也不回地走了。

第十七章

一宿無話。五更天，錦香便催著小廝們快點裝車，足足裝了三大輛車，才裝完。

錦香堅持要跟去，而小閒是周川指定的人選，得以跟隨。

葉啟特地為她們準備了一輛馬車。這是小閒第二次出盧國公府的大門，上一次為追趕葉德，心慌意亂的，哪有心情賞沿街的景色？今天可就不同了，可得好好觀賞一番。

馬車套好準備出發時，葉馨來了。她一出現就把所有人都雷倒了。

只見她頭戴冪籬，身披大紅色狐狸毛斗篷，大紅的曳地襦裙搖曳生姿。

這是要打獵還是參加晚宴？小閒嘀咕著，放下車簾。在這位女漢子面前，時刻注意安全才是上策。

「回去換衣裳。」葉啟道。「妳哪怕換一身男裝也比這個強。」

這襦裙曳地五尺，是打算去山裡打掃枯枝嗎？

「不去，我這樣挺好。」葉馨扭了扭腰身，倨傲道。

葉啟大為頭痛，道：「不換就別去了。」招呼小廝、隨從們。「走吧。」

「哥，你就會欺負我。」

所有的人都在心裡默默道：又來了。

到底是一母同胞的親妹妹，葉啟嘆口氣，語氣放緩道：「哥哥等妳，回去換件衣裳。」

小閒從車簾裡露出小半張臉，道：「四娘子，其實妳穿男裝很好看。」

「真的嗎？」葉馨高興了，招呼身邊的丫鬟。「快快快，換衣裳去。」

所有人無語。

錦香問小閒。「妳怎麼知道四娘子穿男裝好看？」

小閒笑。「哄她的。」

錦香的臉馬上黑了，道：「她是娘子！」

小閒笑道：「這話我只跟妳說，出了馬車，打死我都不認。」

可兒帶葉歡來了，道：「幸好趕得上，九娘子非要來跟哥哥道別呢。」

果然是龍生九子，各有不同。小閒掀起車簾，看葉啟抱起葉歡親暱，答應打獵回來送她兩隻小兔子，讓她養著玩。葉歡大喜，在葉啟臉上親了一下。

周川和岳關帶了小廝、隨從來了，人聚齊，便上路。

剛走到灞橋，葉馨和周川便鬧翻了。

開始還好，兩人以前見過幾次，雖然沒有深談，倒有印象，彼此禮貌客氣，周川還誇葉馨馬術不錯。其實葉馨不過在陳氏威逼下勉強學會騎馬，不錯是說不上的，只不過她是女孩子，又是葉啟的妹妹，周川隨口誇了她兩句。

可是葉馨一會兒說馬上風大，吹皺了如雪肌膚，要坐車；一會兒又嫌車裡人多，氣悶，錦香會騎馬，只好下車給她騰地方；一會兒又嫌車裡視線不夠開闊，不如騎馬的好……如此這般三、五次，車隊不得不一次次停下來，由著她騎馬坐車來回折騰。

周川終於忍無可忍了。岳關瞧他臉色不對，不停向他使眼色，讓他瞧在葉啟面上，忍耐些，別讓葉啟難堪。周川憋紅了臉，嚷了一句。「三郎，你家妹妹好不爽利。」在他來說，這話已算客氣，葉馨卻生氣了，柳眉倒豎，一副要吃了他的樣子。

「好個母夜叉。」周川嘟囔一句，拍馬跑開。

「哥哥，十四郎欺負我。」葉馨怒而向葉啟告狀。

葉啟苦笑，道：「妳和小閒好好在車裡坐著不成嗎？小閒帶了妳愛吃的點心呢。」

車隊不得不再一次停下來，讓她下馬登車。

一路上的景色讓小閒如癡如醉，無論是高門大戶顯赫寬大的門庭，鱗次櫛比的商鋪，還是一片片待來年春暖花開時再種植稻穀的良田，都讓小閒看得入迷。原來，古代是這個樣子啊……她讚嘆不已。

葉馨很快覺得無聊，有一搭沒一搭找小閒說話。

小閒把視線從車窗邊收回來，陪她說話，又取了點心，勸她多吃點。「郎君們要打獵，怕是不能那麼快用膳呢。」妳把嘴堵上，別那麼多話啦。

今天去的別業是最遠的一處，說是在郊外，其實離城二十多里。走過郊區，還有好長一段路，原先是崎嶇小徑，因是盧國公府的別業，特地平整了路，現在能容馬車通過。

冬的顏色在山野間顯現，美不勝收。

周川漸覺無聊，勒馬在路邊，待馬車駛近，湊到窗口，對小閒道：「妳怎麼不會騎馬？待回來，我教妳如何？」

馬車前的葉啟和岳關相視一笑，這貨還真是閒不下來。

小閒還沒答應，一物飛出窗外，接著周川如同殺豬般叫起來。「葉四娘，我跟妳沒完！」

葉馨得意地哼了一聲。小閒定睛一看，不禁失笑，忙讓馬車停下。

大半個時辰過去，葉馨還沒忘了剛才的不快，見周川在馬上俯身和小閒說話，手一甩，吃了一半的糕點準準擲中周川額頭。

葉啟和岳關聽到叫聲，忙撥轉馬頭過來。

小閒忙從車裡出來，幫周川擦拭，連著換了兩條帕子還沒擦拭乾淨。

葉啟連聲向周川賠不是。「我教導無方，你別跟她一般見識。」

「不關你的事，這是我跟她之間的恩怨。」周川大氣地揮手，搶過小閒手裡新換的帕子，自己擦拭起來。

岳關幫著勸。「男子漢大丈夫，別跟小娘子一般見識。你不理她不就完了？」

周川可不是那麼好糊弄的，大聲道：「你看她哪裡像小娘子了？分明是個母夜叉！」

這下子在一旁瞧熱鬧，嘻嘻直笑的葉馨不幹了。母夜叉的稱呼要是傳出去，她以後在京城名媛圈中怎麼混？賞花會上一定會被笑話的。

「周川小子，我跟你沒完！」葉馨纖纖玉指差點戳到周川面門。

這時代，直呼人名那跟罵人差不多，何況葉馨還加上罵人專用術語：小子。周川氣得直跳腳。

葉啟沈下臉，喝道：「四娘！妳再無禮，我馬上著人送妳回府。」

「你就會欺負我，就會欺負我！」葉馨嘟嘴道。話是這樣說，卻不敢再和周川吵了。

葉啟道：「向周家哥哥賠禮道歉。」

「我不！」葉馨一扭小蠻腰，上車，把車簾放下。

周川氣道：「誰要她賠禮！」

小閒著人就近打了水來，侍候他洗了臉，道：「十四郎君與我家郎君交情非同一般，四娘子自小與我家郎君打鬧慣了，這是把十四郎君當成自家哥哥一樣看待呢。」

周川道：「妳別替她說好話，她敢把點心擲到三郎臉上？我才不信呢。」

話雖是這樣說，到底氣消了些，一翻身上了馬，率先向前奔馳。

別業在半山腰，有夯實的黃土路直通到大門口，留守的人一早不知出來張望多少回了，見葉啟一行人到了，馬上迎上來，道：「回三郎君，已有兩天沒給山裡的動物留食了。」

岳關見周川一直氣呼呼的，便道：「天色尚早，不如我們先射獵一回，比比誰打的獵物多，再吃飯好了。」

葉啟抬頭望望天色，道：「也好。」

三人帶了隨從拍馬向前奔去，自有小廝把車上的物事搬了下來。

葉馨扠腰站在車前，目送一行人煙塵滾滾而去，罵道：「哥哥真不是東西，沒安置好我，自顧自走了。」

小閒笑道：「四娘子英姿颯爽，是獨當一面的人物，哪裡用得著郎君操心？快進屋去吧，我們先弄點吃的墊墊肚。」

天還沒亮吃的早飯，到現在也消化得差不多了，別人吃不吃小閒不關心，她是一定要好好吃一餐的。

一聽有吃的，葉馨來了興致，道：「都說妳做的菜美味，先整治幾樣我嚐嚐。嗯，吃剩的倒掉也不給哥哥吃，看他還敢不敢棄我不顧。」

小閒連哄帶騙，總算把葉馨帶進屋，自己進了廚房。

錦香望著葉啟的背影出神，眼中流露出迷離的神色，直到葉啟一行人轉過山坳，才收回目光。

吃過午飯，小閒獨自一人走出院子，順著山道慢慢走走看看。初冬的景色，既有秋的蕭瑟，又有冬的冷颯，樹木上的黃葉已落盡，枯草偏還倔強地挺立在寒風中。

山裡天黑得早，太陽落下山，只餘落霞滿天。緊了緊斗篷，小閒辨明方向，往前走去，轉過幾個彎，及目所望，景色都是剛才沒有見過的，眼前只有槐樹，連彩霞都瞧不見了。

摸一摸身上，幸好帶有火種，只是不知山裡有沒有狼呢？小閒開始揀拾枯枝，準備燒篝火取暖。

突然馬蹄聲響，遠處灰塵衝天而起。

小閒吃了一驚，這裡不是盧國公府的別業嗎，怎麼還有騎兵？待要把剛點燒的篝火熄滅，卻再也來不及了，當先一匹馬疾馳而來。

小閒急忙避到兩人合抱粗的槐樹後，慢慢探出頭。

「咦，這裡有人。」

小閒懸著的一顆心總算回歸原位，是周川的聲音。剛才心慌意亂之下來不及細看，原來他性子急，一馬當先奔在前頭。

「散開，四處查看。」這是葉啟的聲音。

小閒笑容滿面，連跑帶走從槐樹後出來，招手揚聲道：「郎君！」

「他鄉遇故知」大概就是現在這種心情了。比喻雖然不恰當，心情卻是一樣的。

「小閒？」葉啟詫異道：「妳不好好在別業裡待著，跑這兒做什麼？」

周川大為驚奇，繞著小閒轉了兩圈，對葉啟道：「不會是我們打獵把狐狸精打出來了吧？變成小丫頭的樣子糊弄我們。」

「別胡說。」葉啟斥責他一句，跳下馬，走到小閒跟前，道：「這兒離別業有兩個時辰的路呢，妳怎麼在這兒？」

小閒兩手一攤，道：「我出來看景致，走啊走的，就走到這兒了，找不到回去的路啦。」

「所以在這兒燒篝火？」葉啟用馬鞭指了指燒得正旺的枯枝。

小閒點頭。

周川也跳下馬，豎起大拇指。「了不起。」

單身少女在山中迷路，不緊著哭，還淡定地燒篝火取暖及躲避野獸，這份勇氣非一般女孩能及。

小閒道：「郎君稍待，我把篝火熄滅了，免得引起山林大火，再一起回去。」

哪裡用得著小閒動手，葉啟揚了揚馬鞭，一群隨從很快把篝火熄滅了。

葉啟伸出手，只一提，小閒便覺得身子離地騰空而起，不由驚呼一聲。

周川哈哈大笑，道：「三郎輕些，別嚇壞小女孩。」

岳關也笑了，道：「別怕。」

坐在葉啟馬前，小閒緊張地道：「不會掉下去吧？」

「不會。」葉啟的呼吸就在耳邊，有力的手臂環緊了小閒的腰，一提韁繩，馬向前奔去。小閒沒提防，又是一聲驚呼，雙手在空中亂舞，找不到可以借力的地方。

「別怕，沒事的。」葉啟帶笑道，接著是風馳電掣，景色急速往後退去。

到院子門口時，小閒已暈頭轉向，頭暈目眩了。

錦香早守在臺階上，見葉啟回來，喜不自勝迎上去，陡然見他懷裡抱著一個女子，這一驚，非同小可，差點沒暈過去。

「下來吧。」葉啟翻身下馬，笑吟吟向小閒伸出手。

小閒驚魂未定，道：「我還活著吧？」

回應她的是少年們的哄堂大笑。

大概第一次騎馬，小閒臉色蒼白，葉啟讓她先回房歇息。

剛才的一幕太震撼了，錦香半天回不過神，腳步虛浮地邁進院子。

院子裡熱火朝天，隨從們把打來的野兔、山雞清理乾淨，又堆起柴火，準備烤著吃。從早上餓到現在，大家都飢腸轆轆，幹起活來十分俐落。

「錦香姊姊，妳怎麼了？可是不舒服？」

連續兩次撞上在院子裡無目的轉圈的錦香後，順發覺得不對勁了。

順發連問兩句，錦香毫無察覺，眼前晃來晃去都是葉啟懷抱小閒的情景。

難道在門口相迎還不夠，要步行幾里再迎，才行嗎？若是能同乘一騎，別說幾里，哪怕幾十里，她也甘之如飴啊！

小閒走了一下午的山路，並不覺得累，主要還是第一次乘馬的不安全感讓她不適應，腳踏實地後有一種虛空感。不得不讚嘆古人的偉大，翻上馬背便奔馳，確實不是現代人能會的。

吃了熱湯後，心神才稍定，然後，她察覺到錦香的不對勁。

酒已抬了上來，周川拉著葉啟非要和他鬥酒，道：「今兒你又拔了頭籌，我就不信，次次都輸給你。來來來，我們吃上三大碗，看誰先醉。」

葉啟哪有心情和他吃酒，道：「我去看看四娘，再和你吃。」

院子裡鬧翻了天，葉馨一直沒有動靜，這不像她的性格，葉啟很擔心。

周川不知嘀咕一句什麼，自顧自仰脖吃了一碗酒，道：「好酒。」

小閒在側廊轉角處與葉啟相遇，他道：「不用妳侍候，回去歇著吧。」

「我沒事，緩一緩就好了。」小閒道。

葉啟點點頭，轉身走了。

葉馨已經生了半天悶氣，說是一起來打獵，到別業後便丟下她不管，也沒有邀她一起去的意思，這算什麼哥哥？

丫鬟勸了再勸，她只是不聽。

「四娘，快出來，一起嚐嚐新打的野味。」葉啟說著邁步進門。

一言未畢，一只茶碗迎面飛來，葉啟側身避開，茶碗落地摔成幾片。

葉馨背對葉啟。

葉啟道：「今兒是臨時起意，真正打獵明天才開始呢。明天哥哥帶妳去，我們去山林深處，看看有沒有麋鹿。」

天氣冷了，很多動物開始過冬，下午轉了半個山頭，他的獵物最多，也只有十幾隻野兔，四、五隻山雞，大點的動物一隻沒見到。

「真的？」葉馨來了精神，側身盯著葉啟道：「你是壞人，沒信用，我信不過。」

哪有這樣跟哥哥說話的，雅琴抹汗。

「妳不和周十四鬧，明天一定帶妳去。」葉啟乘機提條件。

葉馨道：「那得他不先惹我，他要先惹我，我是一定要還手的。」

姑奶奶，妳不惹別人就謝天謝地了，誰敢惹妳啊……葉啟無語。

第十八章

葉馨隨葉啟來到院子，一眼瞧見錦香推了小閒一把，小閒沒提防，摔倒在地。

院子裡有那麼一瞬間安靜下來。

小閒勸錦香回屋裡去，錦香只是不言不語，後來大概看清眼前的人是小閒，一怒之下，狠狠推了她一把。

「妳怎麼打人呢？」周川站在篝火邊，翻動一隻山雞，錦香呆滯的樣子他沒有往心裡去，哪個主子會去理會奴婢們心情好壞呢。小閒過來牽錦香，他也沒在意，女孩子們的事，男子們哪懂得？但是，小閒被推了一下，他卻胸口一滯，這句話不經思索衝口而出。

「怎麼啦？」葉啟也道。他是真沒注意到錦香的異常。

岳關打圓場。「可能有什麼誤會吧？」

隨從們見兩個丫鬟如此受郎君們重視，更是噤聲，只目不轉睛看看這個，瞧瞧那個。

小閒從地上爬起來，拍拍斗篷上的泥土，笑道：「沒事。」

「沒事就好，野味還得好一會兒才烤好，有什麼吃的先端上來。」岳關接話把事揭過去。

吃的當然有，小閒應了一聲，帶了兩個僕婦去端來，大家一見點心的形狀模樣，都歡呼起來。

趁沒人注意，順發跑過去，勸錦香道：「姊姊有什麼話，等會兒和小閒說開就好。」她剛才一閃而過的凶悍，誰沒有瞧在眼裡呢？都是明白人。

錦香沒理順發，拉下臉回了屋。

「妳也去歇著吧，這些讓她們做就好。」葉啟對小閒道。瞧她頭髮蓬鬆，裙角沾滿泥土枯草，這半天不知受多少罪呢，虧得她這時候還忙前忙後。

小閒看看吃食上得差不多了，點頭道：「那婢子歇去啦。」

葉馨不知哪根筋抽了，喊了一句。「小閒，中午的菜再做幾個來。」

「野兔烤了噴香，若是吃了菜，再吃不下野兔，豈不是可惜？」葉啟道，一邊向小閒揮手，那意思：妳不用理她。

小閒笑著走了。

回屋一沾榻，屁股生疼，好傢伙，錦香那一下真是用了死力啊。

「姊姊跟我有仇啊？」小閒沒好氣地對獨自生悶氣的錦香道。

錦香咬牙，道：「小蹄子，什麼時候跟郎君勾搭上了？還說妳只盼以後有機會出府，虧得我把妳當姊妹，妳就這樣騙我?!」

「什麼叫勾搭上？好難聽。」小閒邊揉屁股邊笑，道：「妳想多了，我不過貪看景色迷了路，以為今晚要凍死在山裡了，沒想到運氣好，遇見郎君他們回來路過那兒，順道把我捎回來。」

「郎君帶的隨從那麼多，就不能讓他們捎妳，還得和妳共乘一騎？」錦香一萬個不信。

這個……小閒也不知道，想了想，道：「當時應該沒想那麼多吧？要不，妳問郎君去？」

能回來就不錯了，哪有那麼多為什麼？

喧鬧聲直到夜深才散，周川吃了許多酒，跳了一支舞，又拉著葉啟一起跳。看他們扭身揚臂，袍袖甩動，旋轉騰踏，招手遙送……小閒笑翻在窗前。

「郎君跳得真好……」耳邊傳來錦香的呢喃聲。

葉啟吃得半醉回來，錦香陪著小心道：「郎君下午怎麼和小閒遇上的？」

葉啟躺下，笑，道：「這個傻丫頭出來看風景迷路呢，要不是遇上我們，就丟了，呵呵。」

果然是迷路？錦香總算一顆心落了地，細心幫葉啟蓋上被子，回到和小閒共住的屋子，向小閒賠不是道：「是姊姊莽撞了，妹妹莫怪。」

小閒用熱水泡腳，擺擺手，道：「不過是誤會，說開就好。只是姊姊還沒放下嗎？郎君怎麼和妳說的？」

不是才深談過嗎？難不成後來葉啟又許諾她什麼了？

在小閒的注視下，錦香緩緩搖了搖頭，道：「郎君說，自小與我一起長大，當我是妹妹一般。他與我待的時間比跟妹妹們在一起的時間多得多，會把我當妹妹也正常。無論他怎麼想，我都會默默陪著他。」

小閒默然。把妳當妹妹，是男人拒絕的託辭好不？

「郎君總有一天會成親，成親後會納妾。」錦香聲細如蚊，道：「我等著就是了。」

等他納妳為妾？小閒睜大眼，道：「以郎君的身分地位，娶的正妻一定身世顯赫，若是少夫人剽悍，妳怎麼辦？」

錦香沈默半晌，道：「不過是命。」

「難道天底下，除了他，再沒有男人了？」小閒氣往上衝。什麼命，命運是掌握在自己手裡的好吧！葉啟承諾會為錦香找一個好夫婿，府裡的小廝，只要她看中，會為她作主，滿府的小廝由她挑呢。

別以為身為奴僕就卑賤，小廝中也有人才，只要主子開恩，改了賤戶，成為良民，一樣有出頭的日子。

錦香悠悠道：「天底下男人縱然多，卻只有一個他。」

小閒無話可說，倒了洗腳水，倒頭便睡，再不理錦香了。

隔天，葉馨穿了男裝，佩了箭壺，英姿颯爽。

岳關誇了她兩句，她不免得意，不停走來走去。

「妳晃得我眼暈。」周川很不高興。其實頭很暈，倒不是葉馨晃的，而是宿醉。

岳關悄聲問葉啟。「四娘需要人服侍吧？怎麼不把小丫鬟帶上？」

周川猛點頭。

岳關訕訕地笑，道：「她可以穿男裝，讓人帶著她就行了。」

「嗯？」葉啟看他。

小閒看著面前的高頭大馬，退後兩步，搖了搖頭，道：「婢子還是留下來為郎君們準備晚餐的好。」

昨天被嚇得半死，得了恐馬症，今天說什麼也不去了。

岳關溫聲道：「妳做的菜，等回京再吃不遲。要不這樣，我帶妳。」

小閒只是搖頭。

周川埋怨葉啟道：「誰讓你縱馬呢，瞧把小丫頭給嚇的。」一見馬兒便大驚失色，昨兒得嚇成什麼樣子。

葉啟翻身上馬，手臂一伸，小閒只覺身子騰空而起，不禁驚呼出聲。

側身坐在馬背，整個人斜倚在葉啟溫暖的臂彎，感受到他身上的氣息。小閒忙把他推開，推不動。馬兒邁開長腿，向前奔去，馬背顛簸，小閒只好抱緊了他。

一行人紛紛上馬，跟在葉啟身後去了。

錦香呆呆看著馬兒揚起的灰塵，只覺一顆心不斷往下沈去。郎君從沒這樣待過我，從沒！心裡的聲音如狂風海嘯般把她吞沒……

顧及小閒的感受，葉啟明顯放慢馬速，比昨天慢多了。

很快，周川便越過他們，大呼小叫地射到了一隻山雞。

小閒坐在馬前，不方便葉啟張弓搭箭，半天下來，他只打到一隻兔子、一隻錦雞。

周川挑釁般揚了揚手裡的獵物，道：「哈哈，我可算贏了你一次。」

眼看近午，天色陡變，山風驟起，天上堆起厚厚的鉛雲。

小閒的臉凍得冰涼，環緊葉啟腰的手也凍得通紅起來。

葉啟大概感覺到她冷了，勒馬道：「就要下雪了，吩咐下去，這就回去吧。」

「這麼快就回去啊？下雪怕什麼。」周川打得興起，聽說要回去，老大不高興。

葉啟緊了緊斗篷，把小閒包在懷裡，道：「下雪天路滑，山路不好走，還是早點回去吧。你今天收穫不錯，晚上有野豬肉吃呢。」

周川道：「再打一個時辰，天黑前回去就可以了，都來了多少次啦，怎麼現在反而怕山路難走？」

「回去吧。」岳關贊成道。

二比一，只好回了。周川很不情願，鞭子在空中亂舞，差點抽到驅馬馳近來的隨從。

岳關驅馬近前，對他道：「瞧見沒？」

「嗯？」周川不明白。

岳關的眼往葉啟的方向瞟了瞟，周川還是不明白。

「算了，回去再和你細說。」此時在馬上，山風呼嘯，不是說話的場所。

馳到半路，雪開始往下落，風夾著雪，打在臉上生疼。

葉啟輕攬小閒的後腦勺，讓她把臉靠在自己胸口，道：「風大。」

透過厚實的衣料，彷彿能感覺到細膩肌膚的觸感，他臉上火辣辣的，只希望這條路永遠走不到盡頭。

錦香在房裡傷心，越坐越冷，起初還以為是心冷導致的，直到僕婦喊下雪了，才知已經變天。出房一看，可不是下雪了，好大的雪。

「錦香姑娘，外面風大雪大，妳且回房歇息。」僕婦為她撐傘，勸道。

誰知道郎君他們什麼時候回來呢，站在門口乾等，要等到什麼時候啊？僕婦心裡埋怨，面上一點不敢顯露出來。

錦香很擔心，風大雪大，山路難行，天氣又不好，萬一……啊呸呸呸，郎君吉人天相，哪裡會有什麼事呢，最好隨他一起去的小閒馬失前蹄，掉落山崖。

雖然明知兩人一馬雙騎，不可能一人安然無恙一人出事，錦香還是情不自禁有此念頭。

終於馬蹄聲響，白茫茫一片中出現一片朦朧身影。

錦香快步迎了上去，嬌聲喚道：「郎君。」

當先一匹棗紅馬揚起雙蹄，在門口停住，一人從馬上跳下來，道：「賊娘天，打個獵也不痛快。」

這人不是周川是誰？他早把不情願回來給忘了，雪打濕了衣裳，又冷又黏，十分難受。

「快燒水，某要淋浴。」周川嚷。

隨後來了很多隨從，接著岳關和葉馨也到了，葉馨一路上都嘟著嘴，一進門便衝僕婦發了好大一通火。

「我家郎君呢？」錦香揪住一個隨從問道。

隨從朝後一指，道：「在後面。」

不會出什麼事吧？錦香很擔心，郎君從不落後於人，怎麼這麼多人都到了，他和順發等人都不見影蹤？

「妳個死丫頭，只會躲在屋裡生火取暖，要找死啊！」廊下，葉馨罵丫鬟的聲音傳來。

「錦香。」身後有人喊她。

這聲音一入耳，如綸音，可不是她熟得不能再熟悉的葉啟回來了？錦香提裙順著聲音來處急奔過去，待看清眼前的人，又停住腳步。

葉啟扶著一個嬌小的女子，那女子幾乎站不住腳，半掛在他臂彎裡，他的神情是那麼的憐惜，由著那女子一小步一小步顫顫巍巍地走，身後的隨從亦步亦趨慢慢跟隨。

在馬上坐了幾個時辰，加上緊張、不能動，小閑兩腿麻木，無法下地，還是葉啟抱她下來的，雙腳落地，只覺鑽心地疼。

「錦香，扶小閑進屋。」葉啟瞧見錦香站著發呆，招呼了一聲。

錦香默默上前。

小閑勉強露出個笑臉，道：「錦香姊姊，讓我搭把手，我腿麻了。」

真是遭罪，早知道拚著挨罵也不來了。她心中無限懊悔。

熱水還沒有燒開，周川在屋裡坐不住，又出來，一見眼前情景，道：「這得走到什麼時候，我抱妳進屋吧。」

葉啟色變，道：「不用。」一彎腰把小閒抱了起來，大步進了院子。

周川摸摸頭，不解地道：「怎麼了？」

岳關拍拍他的肩頭，道：「走吧。」

周川一把拉住他，道：「在山裡，你有什麼話要對我說？」

岳關拉他進了屋，道：「你沒注意嗎，三郎對那小丫鬟有些不同。」

「有啥不同？」周川不明白，道：「她不是腿麻了嗎？」又不涉私情，幹麼想那麼多？

岳關靜靜看了他片刻，嘆了口氣，道：「咱們可是兄弟，那可是兄弟的丫鬟。」

「是啊，那又怎樣？」周川瞪眼道。

岳關看了他一眼，轉身走了。

「喂喂喂……」周川在後面直著嗓子叫喚，岳關哪裡去理他。

葉啟進了屋把小閒放下，扶她在榻上坐了，又喊錦香。「進來。」

小閒渾身又濕又冷，不停打顫，猜測道：「錦香姊姊大概有事忙去了吧？」

葉啟便喊順發。「燒水，把炭火加旺。」

大家都渾身濕透，廚房這會兒可不正添柴草燒熱水，至於地龍，同樣燒得旺旺的，這些事哪裡用得著他吩咐。

僕婦戰戰兢兢提了熱水進來，賠罪道：「老奴該死，讓郎君久候了。」這位姑娘來頭顯然比一等大丫鬟錦香大得多，要不然郎君怎麼如此看重她呢？想到昨天她進廚房做飯時自己沒有搶著來，只顧拍錦香的馬屁，僕婦便想拿塊豆腐一頭撞死，太沒眼色了。

錦香進屋時，小閒已換了乾淨衣服，裙邊放腳爐，懷裡抱手爐，只盼能快點把身子暖和過來。

「妳和郎君……」錦香聲音乾啞，吐字艱難。

小閒苦笑，道：「我說什麼事都沒有，妳信不信？」

錦香搖搖頭，她的衣裳在門口被雪濕透，此時只覺渾身冰冷，由裡往外直冒寒氣。一陣忙亂後，總算都沐浴換了乾淨衣裳，周川想了半天岳關的話，沒想明白，便跑到小閒這邊，卻發現門關著。

小閒身子稍暖，要去請示晚飯怎麼安排，打開門，發現周川站在門口，做望天狀。

「十四郎君，你這是做什麼呢？」小閒笑問。畢竟一起打過獵，感覺親近了不少。

周川啊了一聲，道：「這雪還真大啊。」

可不是，現在已經是鵝毛大雪了，再這樣下去，不知會不會大雪封山，回不了京城。

「以前十月天氣，也下這麼大的雪嗎？」小閒道。

周川想了想，道：「不知道。」他什麼時候用得著自己記日子了？哪裡知道這些。

就在小閒轉身要走時，他又添了一句。「回頭我問問。」然後，仰頭走了。

這位十四郎可真有意思，小閒目送他離開，臉上不禁浮起一抹笑意。

「笑什麼呢？」葉啟從隔壁房間出來，已換了輕裘，領口柔順的黑貂皮越發襯得他唇紅齒白。

小閒目光多在他臉上停了一息，葉啟臉微微紅了一下，垂下眼簾。

「晚飯吃什麼？從府裡帶來的菜做了吃，還是打來的野味做了吃？」兩人面對面，小閒便沒有刻意在前頭加上稱呼，很自然地說了出來。

葉啟好像怔了一下，深深看了小閒一眼，眼睛亮亮的，柔聲道：「要是不把野豬烤了吃，周十四一定不答應。妳也累了，歇會兒，不用理他們，由得他們去吧。」

小閒得了準信，準備回房，葉啟又道：「妳想吃什麼，讓他們給妳備下。」

中午沒有吃，到現在餓得很了，此時就算是饅頭，小閒也會吃得津津有味。

「什麼都好，跟他們一樣吧。」小閒道。

葉啟頷首，道：「他們做好了，我讓人叫妳。」

小閒還沒有說話，身後傳來一個怒氣沖沖的聲音。「三哥，你可真是我的好哥哥！」

第十九章

葉馨已經生了一天悶氣，說好帶她打獵，卻對她不理不睬，假裝沒看到她次次箭走空，好幾次箭飛出去後不知去向，馬前的獵物反而被後面的周川射中。

哼，身為哥哥，不能為妹妹出頭，還做什麼哥哥嘛！

葉啟心虛地道：「怎麼了，誰欺負我們四娘啦？瞧我們四娘氣成這樣。」

「你欺負我，就你欺負我！」葉馨剛沐浴，濕漉漉的長髮披在肩上，嘴嘟起來。

葉啟陪笑道：「外面冷，快進屋說話。小閒，煎茶來。」

葉馨一指轉身要走的小閒，道：「我不想瞧見她，讓她走開。」

「錦香沒空，不要她侍候，可沒有熱茶吃喔。」葉啟哄著，把葉馨拉進屋。

野豬肉質粗糙，並不是好的食材，在有更好的選擇情況下，岳關堅持不吃。周川拗不過他，只好讓僕婦宰了兔子，片了幾大盤兔肉，吃起火鍋。

這麼一來，小閒就不方便和他們一起吃了。葉啟吩咐另外片了兔肉送給小閒、錦香、雅琴三個丫鬟，也不用她們侍候，讓她們自在吃去。

雅琴心裡明白，葉啟這麼做是為了小閒，不由對她親熱起來。

小閒見她臉上還有五條淡淡的指印，對她不免同情，侍候這麼個情緒起伏不定的主兒，實在難為了她。

兩人互相客氣，錦香只是悶頭大吃，肉才下鍋，在水中滾了一滾，便一大筷子撈起來，全放自己碗裡。

小閒默默看她，實是不知該怎麼勸她。

待吃完晚飯，錦香拉小閒到隔壁房間，道：「我們都是侍候郎君的，自此以後，一起侍候他便了。」

她在「侍候」兩個字上加重語氣，顯然這個侍候，不是平時那樣的侍候了。

小閒怔了一會兒，才明白她話裡的意思，不由氣道：「妳說什麼呢？我沒那個意思。」

「妳的意思……」錦香迷茫了，這樣小閒還不肯答應嗎？

小閒氣道：「我說過，如果有出府的機會，我想出府，自食其力。」這話夠明白了吧？

「妳對郎君……」錦香更不明白了，既然對郎君沒有情意，為什麼和他共乘一騎呢？

小閒不曉得她的意思，就算曉得，也會不以為然。共乘一騎本來就不是她的意思，再說，來自現代的她，兩女共事一夫這種狗血劇情，她是不要的。

錦香瞪著小閒，小閒沒有辦法，只好道：「晚上我幫妳勸勸郎君，求他把妳收房吧，省得妳一天到晚別的沒幹，只想這事。」

錦香羞紅了臉，含笑低下了頭。

吃了酒腹中溫暖，地龍又燒得暖暖的，周川興致很高，吃到一半放聲高歌，又跳了舞，最後醉倒了事。

葉啟同樣吃多了，一晚上，他臉上都帶著笑，顯然心情很好。其實他打的獵物最少，隨從都比他打得多。

錦香避開了。葉啟回房沒有發現錦香，並沒有覺得異常，問小閒道：「晚上吃得可好？」

小閒笑著道了謝，接過他的外袍，道：「錦香姊姊託我和郎君說句話，不知郎君聽是不聽呢？」

葉啟搖頭，道：「該說的我都說了。怎麼，她還沒轉過彎嗎？」

若是繼續糾纏下去，說不得，只好遣她出府了。

小閒道：「我看她對郎君一片癡心，又是自小服侍郎君的人，知根知底，不如……」反正你可以娶許多老婆，不如順水推舟從了吧。這話到了嘴邊，硬被小閒嚥下去。

葉啟定定看她，良久，道：「妳真這樣想？」

如果小閒真的只是一個小女孩，看不懂他的眼神也就罷了，可是她活了兩世，怎麼可能感覺不到？她的心顫了一下，一個念頭浮上腦海。

他不會喜歡我了吧？自己瘦弱的身軀，青澀得很，哪裡吸引他了？

葉啟輕嘆一聲，道：「有些事，須為自己著想，別一心為了別人。」

小閒低下頭，不知說什麼好。

錦香很忐忑。可把小閒盼來了，從小閒臉上看不出葉啟是否答應。

「郎君……他怎麼說？」錦香迎上來，拉著小閒的手道。有些害羞，又有些興奮，好糾結啊……

小閒微微搖了搖頭。

「沒對郎君說嗎？」錦香以為小姑娘臉皮薄，不好意思說這個，難道要她自己向郎君三提四提？

小閒道：「不是。郎君什麼都沒說。」

錦香一臉失望。還是把她當妹妹嗎？俗話說，哥哥妹妹好做親，怎麼到她這裡就不成了？

一晚上，大雪不停，這樣的天氣，自然無法打獵。

周川不死心，派了小廝去探路。小廝去了一刻鐘回來，說無法行走，才作罷。

岳關和葉啟對奕，周川閒不住，在旁邊指手畫腳，到後來一人分飾兩角，白黑兩子都由他下。岳關笑對葉啟道：「我們只看著就好了。」

玩了一會兒，周川又覺得沒意思，叫了小廝玩投壺，總之沒一刻安靜。

葉馨獨自生悶氣，坐了半天，覺得無聊，便過來，站在屏風邊看周川投壺。一個小廝準頭奇差，連投三次都不中，葉馨忍不住噗哧笑出聲，道：「周十四，你調教的好小廝。」

那小廝羞愧地低下頭，退到一旁。

周川現在一見葉馨便來氣，捋了袖子衝到她面前，道：「要妳管！」

兩人又鬧起來。外面，小閒撐了傘，出來賞雪景。雪太大，她不敢走遠，只在附近轉轉，饒是如此，還是看得津津有味。

路邊的枯草已被白雪覆蓋，及目所望，到處一片白茫茫，真正是銀裝素裹，美到極致。難得的是山並不高，山下的村莊有小黑點移動，應該是人在走動，形成一幅動中有靜、靜中有動的畫卷。

小閒看得入了神，連錦香站在身後都不知。

「雪有什麼好看的，回去吧。」錦香一副欲言又止的模樣，言不由衷地勸著她。

小閒笑道：「你們的事，我不摻和，妳還是自己去跟他說吧。」自己又不是紅娘，錦香也不是鶯鶯，小閒不想再為他們的事忙活。

錦香泫然欲泣，道：「還求妹妹成全！」

往日她叫妹妹倒沒覺得什麼，此時小閒只覺一陣噁心，道：「我還是個十一歲的孩子呢，怎麼懂得你們大人之間的事嘛。」

錦香臉色古怪。百姓人家的閨女，十一、二歲嫁人的可不少。五、六歲算孩子，八、九歲便是半大的姑娘了，十一歲還小？這是從何說起。

小閒轉身回去了，在門口遇到順發，他道：「妳去哪兒了？郎君找妳呢。」

周川和葉馨吵起來，自然要找葉啟評理，葉啟無心理會，吩咐取書來，才知小閒獨自外出。這樣的天氣若是迷路，凍也凍死了，所以讓順發帶小廝們出去尋找，幸好在院門口便遇上了。

「我沒事，難得出來，又遇上大雪，剛好看看山中的雪景，挺美的。」小閒笑容燦爛。

葉啟蹙了蹙眉，道：「出去賞雪，也該讓人跟著。一個人獨自外出，若有危險，怎麼辦呢？」就是呼救，也沒人理會的。

岳關抬頭打量小閒，小丫頭又長高了些，小荷已露尖尖角了，難怪三郎這樣上心。

問了周川和葉馨吵架的緣由，小閒笑道：「十四郎君，你是堂堂男子漢，就讓一讓我們四娘子又如何？」

葉馨哼了一聲，道：「他？心胸狹窄之輩，哪能容人。」

「我——」周川欲反唇相稽，想起小閒的話，揚起下巴道：「好男不與女鬥，不，好男不與潑婦鬥。」

葉馨大怒，道：「誰是潑婦？」

小閒笑道：「四娘子中了十四郎君的計了，他故意激怒妳呢。」

葉馨一想，可不是，也換了臉色，高傲地道：「本娘子不與你一般見識。」

一屋子的人都笑了，順發陪笑道：「帶有上好的點心，小閒親手做的，不如郎君、娘子們邊賞雪邊吃點心，和和氣氣的可不是好？」

周川聽到小閒親手做的，神色微微一動，道：「這樣的天氣，不賞雪可不是蠢物？不如我們移到山上，山頂原有一座舊亭子，稍事修葺，圍上幔帳，燒上炭火，吃酒賞雪最好不過。」

又要上山，又要修葺，順發苦著一張臉，恨不得抽自己一嘴巴。

葉啟道：「哪裡用得著那麼麻煩？就在這兒，願意吃喝的在屋裡，想賞雪在附近走走也就是了。」

飄飄揚揚的大雪充塞天地，哪裡不可去，非要大動干戈？

「正是，就在這裡好了。」小閒贊成道。

賞雪吃喝談天說地，倒也開心。

大雪直到第二天中午才停，一行人下山回到府中，已近黃昏。

同樣回府的還有陳氏。下雪了，她很不放心葉標、葉歡兩個小兒女，堅持要回來。老夫人以雪天路滑為由，強留她住下，待得雪停，魏國公派了近百人沿街掃雪，把兩府之間的路面清掃乾淨，才送她回來。

「你身為兄長，不在府裡教養弟妹，反而呼朋喚友去打獵。」陳氏火氣很大，大聲訓斥葉啟道：「如此作為，哪裡配為兄長？」

葉啟稟道：「原想著打獵兩天就回，沒想到陡遇大雪，要回，回不了。兒子很擔心弟弟妹妹們，所以雪一停，馬上回來了。」

山中的雪深及馬腿，好在沒有駕馬車，要不然不知什麼時候才能趕回來。

陳氏很生氣，拍著几案道：「你父親不像話，你也跟你父親一樣不像話，什麼時候去打獵不好，非得娘親不在府中去打獵？丟下十郎怎麼辦？他還小呢。」

盧國公府開府百餘年，有的是忠心耿耿的家僕，葉標身邊更有最出色、最忠心的人侍候著，哪有什麼不放心？再說，葉啟與葉標的住處遠著呢，就算同在府裡，哪裡照顧得過來？

不過是陳氏心裡有了愧疚，又擔了兩天心事，需要找人發洩，不巧，葉啟剛好當了這個出氣筒。

看葉啟挨訓，葉歡從氈上起來，撲到陳氏懷裡，求情道：「娘親，三哥去打獵，九娘很乖的，三哥是為給九娘捉小兔子才去山上的。」

這孩子……陳氏摟了摟她，板著臉對葉啟道：「九娘如此待你，你臊也不臊？」

「娘親，不要訓三哥啦。娘親回來，九娘好歡喜。」葉歡拿臉蹭陳氏臉頰。

葉啟好不容易脫身出了上房，走在青石板路上，身後傳來蹬蹬蹬的腳步聲。葉歡小跑著追來，氣喘吁吁道：「哥哥、哥哥，等等我。」

葉啟笑著轉身迎上去，一把抱起她，道：「哥哥謝謝九娘。」

葉歡小大人似的擺手，道：「不謝。咱們是兄妹，有難同當嘛。」

葉啟親了親她的小臉頰，道：「哥哥給九娘帶了兩隻兔子，我們瞧瞧去。」

葉歡大喜。這兩天，她每天念念不忘的就是小兔子，擔心下雪了，哥哥不能捉到兔子。兩隻大白兔的腿被箭傷了，包紮後蹲在籠中，見有人圍在跟前，驚慌地往後縮。

「好可愛。」葉歡拍著小手歡呼，不忘在葉啟臉頰上響亮地親了一下，自有跟的人把籠子提回去。

晚上，葉豐來了，怯怯地道：「三哥一切安好？」

葉豐自小在陳氏的高壓下生活，平時謹慎無比。他對葉啟恭敬，卻很少到葉啟院裡來，今天也不知怎麼了。

葉德的妾侍雖然多不勝數，懷孕的也許多，但真正能把孩子生下來的只有兩人，活著的只有王氏一人。自小，葉豐就明白，必須仰仗陳氏鼻息生活。

葉啟招呼他坐了，道：「這些天可進學？」

府裡有私塾，除了葉啟進文秀館，其他人都在私塾上學。葉豐讀書的天賦平平，好在勛貴子弟不用走科舉這條路。

葉豐規規矩矩道：「是，先生讓我選擇科目，我拿不定主意，特來請教兄長。」

所謂通曉經義，那是厲害的才能辦到的事，一般人能通曉一經就算不錯了。葉豐今晚來，是來討葉啟的主意，專攻哪一經好。

葉啟想了想，道：「看個人興趣吧，我喜歡《春秋》，所以選了《春秋》。我看你不如選《中庸》吧。」

葉豐道了謝，又說些閒話，無意間提起，陳氏張羅為葉啟說親。

他一介庶子，哪裡知道什麼消息，肯定是王氏讓他轉告，為的是討好葉啟，以後有所依附。選一個名門閨秀做妻子，對前途助力甚大，乃是人生大事；若此事定了，葉啟的前途將更為遠大。

葉啟喔了一聲，道：「娘親中意誰？」

陳氏肯定先挑門第，人品其次，外貌再次之。

葉豐有些為難，道：「剛傳出風聲，人選好像還沒定。據說是外祖母覺得三哥也到了說親的年紀，娘親才下定決心的。」

他稱呼陳氏為娘親，稱呼陳老夫人為外祖母。

葉啟出了會兒神，道了謝。又吃了一碗茶，葉豐告辭。

一旁侍候的錦香心裡很不是滋味，郎君終於到了說親這一天嗎？怎麼這一天來得這樣快！以後，他最親近的人就是少夫人，而不是自己了。

葉啟不知想什麼，發了半天呆，吩咐道：「喚順發過來見我。」

順發很快來了，道：「郎君有什麼吩咐？」

若不是要緊事，哪有大晚上傳他到後院？眼見他也是一年比一年大了，沒有要事，不敢往裡亂鑽。

「去查一查，夫人準備為某定哪一家的娘子。」葉啟有些心不在焉道。

順發笑了，道：「還能有誰？若是公主們有年齡相當的，肯定尚公主。可惜陛下幾位年長的公主已婚配，剩下的都還小，沒有合適的。依奴才看，也就剩秀王府那位了，要不，她怎麼有事沒事總往咱們府裡跑呢。」

葉啟蹙眉，道：「休要胡說，好好打聽去，快點來報。」

順發答應了，貓著腰退出去，在走廊遇到端了點心走來的小閒，停步笑道：「這麼晚了還下廚嗎？郎君可是餓了？」

小閒也笑了，道：「想起一個新點心，試了試，直到此時才做成。你要不要嚐嚐？」

順發看看左右無人，拿了一個放嘴裡，道了謝快步離去。

第二十章

書房裡，葉啟心事重重。他已經十五歲了，此時說親並不早，可是他卻打從心裡抗拒。要如何讓母親放棄與皇家結親的打算呢？

皇帝三位未成年的公主，最大的丹陽公主芳齡十歲，恐怕母親打的是這位丹陽公主的主意呢。平日裡她總說，我的兒子只有公主才配得上。

小閒站在几案前一炷香了，葉啟還沒有察覺。

「郎君想什麼呢，想得這樣入神？」小閒含笑道。

葉啟聽到她說話，回過神，臉色稍霽，道：「沒什麼。」

他鼻中聞到焦香，拿起一個點心，湊到鼻邊聞了聞，道：「這是什麼？」

從山上回來，小閒與葉啟共乘一騎的事瞬間傳遍了院子，有嘲諷的，有羨慕的，叨擾半天才散。小閒心裡無法平靜，只好去廚房做點心。多幹活、少想事，人才開心點嘛。

「小麥脆餅，看著賣相一般，香著呢。」小閒道。在廚房裡翻到麥麵，便做了這個。

葉啟咬了一口，果然香，連著吃了兩個，道：「上茶。」

不知不覺吃多了，葉啟看看天色，道：「陪我走走吧，消消食。」

雪後氣溫更低，風如刀般颳在臉上，不知多少雙眼睛看著兩人一前一後走向後園。

「郎君好像心情不好？」默默走了一會兒，小閒打破沈默。

葉啟嗯了聲，沒有說話。

小閒看了他一眼，只看到他隨風飄揚的斗篷。

一年多來，好像沒有見過他有不開心的時候，也許他善於控制情緒，可是今晚又是為什麼呢？難道挨陳氏幾句訓便如此不開心？

葉啟越走越快，小閒漸漸跟不上，只好小步跑，一跑動，這兩天被馬顛得生疼的屁股更疼了。「郎君，慢點。」小閒實在受不了了，出聲央求道。

葉啟這才注意到她已跑得氣喘吁吁、頭髮散亂。「回去吧。」

待小閒追到跟前，等來的卻是這一句。

回到書房，小閒喘勻了氣，道：「有事悶在心裡對身體不好喔，不如說出來，我幫你參酌參酌。」

葉啟心頭煩悶，見小閒這副模樣，不覺輕笑出聲，道：「妳個小丫頭片子能參酌什麼？」

「不信，說出來試試。」小閒揚了揚眉。

她柔軟的墨髮披散下來，黛眉靈動，眼睛漆黑。葉啟看得出了神。不知不覺中，小閒長高了，臉也長開了，竟比剛來的時候長大不少，有了少女的風韻。

小閒見他呆呆出神，道：「你是不是哪裡不舒服？」怎麼從山上下來便怪怪的。

「沒什麼，我口渴，妳去倒水來。」葉啟臉微微紅了，掩飾道。

怎麼在她的注視下臉紅了呢，真是見鬼了。

過了兩天，葉啟晚上去請安，和陳氏說起錦香。「如今長大了，娘親或把她許了人，或讓她回來服侍，我那裡人手也夠，並不差她一個。」

陳氏很意外，道：「你的意思……」

當初把錦香放在葉啟院裡，要說一點想法沒有，那是不可能的。錦香對三郎有意，陳氏早隱隱約約聽說過，她只扮不知，估摸著有一天葉啟會來回她，要把錦香收房呢，沒想到等來的是這個結果。

而小閒傳出「緋聞」的同時，不少丫鬟向錦香投去質疑的目光。怎麼與郎君共乘一騎的不是她，而是小閒呢？

錦香心裡苦澀，無處訴說，聽說陳氏讓她過去，忙重新梳了頭，換了新做的衣衫，強打精神，去了上房。

陳氏親自見她。

「什麼？要把奴婢許給外院二管事的兒子雲夷？」錦香大吃一驚，瞠目結舌。

當陳氏詢問可有合適的人選，要把錦香配出去時，管事們就打破了頭，爭著搶著，巴結著汪嬤嬤為她們家小子說好話，力促讓錦香花落自家。

多少年沒有主子身邊的貼身丫鬟外放出來了，況且又是葉啟的大丫鬟。葉啟是嫡長子，遲早會成為世子，接著成為下一任盧國公，到時候憑這層關係，讓錦香出面，幫丈夫謀個六、七品的官做做並不難。

陳氏還是做了一番篩選的，二管事家的小子雲夷，人長得精神，嘴又甜，現是府裡的二採購，陳氏親眼看過，非常滿意。

「夫人……夫人……為什麼要把奴婢許人？」錦香半晌回不過神，張了半天嘴，語不成句，帶著哭音道。

汪嬤嬤笑了，道：「夫人可是為妳好。妳也不小了，到了該許人的時候。雲夷這孩子今年十八，和妳年齡相當，又有出息。妳跟著他，吃香喝辣的，何愁沒有銀錢花？」

旁邊幾個嬤嬤點頭，道：「可不是，十八歲已是二採購。大採購老了，幹不了幾年，等大採購回家抱孫子，這小子可不就成了大採購？到時候，妳在府裡比現在還威風呢。」

採購哪有不吃回扣的，就算不吃回扣，光是商販們的孝敬就吃喝不盡了。這話也就是陳氏在場，不好說得太明白。

錦香淚流滿面而不自知，嗚咽道：「奴婢自小服侍三郎君，情願一輩子不嫁人，只願服侍三郎君到老……」

「這孩子實誠。」汪嬤嬤笑道。「三郎君自有人服侍，哪裡缺了妳一個。」

府裡傳得風言風語的，汪嬤嬤怎會不知。在她看來，不過是小兒女的癡心，只要紅蓋頭一蓋，天地一拜，入了洞房，也就好了。誰沒有個少女懷春的時候，誰又沒有過去呢？

錦香重重向陳氏磕了三個頭，掩面急奔而出。

「這丫頭……」背後是嬤嬤們的指責聲。

陳氏倒不惱，淡淡道：「隨她去吧。」

有嬤嬤道：「既然錦香不願意，夫人的意思……」

若是陳氏堅持要許婚，自然著她的老子娘帶出府去，擇日成親。不過是一個丫鬟，哪裡可以隨心所欲呢？

陳氏想了想，道：「妳去問她，可願意在我這裡服侍？」

屋裡的人怔住。陳氏什麼時候這麼好說話了？汪嬤嬤明白陳氏的意思，應了聲是。

錦香一路哭著回去，沿路少不得被指指點點，特別是粗使丫鬟、僕婦們，更有一種報復般的快意。平時這些貼身服侍的丫鬟總是一副高高在上的樣子，一等大丫鬟比娘子們還囂張，現在好了，報應來了，果然不是不報，是時候未到啊。

小閒聽說錦香把自己關在屋裡哭，不知發生什麼事，拍了半天門，她就是不開。

「這樣不是辦法。」小閒指了一個小丫鬟，道：「妳去上房探聽一下，到底出了什麼事？」

上房已經傳開了，並不難打聽。小丫鬟很快回來，道：「不知夫人為何要把錦香許人。」

小閒愕然，失聲道：「夫人要把錦香許人？」

想起前天晚上葉啟的行為，難道因為這個，他才失態嗎？

葉啟在書房，手握一卷書，看得津津有味。小閒幾次欲張口，又不忍打斷他，只好退回自己座位，也看起書來。

地龍燒得旺旺的，她依舊坐在氈墊，並沒有坐在榻上。

葉啟換了個姿勢，伸長了腿，翻了一頁書，繼續看。

不知他知不知道錦香的事？小閒想著，總是無法靜下心來。錦香服侍了他七、八年，就算是養一隻寵物，也有感情吧？

有人敲門，沒待小閒去開門，門被推開，順發走進來，道：「郎君可在裡面？」看他一身風塵僕僕，不知從哪兒來。

「妳出去吧。」葉啟頭也不抬道。

小閒怔了一下，才明白他對自己說話。

順發咧開嘴向她笑了笑，道：「外面起了風，可真冷，不知有沒有吃的？」

小閒笑了，用得著這樣哄騙自己離開嗎？

門關上的那一刻，小閒瞥見順發湊上去，用極低的聲音稟報。

書房外，一個二等丫鬟來回踱了許多次，見小閒出來，忙迎上來，道：「還是不肯開門呢。我打聽過了，許的是府裡的雲夷，人長得不錯，又得主子青睞，看起來倒是一門好親。」

這時代流行的是門當戶對，勛貴世家說親是這樣，普通百姓也是如此，就連奴婢也是一樣。雲夷這樣的條件，府裡不知多少丫鬟暗中芳心暗許呢，錦香不過仗著是葉啟的丫鬟才得了先。

小閒搖頭道：「不是這個。錦香姊姊的心事，我們都知道，不要說是二採購，就是當今皇帝要納她為妃，她也是斷然不肯的。」

「那怎麼辦？」二等丫鬟急道。她一向與錦香交好，真心盼她有個好歸宿。

小閒想了想，道：「我找個機會問問郎君，若是他有意，向夫人求情，想來夫人會准了。」

丫鬟連連點頭。如果能這樣，那是最好的結果了。

書房裡，葉啟寫了信，交給順發，讓他即刻送出去。

順發走前，吩咐小丫鬟。「去請小閒過來侍候。」郎君身邊沒個端茶倒水的人，怎麼行呢。

小丫鬟一路尋到錦香屋外。若是平時，她可不敢在錦香門外大呼小叫，自從錦香一路哭著回來，在小丫鬟們心裡可就掉了價了，她也沒了顧忌，扯著嗓門喊。「小閒姊姊、小閒姊姊。」

一個丫鬟袖袖斥道：「沒規矩。也不看看這裡是什麼地方，怎地如此喧譁？」

見是她，小丫鬟低下頭不敢還嘴，陪著小心道：「郎君著小閒姊姊過去侍候呢。」

房裡，錦香一聽這話，眼淚猶如斷線的珍珠般往下掉。

回到屋裡的小閒忙道：「快別哭了，我去幫妳問一問。」

「可是要點心？」小閒問小丫鬟。可小丫鬟哪裡知道？

小閒只得去了，推門進了書房，道：「郎君要什麼？」

葉啟不解，抬眼看她。

小閒看他面前的茶碗是空的，爐上的水咕嘟咕嘟滾著，坐下一邊煎茶，一邊道：「夫人要把錦香姊姊許人呢。」

葉啟嗯了一聲，只是看她，確切地說，是看她研茶的手。那雙手，纖細修長，指甲上沒有塗任何花汁，只有淡淡的粉紅色，可愛無比。

小閒瞟了他一眼，道：「郎君若對她有意，為什麼不向夫人稟明，把她收了房？」

「嗯？」葉啟抬眼看她，那雙深邃的眼睛，直看到小閒心裡去。

小閒坦然和他對視，道：「她哭死過去了，堅決不肯許人呢。」

葉啟緩緩道：「妳真這樣想嗎？」

小閒不明白，道：「什麼？」她只不過是一個旁觀者，怎麼想重要嗎？

葉啟語氣低沈，極緩極緩地道：「我聽說，妳曾說過，愛情的世界裡，不容許第三人存在。怎麼這會兒又如此大方了？」

小閒曾這樣說過，那是什麼時候來著？不過是幾個丫鬟聊天，幻想有一天能當上姨娘時，她說了這麼一句，卻不知怎的傳到他耳裡。再次印證了，這院裡的事沒有他不知道的，小閒慶幸好在平時沒說他什麼壞話。

分明在他眼裡看到一抹嘲弄，她不由道：「我是這樣說過，可郎君畢竟不同。」

「有何不同？」葉啟眼裡的嘲弄更濃了。

小閒把滾水倒進碗裡，攪拌著茶末以及各種佐料，道：「國公爺不是妾侍成群嗎？既然風氣如此，郎君自然可以仿效。」

葉啟靜靜看了小閒足足一炷香時間，突然放聲大笑。

小閒被他笑得莫名其妙，接著惱羞成怒，拉下臉不說話了。

葉啟的笑聲遠遠傳了出去，無數間房裡探出腦袋，又縮了回去。

「妳看錯人了。」葉啟笑夠了，認真無比，嚴肅無比，一字一句道。

這天，小閒、剪秋等四個二等丫鬟一字排開，垂首聽陳氏訓話。

「……妳們幾個平日裡服侍三郎，別遷就著他，由著他的性子來，該勸阻時要勸阻，該小心時要小心，若有絲毫疏忽，小心妳們的皮。」

小閒等四人齊聲道：「是。」

陳氏便揮了揮手。

汪嬤嬤上前，道：「有什麼事，由小閒向我稟報，我再向夫人稟報，可聽明白了？」

看看這四個丫鬟，小閒太小，其餘三個又很一般，三郎君身邊沒個得力的人哪。好在已經開始議親了，撐個一年半載，少夫人過門，她就能鬆口氣了。

四人魚貫出來，錦香早等在廊下，眼睛哭得紅腫。她雖然萬般不情願，可葉啟不發話，只能由陳氏安排。在許人和到上房之間，她毫不猶豫選擇了到上房當差。

錦香收拾包袱回到久違七年的上房耳房，不禁悲從中來。好在，這次她沒有哭多久，陳氏一句話讓她吃了定心丸。只是，終究還是要與郎君分別，以後不在同一個院子，相見就沒有以前那樣方便了。

「郎君就拜託妳們了。」錦香一個個望過去，最後視線停在小閒臉上。小閒會有怎樣的結局，以後兩人是否有共事一夫的可能？

小閒哪裡知道錦香腦子裡想的是什麼，既然汪嬤嬤指定由她向上稟報，也就是確定了四人裡，以她為首了。她拍拍錦香的手臂，道：「放心，我們一定會盡心服侍。」服侍不好會有性命危險，誰敢不用心？

錦香依依不捨，送到院門外，小閒幾人都道：「姊姊有閒一定要過來坐坐。」

錦香哽咽點頭。她一定要去，沒有她在身邊，郎君喜歡的衣裳放在哪裡，喜歡的鞋襪放在哪裡，又有誰知呢？郎君離了她，怎麼行呢！

走出老遠，小閒回頭望，錦香依然癡癡站在那兒。

「郎君也真是的，怎麼就不吱一聲呢？」有丫鬟抱怨道。

那天的話，印證了小閒心中的猜想。自此，小閒更小心了，等閒不開口。

剪秋嘆道：「郎君也有郎君的難處。」

以郎君的身世人品，正妻一定是天仙般的人物，雖說未娶妻先納妾在紈褲中是常事，偏生郎君又不是一般的紈褲，自然不會先納妾了。

真正尊貴的人家，未必肯讓女兒嫁給納妾的郎君，或許葉啟出於這樣的考慮，才沒有把錦香收房吧。

小閒瞟了兩人一眼，道：「慎言。」

已經成為眾丫鬟之首，小閒自有一股威嚴，兩人不敢再說。

第二十一章

後院一直是女人的天下，身為主子的葉啟反而超然物外。七年多來，錦香一手把持，院裡的丫鬟、僕婦都揣摩錦香的喜好行事，錦香突然離開，倒讓她們無所適從。

小閒踏進院子的大門，眼前一柄掃把橫在地上，東一群丫鬟，西一群僕婦，圍在一起竊竊私語。小閒咳了一聲，嗡嗡聲靜止了五秒，然後轟的一聲，丫鬟們一哄而散。

「到院子裡集合，開會。」小閒拋下一句，走了。

書房裡，葉啟在練字，順發站在一旁磨墨，見小閒進來，咧嘴笑了笑。

小閒向葉啟行禮。葉啟頭也不回道：「回來了？娘親怎麼說？」

錦香離開，陳氏原想另指自己身邊得力的大丫鬟過來，無奈葉啟堅決不願添人。

最近葉啟與一個小丫鬟一馬雙騎傳得沸沸揚揚，陳氏怎麼可能不疑心？她閒談中問起，葉啟說只是因為小閒不會騎馬。小閒原先給她的印象不過是一個喜歡在廚房搗鼓吃食的小丫鬟，雖然身上沒有油味，跟傾城傾國的美人兒還是有很大差距，此時喊來一見，不由失笑。瘦瘦弱弱的，三郎怎麼看得上？自然不放在心上。

可是小閒幾人去上房，葉啟還是沒來由地煩躁，只好練字了。

小閒道：「夫人命婢子等人小心服侍郎君。」

葉啟嗯了一聲，剛好寫完一張，把筆往筆架山一擱，示意順發洗了筆然後下去。既然母親沒有因為傳言為難小閒，他便放了心。

丫鬟、僕婦們早在院中按等級高低站好，院中寒冷，有人不免低聲抱怨，身邊的人少不得提醒。「都說新官上任三把火，小心些，可別讓她把火燒妳身上。」

別的不說，就憑郎君對小閒的信任，大丫鬟非小閒莫屬，誰也爭不去。

小閒出來，眾人肅靜，除了呼呼的風聲，連咳嗽聲也沒有一聲。

「錦香姊姊回了上房，郎君由我等服侍，以後大家務必同心協力，把差事辦好。」小閒清脆的聲音在風中迴蕩。

訓完話，她帶了剪秋等丫鬟去起居室議事，其餘人等散了。

到了中午，侍候完午飯，葉啟溫聲道：「院裡的事由妳處置，妳不必有顧慮。」意思是說院裡由小閒作主。錦香在時，雖然一手遮天，也有所顧忌，上要揣測葉啟的意思，下要堵眾人悠悠之口，做事總得思前想後，掂量再三，務求完美，什麼時候有作主一說？能作主的，只有女主人，未來的少夫人哪。

小閒躬身應是，道：「婢子有做得不好的地方，還請郎君指正。」

葉啟道：「無妨。有我呢，妳不必顧忌。」

小閒誠心誠意道謝。

錦香牢牢把控著葉啟日常的衣著穿戴，現在這事空了出來，照理本該小閒負責，可是小閒一來不耐煩天天費神幫葉啟打扮，二來也確實沒有時間，她還管著廚房和書房呢，所以，小閒把差事重新分配，指派剪秋負責。

剪秋忐忑道：「郎君的衣冠豈是小事，我怎能辦得好？」既要照顧到葉啟的喜好，又得穿出盧國公府的體面，最重要的是，還得負責服侍葉啟穿衣，小閒真的不介意嗎？

小閒笑道：「開始接手沒有把握時，多問問郎君的意思，時間長了就好。」

很快，小閒所居的耳房變得熱鬧起來，二等丫鬟們大事小情彙報不說，三等丫鬟們有事沒事也往這裡跑。

以前小閒不顯山不露水，只埋頭幹活，從不張揚，真沒幾人把她放在心上，不過是面子情兒罷了。現在小閒成了名副其實的頭兒，可不得上緊著巴結。

兩天下來，小閒就忙得腰痠背痛。

「以前怎麼樣，現在還怎麼樣，不用向我請示。」小閒再三道。

無為而治，才是管理的最高境界，至於個別想抱大腿搞投機的丫鬟，小閒立即處置了，其他人也就老實了。

晚上，葉啟吃過飯，接過小閒遞來的錦帕拭了拭嘴角，道：「可還習慣？」以前一切有錦香頂著，現在全落在她小小的肩上，她頂得住嗎？

小閒微微一笑，接過葉啟遞回來的錦帕，道：「還好，一切還像以前一樣，並沒有什麼變化。」

最大的變化，就是每天侍候吃飯的人由錦香變成了小閒。葉啟含笑道：「我日常穿的衣裳，妳收了吧。侍候我更衣，不也是妳的事？」

小閒一怔，低低應了一聲。

「妳也別偷懶，夜裡輪值別只讓她們三人輪。」葉啟想起什麼，又道。

小閒應了，果然肩上的擔子重了不少。

用過飯，葉啟回臥房，解了袍服，只著中衣，拉過被子，往床上一倒。

屋角做工精美的銅鶴香爐鶴嘴裡，吐出一縷縷香煙，淡淡的百合香在室內瀰漫。

「郎君今兒怎這麼早安歇？」小閒不解地道，把燭臺移出外室，只在牆角留一盞燈。

從今晚起，她開始輪值，沒安穩覺好睡了。

小閒把外間的被褥鋪好，進去看葉啟被子蓋好了沒有，才發現他居然就著微弱的燭光看書看得入神。

「郎君要看書，婢子把燭臺移過來。」小閒說著，便去點亮蠟燭。

葉啟抬眼笑道：「不急在這一時，不過是閒著無聊，消磨時間罷了。」

「嗯？」小閒看他，肌膚在燭下沒有一絲瑕疵，臉上是懵懂不解的表情，分外可愛。

葉啟放下書，坐直了身子，道：「不如我們聊聊天？」

小閒拉過矮榻在床邊坐了，道：「郎君想聊什麼？」

葉啟拍拍床鋪，道：「坐上來，妳坐那麼遠，想把一院子的人都吵起來嗎？」

好吧，坐上去就坐上去，還怕了你不成？小閒二話不說，一屁股坐上床沿。

葉啟把被子分一些給她，道：「冷，蓋著。」

哪裡冷了，地龍燒得旺著呢。小閒拿被子蓋住襦裙，道：「你想聊什麼？」

葉啟做思考狀，片刻後，笑道：「妳以前，進府之前，在哪兒，做些什麼？」

小閒差點沒被口水嗆著，她能說以前坐在辦公室裡，天天對著電腦嗎？

葉啟眨著眼睛，道：「我小時候，娘親忙著府裡的事，沒空理我，我和幾個小廝一塊兒在花園裡瘋玩，有一次掉進湖裡呢。」

「掉進湖裡？」小閒吃了一驚。

她眼睛睜得大大的，葉啟能從她漆黑如黑寶石的眼睛裡看到自己的影子。他點頭，道：「我吃了好幾口水，才被撈起來。」

他是當趣事講的，小閒可以想像，和他一起玩耍的小廝有多麼悲慘的下場。

「從此以後，我不敢在湖邊玩了。」葉啟攤了攤手，頗為遺憾的樣子。

小閒道：「小孩子在水邊玩，本來就很危險的。」

「妳呢？小時候玩什麼呀？」葉啟又眨了眨眼睛。

他怎麼老眨眼睛？小閒奇怪地看了他一眼，道：「也沒玩什麼，就是……就是在父親書房裡拿筆亂畫。」急中生智，只能亂編了，現代的小孩，可不是自小就喜歡拿什麼都往牆上塗嗎？

葉啟道：「妳父親……有書房？」

啊，露餡兒了。能賣身入府的，一般都是貧苦人家，哪裡有書房了？小閒腦筋急轉彎，想怎麼把謊圓回來，葉啟卻輕輕一拍手，道：「對了，妳家原來住在哪裡？」

小閒哪裡知道，不由支吾道：「那時候小，哪裡記得……」

葉啟有些悵然，道：「妳好好想想，記起來了，我讓人幫妳找找，說不定能找到父母呢。」

小閒只好道謝。想到這輩子都不能見到父母，眼眶立即紅了。

葉啟瞧在眼裡，知道她想念親人，不由暗暗下了決心，一定要幫她找到父母。

兩人又說了一會兒閒話，二更鼓響，小閒勸道：「時候不早了，郎君早些歇了吧。」

雖說明天不用進宮，但葉啟並沒有睡懶覺，總是時辰一到便起來。

「好。」葉啟說著，便躺下了。

小閒給他掖好被角，依然在牆角留了一盞燈，吹熄了燭火，這才出來。

久壓在心底的鄉愁被葉啟喚醒，小閒只覺心如刀割，躺在外間，翻來覆去就睡不著。

「小閒。」輕輕一聲喚，從內室傳來。

小閒應了一聲，掀被起來，披了外衣走過去，繞過屏風，見葉啟已坐了起來。

「郎君要喝水嗎？」小閒道。

小泥爐上的壺一直溫著水，以防葉啟要喝。

葉啟搖搖頭，道：「妳有心事？」

小閒瞪大了眼。半夜不睡覺，把她叫來，就為說這個？

葉啟深邃的眼睛黑如深潭，道：「有什麼為難的地方，告訴我，我來幫妳。」

小閒乾笑兩聲，道：「郎君說笑了，我哪有什麼為難的地方。」

「妳父母一定身受苦楚。妳不要怕，說出來，我能把他們救出來。」

小閒訕訕道：「郎君如何得知？」真要命，忘了這貨能一眼看穿人心了。

葉啟道：「妳翻身的聲音，我聽得清清楚楚呢。妳不要怕，再難，有我呢。」

身下鋪著錦褥，哪有什麼聲音？小閒嚴重懷疑這貨耍詐，偏生她還真的像烙餅一樣不停翻身。在葉啟的注視下，小閒無所遁形，只好道：「天色太晚了，明天再說吧。」

葉啟道：「當真？」

小閒點頭。

「好吧。」他總算重新躺下了。

小閒回到自己臨時搭的小床，再不敢翻身了，只是睜眼望著屋頂。原主的身世怎麼樣，父母在哪裡呢？

第二天一早，葉啟如同往常去了練武場，小閒處理完院裡的事，抽空去上房看望趙嬤嬤。趙嬤嬤的屋裡沒人，一問，才知陳氏差趙嬤嬤去秀王府。

往回走的時候，一個小丫鬟在後面喊。「小閒姊姊，汪嬤嬤請妳過去一趟。」

汪嬤嬤是內院總管，獨住一座院子。

堂屋裡好幾個大丫鬟坐著說話，一見小閒進來，都笑道：「妳可來了。」

小閒定睛一看，葉馨的大丫鬟雅琴，葉歡的大丫鬟可兒都在裡頭，另外還有一個長相一般，笑的時候只抿一抿唇的丫鬟，約莫十五、六歲的樣子，卻是葉芸的大丫鬟菜油。

說起菜油，還有一段故事，她不是家生子，也不是賣身進了盧國公府，卻是大管家老李在大街上撿的，後來不知怎的和葉芸玩到一起，葉芸堅持要把她撥到自己房裡。不過一個丫鬟，汪嬤嬤答應了，調教了兩個月，送了過去。

在小閒青雲直上之前，菜油在盧國公府是勵志的典範、奇蹟般的存在，不知有多少不得志的丫鬟暗中向神佛祈禱，有一天能跟菜油一樣，得某位主子青眼呢。

據說，汪嬤嬤曾經要改了菜油的名字，菜油死活不肯，說這名字是她親娘給取的，不願改。汪嬤嬤拗不過她，只好隨她去了。

「嬤嬤找我，有什麼事？」和大丫鬟們打過招呼，小閒問道。

可兒笑道：「妳等會兒就知道了，還有幾位沒來呢。」

小閒在氈上坐了，問起葉歡。「最近怎麼不來我們這兒玩？」

可兒道：「原想過去的，夫人說天氣越來越冷，不讓出暖閣，生怕吹了風呢。」

小閒喔了一聲，葉歡不是那種弱不禁風的人，哪裡一出暖閣就會著涼了，不會是陳氏別有什麼心思吧？

這時，雅琴插話道：「聽說妳掌了院子，我原想過去向妳道賀，只是這幾天一直不得閒。可巧今兒遇見妳，身上也沒帶什麼東西，一點小小心意，妳別嫌棄。」

說著，雅琴從手腕上褪下一只做工精美的銀鐲子，遞了過去。

小閒推辭不接。「我是二等丫鬟，在姊姊面前還矮一截呢，哪能要姊姊的禮？」

可兒和菜油一見雅琴的舉動，也從身上褪下物事遞了過來，道：「應該的。」

雅琴更道：「妳不過是年齡小了些，過得一、兩年，自然升了一等還妳。」

幾人推來推去間，葉標的丫鬟暖冬，葉豐的丫鬟素衣，葉邵的丫鬟掃雪都到了，她們自然少不了向小閒道賀，於是又一陣忙亂。

好不容易重新坐下，說起閒話，小閒道：「汪嬤嬤呢，怎麼不在？」

可兒道：「說是讓我們在這兒候著，她向夫人稟完事便過來。」

此時正是稟事的時候，哪裡有空呢，卻不知為何讓她們在這兒乾耗。小閒順便向暖冬打聽小菊的近況。

「小菊啊，十郎君最近很喜歡她，已經升了三等啦，妳不知道嗎？」暖冬道。

小閒還真不知道，服侍不同的主子，相當於身處不同的部門，自然不似以前那般親近。

她成了有等級的丫鬟，小閒自是為她歡喜。

掃雪打量小閒一息，道：「外間傳言，三郎君對小閒妹妹青眼有加，可是真的？」

她說話的神態不免讓人浮想聯翩。可兒翻了翻白眼，道：「有些人無事便要平地起風波，掃雪姊姊怎麼不加分辨？亂說的話也信得？」

葉歡與葉啟親厚，可兒與小閒又談得來，不免向著小閒說話。

掃雪轉向可兒，道：「我不是問妳，哪裡用得著妳多嘴？」

她服侍的可是四郎君，可兒不過服侍九娘子。過幾年，九娘子嫁人，可兒不過是個陪嫁丫鬟罷了，怕她何來？這話可兒不愛聽，小臉蛋一板，道：「妳搬弄是非，人人說得。」

自己服侍的可是嫡出的娘子，掃雪不過服侍一個庶出的郎君，幹麼怕她？

眼見兩人鬥雞眼似的互瞪對方，小閒忙道：「掃雪姊姊說笑了，外間傳言不足信。」又扯了扯可兒的袖子，向她眨眨眼。可兒會意，哼了一聲，別過臉去。

就在這時，汪嬤嬤從外面進來，丫鬟們馬上整衣站了起來。

「讓妳們久等了，」汪嬤嬤笑得和氣，道：「今兒讓妳們來，為的是眼看年節到，丫鬟們也該做新衣裳了，妳們把各自院裡的人數分例報上來吧。」

丫鬟們應了，都有準備，一個個張口就來，輪到小閒時，小閒苦笑道：「我回去清點後再報。」

汪嬤嬤自然允了，道：「妳剛接手，不熟悉情況也是有的。」

幾人離開時，小閒聽到前面掃雪對素衣道：「不過仗著色相上位，有什麼了不起的！」素衣諾諾不敢吭聲，回頭瞥了小閒一眼，加快腳步邁過門檻，走了。

「妳……」掃雪一副恨鐵不成鋼的樣子，跺了跺腳。

可兒和小閒並肩而行，路過掃雪時，瞪了她一眼，走到岔路口，安慰小閒道：「她就那樣，妳別理她。」

小閒笑著搖搖頭，道：「我知道。」

難不成外間傳言很難聽？回到院裡，有丫鬟迎上來，道：「怎麼這時才回來？郎君問了妳幾次啦，岳十八郎君也問了妳幾次。」

「岳十八郎君來了？」小閒望了一眼起居室的方向問。

第二十二章

起居室裡，岳關對葉啟道：「被拒絕了？看來，人家是非你不嫁啊。」雖然做悲苦狀，語氣卻是調侃的。他上下打量葉啟，道：「我就看不出，你到底哪裡比我強了？」

葉啟哪有心情和他說笑，呷了一口茶，揚聲道：「取酒來。」

廊下，小閒應了一聲，吩咐人去取上好的玉冰燒，笑吟吟端了進去，道：「郎君們吃著玩，可別吃太烈的酒。」

玉冰燒是甜酒，濃度相當於現代的啤酒，只要酒量不太差，一般不會喝醉。

葉啟和岳關齊聲道：「妳回來了？」

小閒笑著回道：「是。郎君們說話，婢子不敢進來打擾。」

岳關笑道：「好妳個小丫頭片子，小小年紀便成了大丫鬟，再過兩年可怎麼得了？」

小閒道：「十八郎君說笑了，一樣是侍候郎君的，哪裡分什麼大丫鬟小丫鬟？」

岳關笑指小閒對葉啟道：「以前總以為她是悶口葫蘆，沒想到竟是這般伶牙俐齒。」

葉啟也笑了，只是眉梢間那抹憂色揮之不去，道：「別以為人家年紀小好欺負，你卻是打錯了主意。」

岳關叫起屈來，道：「我什麼時候欺負她了？教人傳揚出去，我還有臉見人嗎？」

平時岳關沈默寡言，小閒從沒見他這麼活潑，不由多看他兩眼，道：「十八郎君可是人逢喜事精神爽？怎麼今兒這樣高興。」

岳關兩手一攤，道：「唉，我這裡快愁死了，哪裡高興啦。」

「愁什麼呢？」小閒說著幫兩人倒酒。

岳關道：「求親被拒了。唉，苦啊。」

求親？小閒瞪大眼。「十八郎君求的是哪家淑女，不知為何被拒？總有個說法嘛。」

岳關好歹是文信侯府的嫡子，勛貴之後，自身又一表人才，加上在禁軍混了個校尉，可以說要家世有家世、要前程有前程，什麼人家會拒絕他的求親？

小閒的目光望向岳關，完全沒注意到葉啟向岳關大打眼色。

岳關喝了口酒，含糊道：「是啊是啊，就是被拒絕了嘛。妳剛才去哪兒了？我還以為妳貪懶了呢。」

小閒出門時並沒有說去哪裡，現在丫鬟們以她為尊，誰也不敢問她要去哪兒。

因為汪嬤嬤有交代事情，小閒有了藉口。「去汪嬤嬤院裡，為過年做衣裳的事。」

葉啟道：「跟汪嬤嬤說一聲，若有狐狸皮，給妳做一件斗篷，銀子從我帳上支。」

過年做的新衣裡並不包括斗篷，只有換季衣裳才有這一項。小閒一怔，道：「我的斗篷剛做不久，很新的。」這些天冷了才上身，沒穿過幾次，還是新的呢。

葉啟道：「妳這麼跟她說就是了。」

岳關笑了笑，道：「三郎既這麼說，妳這麼做便是，跟汪嬤嬤說，毛料要最好的。三郎有的是銀子，妳不用為他節省。」

再蠢笨的人也看出岳關的笑容怪怪的。小閒心裡一跳，應了聲是，退了出去。

廊下丫鬟們侍候著，跟剪秋站在外側，眼望院中，不知想些什麼。

小閒拉拉她的衣袖，走向側房。剪秋隨後跟去，兩人進了屋子。丫鬟道：「有事？」

小閒示意她把門關了，別讓冷風灌進來，然後才道：「妳可曾聽到外面的傳言？」

剪秋一時不明白她指的是什麼，睜著一雙大眼睛看她。

小閒道：「我的事，是不是傳得闔府皆知？」不知下人們傳得多不堪呢。

剪秋微微一怔，道：「並沒有。不過是說妳運氣好，一步登天罷了。」

其實下人們說的是，小閒擠掉錦香，用美色搏上位，把葉啟迷得神魂顛倒。剪秋一來不忍告訴小閒真相，二來她還是個大姑娘呢，這話不好出口。

小閒果斷不信，道：「掃雪說的可不是這樣。」

掃雪？剪秋不解，這事與掃雪有什麼相干？

兩天後的下午，陽光懶洋洋灑在院子裡的銀杏樹上。

陳氏倚著大迎枕，從擺在面前几案上的碟子裡拈了一枚酸棗兒含進紅唇，慢慢嚼著。

明月端了一碟子軟糕放在酸棗兒旁，道：「夫人嚐嚐這糕兒，新來的點心廚娘做的。」

趙嬤嬤幾次向汪嬤嬤進言，務求聘一位點心師傅進府，為陳氏做點心。汪嬤嬤幾經挑選，聘了安仁坊最出名的點心鋪子杜大娘，專門負責陳氏的日常點心，別的事不用她理。

汪嬤嬤掏出雪白的帕子接了陳氏吐掉的酸棗兒的核，含笑道：「上煎茶可好？」點心得搭配煎茶吃才好。

陳氏嗯了一聲，挑了一塊糕。軟糕色澤淡黃，略透明，在鼻端底下一聞，有淡淡的香味，輕輕咬一口，溫熱的，入口即化。

明月道：「夫人嚐著，覺得怎麼樣？」

怎麼夫人眉頭微蹙呢，難道杜大娘的點心不合夫人胃口嗎？

陳氏把軟糕嚥了下去，用錦帕拭了拭沒有一點食物渣的唇角，淡淡道：「甜了些，不如九娘的紅豆糕。」

屋裡的人微微一怔。葉歡喜歡吃紅豆糕，特別是小閒做的紅豆糕。據說最近日日派丫鬟去討，當飯吃呢。難道小閒做的紅豆糕，比極有名的杜氏點心鋪子的軟糕還美味嗎？

「我恍惚聽說小閒這丫頭對三郎君極是愛慕，一日三餐變著花樣為三郎君整治各種美味吃食，每晚與三郎君同宿書房，不知可有其事？」一個約莫三十二、三歲的嬤嬤笑笑，低聲對旁邊的任嬤嬤道。

書房地方雖有大小，格局卻大同小異，後進都有一間偏小的房子，裡面臥床被褥齊全，兩房之間有一個小門進出。說到底，臥房是女主人的天下，書房是男主人的天下，現在葉啟還沒有成親，臥房書房皆可睡臥。

任嬤嬤偷偷瞥了陳氏一眼，斥道：「紀嬤嬤，這話也能亂說不成？」雖是斥責的語氣，臉上的表情卻很精采。無關年齡大小，八卦都是女人們的最愛。

陳氏臉一沈，道：「昨兒院子裡兩個丫鬟竊竊私語說些什麼，妳們都聽見了吧？怎麼沒人向我稟報？」

嬤嬤們露出興奮的眼神，卻一個個裝作面面相覷的樣子，低下頭去。

「這事，妳怎麼看？」陳氏坐正了身子問汪嬤嬤。

汪嬤嬤略一思忖，陪笑道：「小閒那丫頭還小呢，瘦得跟豆芽似的。」話裡的意思，葉啟風華正茂，怎麼也不會看上空有一張臉，要胸無胸、要臀無臀的小閒。府裡的丫鬟多了去了，遠的不說，錦香就是一個美人兒，年齡相當，長相端莊，放著這樣的美人兒不要，偏挑豆芽菜似的小閒，誰信呢？

紀嬤嬤道：「想必落花有意，流水無情也是有的。」

任嬤嬤打趣道：「妳跟著夫人，戲文聽多了，還會掉書袋啦。」

嬤嬤們便笑出了聲。

紀嬤嬤不無得意，道：「可不是，跟著夫人，什麼都學會了。」

陳氏冷冷道：「我可沒教妳們什麼流水落花。妳們成天做什麼，當我不知道？府裡的丫鬟不好好調教，一個個不用心做事，不顧廉恥，只想攀高枝。」

笑聲戛然而止。陳氏說出這樣的話，可見是真的惱了。

汪嬤嬤道：「待老奴把小閒叫來一問便知。」

陳氏瞪了她一眼，道：「若她承認對三郎有情，難道妳作主把她許配給三郎不成？」

這個，她是萬萬不敢的。汪嬤嬤躬身道：「夫人的意思……」

陳氏沈思片刻，道：「喚她來吧。」

可不是得問過才知嘛。汪嬤嬤不敢多說，馬上派小丫鬟去喚小閒過來。

今天天氣晴好，葉歡總算有個來找葉啟玩的機會。不過可惜，葉啟並不在府中。

「小閒姊姊，妳教我做紅豆糕好不好？」葉歡倚在小閒身上，撒嬌道。

小閒捏了捏她如紅蘋果般可愛的臉蛋，笑道：「九娘子現在還小，身量沒有灶臺高呢，再過兩年，婢子一定教妳。」

「這樣啊，」葉歡做思考狀，想了半天，道：「那我搬來和小閒姊姊一起住吧。」

旁邊吃點心的可兒嚇一跳，道：「這怎使得？若被夫人知道，豈不打折我的腿？」

堂堂盧國公府嫡出的娘子，怎麼說出與奴婢同住的話來，傳出去豈不是讓人笑掉大牙。

葉歡喔了一聲，道：「那就算了。」

能為丫鬟著想的主子實在不多，小閒對她好感更增，親了親她的臉頰，道：「九娘子等一會兒，我去做些紅豆糕，妳等會兒帶回去。」

葉歡牽了小閒的手，道：「我跟妳一起去。」

兩人手牽手從起居室裡出來，便遇上汪嬤嬤派來傳喚的小丫鬟。

「娘親找小閒姊姊？」葉歡仰頭看看小閒，轉頭看看小丫鬟，道：「妳去跟娘親說，待小閒姊姊做了紅豆糕再去。」

小丫鬟臉現為難之色。

小閒卻知陳氏喚她，一定有事。現在不比以前，一些和葉啟有關的事一定要囑咐她。

「我先去夫人那兒，再做紅豆糕，做好派人給九娘子送過去。」小閒蹲下來哄葉歡。

葉歡並不執拗，欣然道：「我和小閒姊姊一塊兒去吧。」

小閒牽了她的手，一起去了上房。

「娘親。」進了院子，葉歡便放開小閒的手，蹬蹬蹬跑了過去。

見到葉歡，陳氏很意外，道：「妳不是去找三郎玩嗎？」

隨後見小閒娉娉婷婷進來，又拉下臉，對葉歡道：「娘親有事，妳先回去吧。」

葉歡欲留下來等小閒，見母親拉下臉，不敢再說，一步三回頭地走了。

「小閒，妳今年十一了吧？」陳氏淡淡道。

小閒應了一聲是。

「十一歲也不小了，我把妳許給三郎，妳可願意？」陳氏道。

滿屋子的嬤嬤、丫鬟目瞪口呆。

小閒嚇一跳，雙手連搖。「婢子不願。婢子只願當個丫鬟，老實本分過日子。」

陳氏臉上露出笑容，眼中卻是冷冰冰的，道：「抬舉妳成為姨娘，從使喚人變成主子，誰有這個榮耀？妳怎麼會不願意？妳可想好了？」

姨娘的地位介於主子和丫鬟之間，算是半個主子吧。若是當家大婦不厲害的話，日子還是過得去的，起碼生活優渥。

小閒只是搖頭，道：「不要。」

紀嬤嬤震驚之後馬上變了臉，開始勸起小閒來。「妳地位再高，也是丫鬟，就算過幾年主子開恩，勉強配個小廝，一輩子是奴婢的命。生下的兒女也是奴才，哪裡及得上許了三郎君，夏穿綢緞冬穿裘？若生下一兒半女，也是堂堂正正的主子，這樣的機會，上哪兒找去？還不快謝過夫人。」

小閒瞅了她一眼，見她一副恨不得遲生二十年，好嫁給葉啟為妾的模樣，不由失笑。她笑容一閃即逝，沈聲道：「嬤嬤說笑了，人各有志，勉強不來。婢子只想做丫鬟，不想做姨娘。」開玩笑，當個姨娘，落得梅氏一樣的下場，很好嗎？

陳氏向汪嬤嬤使了個眼色。汪嬤嬤忙道：「三郎君風流倜儻，乃是京城第一美男子，妳可想好了？」

葉啟確實長得好，是不折不扣的帥哥，可是帥又不能當飯吃，憑什麼他長得帥，她就得當小三呀？小閒堅決道：「想好了，婢子寧死不從。」

這話一說出來，屋中頓時靜得落針可聞。

若說先前小閒裝腔作勢，現在連死字都說出來了，可見是真的不願意了。

陳氏冷冷道：「那妳去死好了。」

小閒愕然，道：「夫人要婢子怎麼個死法？」難道不認妳做婆婆，就得自殺？

陳氏道：「上吊也好，投湖也罷，妳選一樣吧。」

紀嬤嬤慣會見風使舵，馬上道：「夫人開恩，贈妳三尺白綾。」

天底下哪有這樣的事，難不成不當小三就得去死？小閒氣往上衝，道：「謝夫人。」

見小閒氣沖沖轉身就走，陳氏眼中泛出笑意，一張臉早笑成一朵花，聲音出奇的溫柔，道：「回來吧。」小閒理都沒理她，提了裙袂邁過門檻，心中只有一個念頭：不能死！

汪嬤嬤招呼廊下侍候的丫鬟。「把她帶回來。」

小閒再次站到陳氏面前，毫不畏懼地直視她的眼睛，道：「您還想怎樣？」

陳氏哈哈大笑，道：「我這麼出色的兒子，妳竟然瞧不上。回去吧，好好做好妳分內的差事。」

一屋子的人都跟著笑起來。能跟在陳氏身邊的人，哪個不是人精，這時候怎麼會不明白陳氏在試探小閒？若是她說出「願意」兩個字，怕是活不過今晚了。

小閒摸不著頭腦地出了上房，捱到傍晚，帶了兩樣點心去看趙嬤嬤。

趙嬤嬤憐愛地拍拍小閒的手背，道：「沒想到妳有今日。府裡人多口雜，諸事小心。」

小閒把下午的事說了，趙嬤嬤默然良久，道：「妳是不是得罪了誰？」

得罪誰了？小閒悚然一驚，想起了錦香。

錦香站在假山下的門洞裡，目送小閒離去，嘴角浮起一抹冷笑。

府裡幾百號人，能脫穎而出成為屈指可數的大丫鬟，本身就有過人之處。當錦香得知小閒代替她成為葉啟身邊的大丫鬟時，仇恨便像毒蛇，不停吞噬她的心。

枉她對小閒這麼好，自小閒來後，她對小閒照顧有加，可是小閒卻奪了葉啟的心，還故作大方勸她放棄。哼，放棄，讓她獨占嗎?!她眼中寒意森森，唇邊的冷意更濃了。

很快，小閒不識抬舉的消息傳了出來，錦香只是冷笑。

陳氏歇下了，嬤嬤們都退了出來，紀嬤嬤打量沒人注意，悄悄折向耳房。

門虛掩著，透出一線燈光。

「這事，很難辦。」紀嬤嬤在榻上坐了，神色間有些後悔。她跟小閒無怨無仇，不過是拿了錦香一份重禮，現在陳氏當著一屋子的人試探過了，小閒可不像對葉啟有意的樣子。

錦香把一碗煎茶推到紀嬤嬤面前，含笑道：「再難，總有辦法的。夫人天天聽這些話，遲早會疑心。」

「今天的事妳聽說了吧？小閒那丫頭情願死，也不願成為三郎君的姨娘。」紀嬤嬤存了抽身而退之心，反過來勸錦香。「夫人已經試探過，怎可能再相信這些傳言？姑娘收手吧。」

都怪自己事先沒有了解清楚，若得知小閒這丫頭沒這個意思，她怎可能蹚這渾水？

錦香開鎖從櫃裡取一個匣子，遞給紀嬤嬤，道：「嬤嬤辛苦，一點心意，妳且拿去。」與上次急切打開匣子查看內裡的物事是否貴重不同，紀嬤嬤推辭不接，道：「這怎麼可以，姑娘還是留著傍身用吧。」誰不愛錢呢？可也得有命花才是。

看紀嬤嬤匆匆離去，錦香悵然。汪嬤嬤位高權身，不是銀錢能輕易打動的，她思量再三，才挑了紀嬤嬤，三言兩語挑動，再送上一份厚禮，驅使她為自己在陳氏面前傳小道消息。沒想到，現在連出了名貪財的紀嬤嬤也不敢伸手了。

她要拉誰下水，誰能為她所用呢？

第二十三章

陳氏要為葉啟納小閒為姨娘的事一下子在府裡傳開了，院裡的丫鬟們各懷心事，有的覺得小閒不像有心機的人，有的為錦香抱不平，各種議論不一而足。

小閒安靜地做事，不解釋，不分辯。

天色暗下來時，葉啟回來了，把馬鞭甩給小廝，大步往院子裡走。

「郎君最近總是急著回府呢。」小廝接過馬鞭，笑對順發道。

順發嗯了一聲，急趕幾步，追著葉啟去了。

小廝笑了笑，把踏雪牽去馬廄，親自叮囑馬廄的小廝道：「別貪懶，好好侍弄，要不然小心我扒了你的皮。」

馬廄的小廝笑道：「小的哪敢呢？踏雪可是郎君心愛之物，能侍奉牠，是小的福氣。」

另一個小廝鬼鬼祟祟探過頭，道：「我可聽說了，今兒內院出了一件大事呢……」

以小廝的年齡，葉啟沒有喚不敢進院子，可是下午這事……他猶豫再三，還是覺得有必要告訴順發一聲，由順發稟報郎君。

葉啟面前擺上食案，幾樣他愛吃的菜一一端了上來。

「妳們吃過了嗎？」葉啟隨口問一聲，取筷，直奔面前一碗清炒蘑菇而去，蘑菇的香氣直往他鼻子裡鑽呢。

小閒道：「吃過了。」

葉啟有言在先，若他不在府中，不知幾時回來，不用等他，可以先吃飯。

身為主子，斷然沒有派人回來告訴丫鬟們他回不回來吃飯，什麼時候回來的道理。若是遵從府裡的規矩，他若三更才回，丫鬟們豈不是要等到三更，侍候他吃完飯才能吃？所以他吩咐若他不在府中，丫鬟們可以先吃。

葉啟瞟了小閒一眼，嗯了一聲，動筷。

就在這時，小丫鬟進來稟道：「順發有事求見。」

已經入夜，後院都是女眷，順發自動自發喚了個小丫鬟進來說一聲。

「讓他進來吧。」葉啟道。

順發見到小閒時，打趣地看了她一眼，才湊到葉啟耳邊低語。

葉啟臉色微變，淡淡道：「知道了，你下去吧。」

順發邁出門檻時，又回頭看了小閒一眼。

小閒猜他們說的是下午的事，只作不知，低著頭在旁邊布菜。

飯後，葉啟道：「小閒留下，其他人出去。」

屋裡只餘兩人時，葉啟卻又不說話了。

小閒先打破沈默，道：「夫人試我來著。」

「嗯？」葉啟挑眉看她。

小閒把府裡的傳言說了，道：「想是夫人聽到傳言，特地以此試我。」
葉啟道：「若夫人說的是真話，妳又怎麼應對？」
小閒心裡突地一跳，掩飾道：「我還小呢。」
葉啟便不說話了。小閒不知他想什麼，上了茶，退了出去。
夜裡的風穿過走廊，外面冷得很，小閒站在風中，望向左側的廂房，那裡原是錦香住的地方，現在空著。
就在此時，院門被拍響，有人在門外喊。「小閒、小閒！」
好幾個丫鬟都驚動了，道：「這麼晚了，怎麼還會有人來？」
難不成小閒招惹了什麼不乾淨的東西？一念及此，她們嚇得臉色發白。
小閒仔細辨認，順著風傳來的聲音，越聽越像小菊，不會她這麼晚還趕來吧？
「去開門。」小閒吩咐道。
剪秋大驚，道：「多找幾個人出去。」
僕婦哆哆嗦嗦打開一條門縫，亮光照進來，一人道：「小閒可在？」
燭光下，僕婦看清楚是一個做丫鬟打扮的少女，看著眼熟，把門縫開大點，問清楚後才放進來。
小菊一臉的笑，道：「外面好冷。」
小閒迎上去，見她縮著脖子、彎著腰，臉頰凍得通紅，忙把她讓進屋。
「怎麼這麼晚還來？」小閒嗔怪道，倒了熱水遞上去。

小菊放下燈籠，雙手來接，道：「這些天十郎君要遷出上房，我們忙得團團轉，我還沒過來賀喜呢。恭喜妳呀，就快要成為一等大丫鬟了。」

說著，搓了搓手，從懷裡掏出一面靶鏡，道：「我也沒什麼好東西送妳，這個是我一片心意，妳可別嫌棄。」

小閒道了謝收下，贈了回禮，道：「妳來得正好，我正想問妳，可還記得我進府之前住在哪兒？我家裡是個什麼情況？」

小菊納罕地道：「妳自己不知道，反而問我？」

小閒乾咳一聲掩飾道：「我先前挨過打，差點死了，過後很多事都忘了。」

小菊細細想了半天，道：「妳好像說過，妳家住在崇義坊，自己怎麼反而忘了？」

「崇義坊？」小閒吃驚道：「我是京城人氏？」

「嗯啊，」小菊比小閒還吃驚，道：「難道妳一點印象都沒有？」

小閒當然沒有一點印象，難道她能說自己是假貨？

「妳以前說得一口流利的官話，剛認識妳時，我們在妳面前都很自卑。後來妳挨了打，昏迷三天，醒過來後開始不怎麼說話，我還以為妳腦子打壞了。妳再開口，口音就全變了。小閒，我估摸著，妳在鄉下住過吧，肯定是小時候在鄉下住過，不然怎麼三十大棍打下來，口音全變了？」

小閒抹汗，問：「我可曾說過詳細的住址，父母是做什麼的？」

崇義坊住的大多是達官貴人，若原主真住在那兒，只怕身世不簡單。小閒還想再問，小菊想了半天，搖頭道：「妳當時就說這麼多。」

小閒道了謝。小菊吃了一碗茶暖暖肚，再吃兩塊點心，便回去了。

剪秋已經來門口望了兩回，見小菊走了，忙過來道：「郎君去書房了。」

去書房的意思，是需要小閒侍候了。

小閒叮囑道：「下次無論誰來，妳都得過來說一聲。」不能讓葉啟候著啊。

葉啟很不習慣，時不時往牆角的空位瞟一眼。不知從什麼時候起，身邊只要有她在，就算一晚上沒有說過一句話，冷清的房子也變得溫馨起來。

門輕輕響了一聲，氈簾掀起，帶進了風。葉啟忙低下頭，裝作認真看書的樣子。

小閒告了罪，道：「婢子不知郎君這麼快過來呢。」

今天沒有雜務要處理嗎？而且，他怎麼那麼快就沐浴好？

葉啟道：「今天出城，回來有些倦了，想早點看書。」

小閒取了茶，道：「汪嬤嬤新送了秋茶來，不知郎君可要嚐嚐？」

秋茶香氣濃郁，口感較好，只是沒有春茶耐泡。在小閒看來，春茶秋茶其實沒有什麼區別，加了那麼多東西，哪裡分得出香味來？

葉啟喔了一聲，道：「煎來我嚐嚐。」

小泥爐上的壺咕嘟咕嘟冒著泡，靜室中聽來，特別清脆。葉啟乾脆放下書本，看小閒研茶，笑道：「手法越發嫻熟了。」

小閒笑了笑，研茶又不是多難的事，難的是點茶，到現在她沒法在茶面上弄出圖案，哪怕是一朵花。

一碗茶端到葉啟面前，葉啟嚐了一口。小閒告了罪，取出一只茶盅，抓一把茶葉放盅裡，倒上水，沖掉沫，重新加水。葉啟見茶葉舒展，像小舟在盅中載浮載沈，很是好看，不由瞪大眼，道：「這樣的茶，怎麼吃得？」

小閒含笑道：「能喝，很香。」

把盅放鼻端，深深聞了，一臉陶醉。真是久違了，清醇的茶香。

「真的吃得？」葉啟又問了一句，素手奪過小閒手裡的茶盅，輕輕呷了一口，隨即皺眉道：「寡淡無味。」

小閒微微一笑，道：「你細品，茶的自然清香，可比加佐料強呢。」

是嗎？葉啟又喝了一口，這次味兒強了些。他道：「苦。」

小閒笑了，道：「苦中帶甘，細品，回味無窮。」

「是嗎？」葉啟再喝了一口，蹙了蹙眉，端起放在几案上的煎茶，吃了一口，再回過頭喝口清茶，兩相比較，一臉糾結。

小閒難得見他這樣的萌態，不覺笑出了聲，道：「你喝慣了這個，再也吃不慣煎茶的。」

「喝？」葉啟重複了一句，又喝了一口清茶，道：「果然是甘的。」

小閒添水燒開，重新泡了一盅清茶，茶一沖開，便大大喝了一口，這種滋味，真的很久不曾喝到了。

葉啟看小閒很享受的樣子，學著她的樣子，一小口一小口把清茶喝完。

「妳怎麼喜歡吃這個？」一盅茶喝完，葉啟好奇地問。難道她以前家裡吃的是這種清茶？

小閒笑道：「這樣喝有茶的清香，比加各種佐料好多了，味兒純正。」

葉啟嗯了一聲，看看面前微溫的煎茶，再看看清茶，似乎有些猶豫，要吃哪樣呢？

小閒笑咪咪看他，道：「煎茶涼了，婢子重新煎一碗。」

葉啟搖頭，道：「不用了。」

她笑道：「婢子留了包子，煎來給郎君當消夜吃吧？」

當香氣四溢的煎包端上來時，葉啟笑得眼睛沒了縫，道：「我就知道妳給我留了消夜。」

小閒不解，這也能看出來？

一連吃了三個煎包，葉啟才停筷，漱口拭手後，漫不經心道：「妳可想起來了？」

小閒微微一怔，隨即恍然，道：「好像是在崇義坊，具體在哪條巷弄，婢子記不得了。」

葉啟熱切地道：「我讓人幫妳找找。可記得家門口有什麼特徵，比如巷口有沒有樹之類？」

三品以上大員才能臨街開府門，三品以下官員以及平頭百姓只能把大門開在坊內。照小閒的情況看，最多就是一個百姓，或者是窮苦百姓，家裡窮得揭不開鍋了，才把她賣了換幾貫錢買米。

小閒只是搖頭。其實她被賣到盧國公府已經九歲了，算是半大的姑娘，怎麼可能不記得家裡的情況？奈何原主已經不在了，小閒真是兩眼一抹黑，想編也編不出來。

葉啟安慰小閒道：「妳不要急，總能打聽到的。」

小閒應了，其實她還真有點好奇，她所依附的這具身體，究竟有著怎樣的身世？

第二天上午，葉啟練完武後去書房看書，小閒進去侍候茶水，葉啟道：「我一個人靜靜，妳去忙吧。」

許多事都須小閒拿主意呢，小閒也不矯情，告了罪，道：「要不讓順發進來侍候？」總得有個人在旁邊，要什麼能使喚。

葉啟道：「不用。」

近午時，小丫鬟拿了拜帖進來，道：「小閒姊姊，秀王府的人來了。」

小閒以為是麗蓉來了，道：「我去稟報郎君再請郡主進來吧。」

小丫鬟道：「是秀王府的內府管家李嬤嬤，有事求見小閒姊姊。」

「見我？」小閒很意外。麗蓉最近好像不怎麼過來了，難道與葉啟鬧矛盾了？

秀王府的李嬤嬤是一個四十歲左右的婦人，一臉福相，一笑，兩個下巴顫啊顫的，道：「聽說姑娘領了原先錦香姑娘的差事，我們郡主著我過來瞧瞧。」

這是打探情況來了？小閒道：「不知郡主有什麼吩咐？」

李嬤嬤道：「我們郡主最近忙著學繡花，沒空過來，特地派老奴來問一聲，三郎君一切安好？」

這是代主問安了。小閒道：「謝郡主關心，我家郎君一切安好。郡主費心了。」

李嬤嬤道：「我家郡主說了，年關將近，想為三郎君做一件袍子，不知三郎君的身量尺寸，還請姑娘告知。」

麗蓉郡主不僅在學女紅，還要為葉啟做袍子？小閒著實震驚，張大了口期期艾艾道：「這個……我真的不知道，嬤嬤請稍待，我著人去針線房問一下。」

看到小閒的表情，李嬤嬤很滿意，頷了頷首，道：「好。有勞姑娘了。」

小閒連忙打發人去針線房問，又讓人上點心，試探著道：「不知郡主……」不知妳家郡主為何要給我家郎君做袍服？

現代女孩子送毛衣給男孩子，那是有特定意義的，難道古代男女之間也是如此？麗蓉郡主的追求公開了嗎？

李嬤嬤笑得下巴直顫，道：「姑娘難道不知，你我兩家已經議親了嗎？」

「議親?!」小閒愕然。

這事，小閒從沒聽說過。如果她是以前沒有等級的小丫鬟也就罷了，現在她可是葉啟的大丫鬟，這麼重要的事，她怎麼不知道？

「是啊。」李嬤嬤笑得眼睛沒了縫，道：「我家郡主秀外慧中，譽滿京城，追求者眾多。貴府葉夫人與我家王妃乃是自小的手帕交，因此故，近水樓臺先得月。」

小閒表情怪異地道：「所以秀王妃把郡主許了我家郎君？」

難道不是妳家郡主上趕著倒追我家三郎的嗎？怎麼成了我家夫人向你家王妃求親了。小閒腹誹。

她的怪異表情李嬤嬤只當沒瞧見，笑咪咪道：「正是。能娶我家郡主，是三郎君的福氣。」

她可真能胡說八道。小閒定了定神，道：「既然如此，嬤嬤稍坐，待我去問我家郎君一聲，喜歡什麼顏色，要繡什麼花，一併問清楚了，嬤嬤也好回去回話。」

李嬤嬤滿臉的褶子如菊花盛開，連連點頭，心想，難怪小丫頭這麼小便能掌事，確實有能力。

第二十四章

錦香慵慵的，候在廊下，不知神遊何方。

消息靈通的素心拍了拍她的肩膀，笑嘻嘻道：「是不是妳家郎君要娶親了，妳歡喜得傻了啊？」

錦香先沒反應過來，怔了怔才注意到素心話中的重點，猛地瞪大眼道：「我家郎君要娶親了？」

娶的是誰家姑娘，為什麼她從沒聽說過？

素心道：「說娶親是誇張了點，不過也差不多了。怎麼，妳不知道嗎？」

錦香茫然地搖搖頭，道：「說的是哪家姑娘？」

素心道：「妳怎麼會不知道？不會是騙我吧？我就是好奇，想問妳啊。」

不怪丫鬟們不知情，實在是陳氏瞞得太緊，連葉啟都瞞了，為的是生米煮成熟飯。這時代子女的婚姻，父母還是會徵求當事人的意見，若是當事人不願意，做父母的少不得費一番唇舌，分說明白才放定。

陳氏太了解葉啟了，他絕對不會喜歡麗蓉，若是先徵求他的意見，以他的能力，恐怕早攪黃了。

她卻不知葉啟非但一早知道這事，而且還真的攪和了，只是沒攪黃，此時還在繼續努力中。

知道這件事的，只有汪嬤嬤等兩、三個心腹，連葉德都被蒙在鼓裡。

錦香哪裡曉得這些，以為丫鬟們排斥她，不肯跟她說實話。自從重新回到上房，昔日對她笑臉相迎的丫鬟們冷淡許多，好些人還冷言冷語，她在這裡的日子並不好過。

小閒！她轉過身，握緊拳頭，無聲地吐出這兩個字。

小閒打了個噴嚏，推開書房的門。

葉啟從書裡抬起頭，審視地看了小閒一息，道：「不用，讓她回去吧。」

小閒應了一聲，站在原地不動。

葉啟感覺她目光怪怪的，心虛地道：「妳不打發秀王府的人回去，在這兒做什麼？」

小閒表情古怪地道：「郎君與麗蓉郡主訂親了？」

「沒有！」葉啟想也沒想，斷然否認。

小閒似笑非笑道：「秀王府的李嬤嬤說，因為秀王妃與夫人交情非比尋常，才在眾多求親者中挑了郎君的。」

「別聽她胡說。以後這個人再來，趕出去就是。」葉啟淡淡道。

小閒退出書房，道：「好教嬤嬤得知，郎君說不敢煩勞郡主，做袍子就不用了。」

李嬤嬤笑容僵住了。兩家說親，原得男方主動，現在倒好，男方弄得跟做賊似的，偷偷摸摸不敢見人，幾次把秀王妃氣得差點吐血，還是她獻計探探葉三郎的意思。這不，人家直接就給拒絕了。

小閒含笑道：「郡主有心了。」

看她下不來臺，小閒誇了麗蓉一下，算是給她一個臺階，然後她好趕快走人。

李嬤嬤眼前一亮，小丫鬟看著年齡小，還是個知情識趣的人呢。

也沒見她什麼動作，一錠黃澄澄的金子就塞到小閒手裡，李嬤嬤把小閒的手合攏，再拍拍小閒的手背，笑咪咪道：「妳家郎君如何看待這樁婚事？」

小閒把金子遞了回去，道：「嬤嬤客氣了，我家郎君如何想的，我一個小丫鬟怎麼知道？」

李嬤嬤笑得像彌勒佛，道：「姑娘說笑了，三郎君身邊總共也就妳一個得用的人。我過兩天還來，若是三郎君有什麼言語，還請姑娘給透個底。」說著，把金子重新塞到小閒手裡。

這是讓她當內應？小閒笑道：「只怕我還小，肩負不起這麼大的重任。」

「姑娘不用做什麼，只要把三郎君日常做些什麼告訴我即可。」李嬤嬤笑道。

小閒把金子收了。

李嬤嬤見小閒收了金子，滿意地點點頭。一個小丫頭片子，還不放在她眼裡，只要她出馬，什麼事辦不下來？

小閒送走秀王府的嬤嬤後，去了書房，把一錠黃澄澄的金子放在葉啟面前。

葉啟抬眼看她，小閒把李嬤嬤的話轉述了一遍，道：「看來，秀王府對你這位嬌客很在乎呀。」

葉啟蹙眉道：「不許開這種玩笑。」

誰是他家嬌客了，這不他正努力把麗蓉轉讓給別人嗎？

小閒抿著嘴笑，在牆角落坐了，道：「麗蓉郡主又漂亮又高貴，郎君怎麼就看不上呢？」

以前還隔三差五跑來找葉啟，花癡兩個字就差沒寫在臉上了。

葉啟板著臉道：「不要亂說。」

岳關以大無畏的犧牲精神求父親文信侯為他出面向秀王求婚，被拒絕了。岳關說，秀王原先一口答應來著，回府後跟麗蓉一說，麗蓉尋死覓活的，秀王只好婉轉說秀王妃在跟盧國公府議親，而拒絕了。

說到底，兒女親事，還是當家主婦作主的權力大於一家之主的男人。

說起這事，岳關便覺不忿，他已經做出犧牲了好嗎，麗蓉還待怎樣？

葉啟比他更來氣，天底下的男人那麼多，怎麼就死盯著他不放呢？

當然，這些無法跟小閒分說。

小閒注意到葉啟半天沒翻一頁書，明明一個字也看不進去。他這是在生氣嗎？

「郎君中午想吃什麼？」小閒轉了轉眼珠，岔開話題。

葉啟放下書，認真和她討論午飯的菜色，兩人議了四個菜、一個湯、兩樣點心。

丫鬟快步掀簾進了暖閣，在陳氏耳邊低語。

陳氏面色驟變，道：「人呢？」

丫鬟道：「門子說已經走了。」

「胡鬧，人走了才來稟報！」陳氏臉一沈，道：「喚小閒過來。」

書房裡，小閒和葉啟熱烈討論主食是八寶飯還是炸醬麵。

葉啟不懂什麼叫八寶飯，小閒自然要詳細解釋一番，至於炸醬麵，就得說說什麼是醬，以及如何製作醬了。這種自清朝傳到現代的美味，葉啟自然是聽都沒聽過的。

葉啟聽得入了神，大手一揮，道：「中午就吃炸醬麵。醬既然這麼難做，我幫妳好了。我們一起做。」

小閒說得口乾，剛吃了一口茶，葉啟最後一句話出口，嘴裡的茶直噴出去，落在面前的几案上。

葉啟捋袖子道：「我行的，我給妳打下手。」

你是金枝玉葉的公子哥兒，給我打下手也得我擔得起呀！小閒拭了嘴角的茶漬，收拾了几案，道：「不用不用，郎君吃現成的就好。」

葉啟興致勃勃道：「聽妳說得有趣，我倒想親手試試。吃自己親手做的，滋味不同呢。」

那是自然，可也不能讓你下廚呀！小閒這邊正勸著，上房的小丫鬟來了，在門口道：「小閒姊姊快去吧，夫人等妳呢。」

葉啟應聲道：「夫人找小閒什麼事？」

小丫鬟聽出葉啟的聲音，恭恭敬敬道：「回三郎君，這個奴婢不知。」

葉啟道：「回夫人，小閒此時有事，走不開。若是要緊的事，讓她現在去一趟，若沒有要緊的事，午後再去吧。」

小閒瞠目結舌地看著葉啟，低聲道：「這樣好嗎？」

葉啟道：「這不忙著嘛。」

他的食蟲已經被小閒所說的炸醬麵勾起來了，那麼繁複的醬料，得花很長時間才能製作成功吧，哪有時間去理會母親雞毛蒜皮的小事？

小丫鬟心驚膽戰地回了陳氏。

陳氏大怒，道：「他們做什麼？」

小丫鬟頭快垂到胸口，聲細如蚊道：「奴婢不知。」

「沒用的東西，拖出去杖十棍！」陳氏喝道。

在小丫鬟的求饒聲中，滿屋子的丫鬟頭都垂得低低的，生怕下一個倒楣的就是自己。

門外候著的錦香越眾上前，道：「夫人，奴婢願意去喚小閒過來。」

她唇邊噙著冷笑，慢吞吞去了葉啟的院子，沿路不停和這個打個招呼，和那個閒聊兩句。

葉啟跟在小閒身後去了廚房。一路上，丫鬟們都目瞪口呆看著小閒。哪有主子走在婢女身後的，小閒這也太牛了。

小閒越走越覺不對，回頭一看，哭笑不得，道：「郎君跟著我幹麼？」

葉啟一本正經道：「我想拜師學藝。」

聽到這話的丫鬟們眼珠子差點掉地上。君子遠庖廚，士大夫們一輩子是絕對不會踏進廚房一步的，何況自家郎君是堂堂盧國公府的嫡長子，當今皇帝的千牛備身，身分尊貴無比，怎麼可能走進廚房？

小閒無奈，道：「既然你堅持要學，那就在旁邊看著。」

葉啟應了，對丫鬟們道：「今天的事不許傳出去，誰若傳出去，立即發賣到青樓，聽見沒有？」

丫鬟們齊聲應是，望向小閒的目光中充滿敬畏，能讓郎君動容者，唯小閒一人呀。

姜嬤嬤陡然見葉啟邁步進來，腿軟得站不住，雙手扶著灶臺，哆嗦半天，一句話也說不出來。院子裡人多嘴雜，若是傳到夫人耳裡，可怎麼好？

她把燒火丫鬟趕了出去，渾身不自在地坐在灶前燒火，一會兒覺得火烤得難受，一會兒又覺得後背涼颼颼的。

葉啟微笑地攏手站在一旁，看小閒做甜麵醬，偶爾問一句，為什麼要放上有肥有瘦的大肉丁呀，還得炸哪……

小閒只是嗯了一聲，手下不停。

她神情專注，好像做醬是眼下最要緊的事，長長的眼睫毛半垂著，小小的粉紅色的唇微張，纖細的手忙個不停。看著她忙碌，讓人的心莫名地就安定下來。葉啟唇角翹了起來，因為麗蓉的糾纏而熊熊燃燒的怒火，也漸漸平息了。

小閒做了醬，抬頭便見葉啟溫柔的目光凝視著自己，不解地道：「怎麼了？」難道臉上弄髒了不成？那他也不應該是這副表情啊。

葉啟含笑道：「沒什麼。接下來要怎麼做？」

小閒接著擀麵，道：「待會兒弄點臘肉臘魚做配菜，味道好著呢。」

自從醬的香味充塞屋子，葉啟就不知流了多少口水了，只是點頭，哪裡說得出話來。

就在這時，姜嬤嬤突然道：「有人拍門。」

小閒側耳聽了聽，門外哪有聲音。

可是姜嬤嬤很緊張，道：「有人拍門的，郎君快回去吧。」

若是讓外人得知堂堂三郎君在這污穢的廚房，那就糟了。

葉啟笑了，道：「妳不會是幻聽了吧？」

「不是的。」姜嬤嬤平時的耳朵並沒有那麼靈敏，此時卻自信地道：「有人來了，郎君快走吧。」

葉啟笑著打趣小閒道：「看來妳人緣不錯，大家都擔心妳。」

葉啟以為姜嬤嬤緊張過度幻聽了，其實人緊張到極致，倒不一定幻聽，有時會激發出潛力，做些平時做不到的事。

姜嬤嬤平時聽力一般，這時卻恍似長了順風耳，清晰無比地聽到院門被拍響的聲音。是的，逛了大半個時辰的錦香，終於來了。一見大白天的大門緊閉，不由警惕起來，難道郎君做了什麼見不得人的事？不會不會，她安慰著自己，手持門環，用力拍打起來。

不開門是不行了，小丫鬟戰戰兢兢地下了門閂。門閂剛下，錦香已經推開厚重的門扉，衝了進來，柳眉倒豎，喝道：「大白天的關什麼門？」

「錦香姊姊來了？請裡面坐。一直想請妳過來吃茶，卻請不到妳。今兒怎麼有空過來？」短暫的慌亂後，剪秋強笑著迎上來。

錦香一把推開她，道：「小閒呢？」

兩人做什麼勾當，得親眼看了才知。往常這個點，葉啟沒有外出的話，小閒此時應該在廚房為葉啟準備午飯才是。

丫鬟不知她是否得到消息，趕來一探究竟，只是笑著，要拉她去廂房，道：「外面冷，快進屋裡坐。」

「我去廚房看看。」錦香乾脆俐落道。如果廚房沒有人，那兩人一定做了不可告人的勾當了。

糟了。剪秋心虛，更認準錦香是得了消息趕來的，不知誰洩漏了消息，若揪出來，一定不容她。她暗暗發誓。

此時身邊一個小丫鬟都沒有，要派人去報信，讓小閒迎出來已來不及，剪秋不由暗恨自己剛才反應不夠快。

廚房裡，鍋裡的水已燒開，小閒下了麵，葉啟躍躍欲試道：「接下來怎麼做，我來。」

不過是撈麵加醬，哪裡用得著你。小閒腹誹，道：「好。」

姜嬷嬷著急道：「許是夫人派人來了，郎君快走吧。」

著急之下，她差點要說出「你快走，別連累小閒的話」了。

「妳想多了，夫人不會派人來的。」葉啟接過空碗和笊籬（注），在熱氣蒸騰冒著白氣的灶前站好，道：「是這樣嗎？」

把笊籬伸進鍋裡，撈了撈。

再這麼玩下去，麵要坨了。小閒道：「是，撈半碗就好。」

錦香推開門時，被眼前一幕驚呆了。天啊，她看見了什麼？眼前一身鴉青色暗紋番西花家常袍服的少年是誰？她揉了揉眼睛，再看，那少年笑容如外面正午的陽光，刺得她張不開眼睛。他的眉眼是那樣熟悉，面容是那麼俊朗，正是幾天不見，她在夢中不知夢過多少回的那個人。

風從洞開的門捲了進來，灶裡的柴火被吹得一明一暗，鍋上的白氣被吹散，露出葉啟專注的神情。錦香耳邊忽遠忽近地傳來那個熟悉無比的聲音。「……呀，太滿了。」

一笊籬下去，撈了一大把麵，一碗滿溢出來。

小閒回頭望了門口一眼，錦香背對門口，臉被光線擋住了，看不清。

「妳看，」葉啟像個孩子，舉著一碗坨了的麵條給小閒看。「太滿了。」

小閒接過他的碗，安慰道：「沒事沒事，我們重新來啊。」

葉啟嗯了一聲，重新拿一只碗又撈了一笊籬，這次有了經驗，總算比上一次好多了。

小閒表揚道：「不錯不錯，有進步。」

姜嬤嬤已經頻臨暈迷狀態，有人不告而入，眼前這兩位還在玩什麼呢，難道就不怕夫人發怒嗎？

葉啟接連撈了四次，直到把小閒擀的麵條撈光，總算能勉強撈到半碗的量了。

「看，我做到了欸。」他興高采烈舉著手中精緻的瓷碗，討好地道。

小閒嗯嗯兩聲，道：「郎君學得真快。」

可不是學得快，他第一次進廚房，第一次動手，不打翻幾個碗就算好的了。

葉啟眉目舒展，眼中滿滿的都是得意。

錦香只覺喉頭一甜，一口血噴了出來，人搖搖欲墜。

在門口等著看好戲的丫鬟們半天沒聽見裡面的動作，不由心急起來，探出半邊身子朝門裡張望。這一看，便看到葉啟舉著碗向小閒求表揚。

她們呆住了。這是什麼情況啊?!

剪秋閉上眼，等待錦香的咆哮，卻始終沒有聽到聲音，睜開眼，便見錦香慢慢軟了下去，露出葉啟笑得燦爛無比的臉。

錦香這一倒下，小閒倒瞧出她的真容了。

「錦香姊姊，妳怎麼來了？」小閒驚奇道。她瞥了一眼笨手笨腳把甜麵醬倒在麵上的葉啟，心想，她會暈，是為了他吧？

看清廚房內的情形，剪秋醉了。小閒可真大膽，還真讓郎君自己動手啊……

注：在水裡撈東西的器具。具長柄，能漏水，形似蜘蛛網。多以竹篾、柳條或金屬線編製而成。

第二十五章

葉啟對錦香直接無視，道：「醬溢出來了。」

甜麵醬黏黏的，一倒基本就停不了，葉啟不得不向小閒求救。

小閒忙接過來，細瓷白碗上已淌了不少。葉啟攤開手給她看，十指都是醬，他一副小孩子做錯事的無辜表情。

小閒忍著笑，吩咐剪秋打水。

門口的眾丫鬟已看呆了，郎君拿筆的手，怎麼可能成了這個樣子？他自小到大，都是十指不沾陽春水的呀，洗個臉，帕子都得幫他擰好。

小閒喚了兩聲，剪秋才回過神，看向小閒的目光中，充滿崇拜。小閒太偉大了，夫人無法做到的事，她卻做到了。

廚房的水自然是不能用的，有油煙味，郎君怎能用廚房的水洗手呢？剪秋跨過倒地的錦香，因為跑得急，邁過門檻時，被裙子絆了一跤。她飛快爬起來，來不及拍打身上的塵土，朝起居室的方向飛奔而去。

丫鬟們呆了半晌，才紛紛醒過神，有的朝剪秋飛奔的方向跑去。打水這種小事，哪能讓剪秋親自動手呢？有的趕進廚房侍候。

錦香悠悠醒來，幾次掙扎要爬起來，每次剛抬起上半身，便有一雙小巧的腳邁了過去，有人不知有意還是無意，裙袂拂過她的腰身，示威似的。

小閒用錦帕抹了葉啟手上的甜麵醬，百忙之中匆匆一瞥，剛好瞧見一個丫鬟翠綠色的裙袂掃過錦香的大腿，忙道：「快扶錦香姊姊起來。」

真是的，門口還躺一人呢，就這麼趕著進來。

錦香深受震撼，一時百感交集。她喜歡了這麼多年的男子，心心念念的郎君，此時對另一個女子笑得那麼燦爛，卻不曾看到她暈倒在地。

錦香被扶起來，突然推開扶她的丫鬟，奮力往外跑。

剪秋快步走在前頭，小丫鬟端著半盆溫水走在後面，剛到門口，突然裡面衝出一人，剪秋往旁邊一閃，小丫鬟卻躲閃不及，兩下裡外一撞，一盆溫水全扣在身上。

剪秋這才看清跌跌撞撞地跑向大門的是錦香，一怔之下，她忙喊丫鬟。「關門！」

院子裡的情況，看大門的僕婦哪裡清楚，兩人坐在門旁的小房間裡，一邊吃著瓜子，一邊埋怨這麼冷的天，也不給發些炭，快冷死了，沒聽到剪秋的話。

剪秋吩咐快哭了的小丫鬟重新去端水，提了裙袂追出來，她沒走走廊，斜刺裡衝向院子，到底還是遲了一步，還沒邁上門檻，錦香已衝出大門。

「妳們幹什麼呢！」剪秋暴走。

兩個僕婦這才丟下瓜子跑出來，一口一個姑娘，道：「出什麼事了？」

「出什麼事了？」剪秋咬牙。「一人扣三個月例銀，以後若再這樣，馬上打發出去！」

兩個僕婦跪下哀求，剪秋哪裡去理，急急回來，道：「錦香走了。」

小閒等了半天沒等到水，總不能讓葉啟攤著兩隻手，只好就手舀了廚房水缸的冷水將就給葉啟洗了，道：「回房再重新洗過就是了。」

葉啟道：「看來我下廚不成，還得妳重新來。」

在場的丫鬟們面色古怪。廚房本來就不是郎君該來的地方，說什麼下廚啊？小閒在她們眼裡已是天人般的存在了，哪怕以後娶了少夫人，郎君也不可能踏進廚房一步的。小閒比以後的少夫人還牛哪。

小閒見一個個看自己的眼神亮晶晶又崇拜，不由斥道：「都發什麼呆呢，不用幹活了嗎？」

葉啟已洗了手，聽到剪秋的話，對小閒道：「我去娘親那兒一趟。好好的炸醬麵讓我摻和壞了，看來只好妳重新做，我要吃三大碗喔。」

他還有心情開玩笑。剪秋苦笑道：「若是夫人得知，一定饒不了小閒的，郎君哪裡還吃得上。」

怕是會從重處罰，不過就算死了也值啊。丫鬟們想著，站過來，把小閒圍在中間。

葉啟笑了笑，道：「沒事的，我會跟娘親分說清楚。」

你自然沒事。剪秋腹誹。葉啟太任性了，怎麼能把小閒放在火上烤呢，以夫人的性格，能饒了小閒嗎？

小閒推開面前的剪秋，對葉啟道：「分說明白應該沒事的。」

不過是公子哥兒好奇，想嘗試一下自己的動手能力，沒有他們想像中那麼嚴重。

葉啟見小閒淡定，不由點點頭，也沒換衣裳，就那樣去了上房。

錦香髮髻歪了，前襟兩滴血，紫色衫上大片的油漬灰塵。她一到上房，見到的人無不側目，這是遭賊打劫還是……

錦香激憤之下，強撐著一口氣，奔到暖閣，對著坐在首位的陳氏直挺挺跪了下去，叫了一聲。「夫人——」身子一歪，又暈過去了。

陳氏在吃飯。她出身魏國公府，自小錦衣玉食，吃食一向講究，此時面前一張巨大的食案，上面擺了八個熱菜、四個涼菜、四樣果子，她筷子上挑了一小塊水晶膾，檀口微張，正要放進嘴裡，突然氈簾被挑起，一人衝了進來，然後倒地不起。

坐在下首布菜的明月眼尖，訝然道：「錦香怎麼了？」

錦香再次轉醒時，未語淚先流。

汪嬤嬤一眾人等在陳氏跟前服侍，見錦香這副模樣，不由面面相覷。

陳氏慢吞吞吃了水晶膾，看了汪嬤嬤一眼。

汪嬤嬤會意，越眾而出，道：「出了什麼事？」

錦香抽抽噎噎道：「奴婢本想去喚小閒前來，到了院門口，大門緊閉，叫開門，聽說小閒在廚房，奴婢趕去廚房，丫鬟們都在廚房門口候著，廚房門緊閉……」

陳氏臉色一沈，眼神凌厲起來。

汪嬤嬤道：「說重點。」

「是。」錦香道：「奴婢推開廚房的門，一眼瞧見郎君站在灶前。」

她在「郎君」兩字上加重了語氣，說到要緊處，便停了。

在場的人都愕然，陳氏更是錯愕，環顧身邊，道：「她說什麼？」

她沒聽錯吧，三郎怎麼會出現在廚房？

明月低下頭去，裝作布菜，挾了一塊鹿脯放到陳氏面前的碟子裡，道：「趙嬤嬤新做的，夫人嚐嚐。」

陳氏不豫道：「我問的是，她說什麼。」

想混淆視聽嗎，她又不是老糊塗了。

明月低低應了一聲「是」，不敢吭聲。

陳氏問汪嬤嬤。「她說什麼？」

汪嬤嬤苦笑道：「奴婢聽著，好像說在廚房見到三郎君。想必這丫頭眼花了。」

陳氏望向趙嬤嬤，示意詢問。

趙嬤嬤苦笑，道：「夫人恕罪，恕婢走神了，沒聽清。」

小閒太沒有分寸了。趙嬤嬤在心裡嘆氣。

陳氏再次環顧四周，目光所及之處，嬤嬤、丫鬟們都點了點頭。

「這麼說來，我沒聽錯？」陳氏不敢置信地道。

她的三郎，她自小捧在手心裡，吃飯都得人布菜，就差沒每餐著人把菜餵到嘴裡的三郎，怎麼可能出現在廚房？

「妳看錯了吧？」陳氏茫然地問跪在地上的錦香，道：「可是在書房見到了三郎？」

「夫人，奴婢進不了書房。」一見陳氏的神情，錦香的信心又增加了幾分，不知從哪來的精神頭，堅定無比地道。

陳氏搖搖頭，表示不信。

汪嬤嬤道：「三郎君在灶前做什麼？」

一院子幾十人難道都死絕了嗎？葉啟怎麼可能出現在廚房？

錦香拭了拭眼角的淚水，道：「三郎君用笊籬撈麵……」

話沒說完，便被嗡嗡的議論聲淹沒了。

汪嬤嬤道：「這丫頭怕是得了失心瘋吧，快把她趕出去。」

錦香重重地磕了個頭，道：「奴婢絕無虛言，求嬤嬤把三郎君院子裡的人拘來一問便知。」

就在此時，廊下的丫鬟齊聲行禮。「見過三郎君。」

葉啟清朗的聲音隔著厚厚的氈簾傳進來。「罷了。娘親在屋裡嗎？」

接著氈簾打起，葉啟走了進來，一屋子的人全都睜大眼看他。

陳氏只覺眼前陣陣金星亂閃。三郎袖子上……好像有一塊污跡，難道是她看錯了嗎？

汪嬤嬤垂下眼簾，對錦香的話已經心裡有數了。

「娘親用膳了？兒子正覺肚餓。」葉啟行了禮，在明月原先坐過的位子上坐下，笑吟吟道：「明月，取碗筷來。」

若是平時，明月聽弦音而知雅意，聽葉啟說肚餓，馬上派人去取碗筷，哪裡用得著葉啟吩咐。

「不用了。」陳氏冷冷道：「把殘茶剩飯撤下。」

丫鬟們都沒回過神，還是汪嬤嬤吩咐了一句，兩個丫鬟上來，把食案抬了下去。

汪嬤嬤使了個眼色，便有兩個丫鬟上前把錦香架下去。錦香見到葉啟，更覺心灰意冷，被人一架，順從地出去了。

「娘親，」葉啟收起笑容，道：「這是怎麼了？」

陳氏太陽穴一陣陣地跳，深呼吸一陣，道：「你衣袖上是怎麼回事？」

葉啟抬起衣袖看了一下，左袖滴了一滴麵湯，落下一片顏色稍深的污穢。

「喔，我見丫鬟們做炸醬麵好玩，所以動手試了一試。」葉啟漫不經心道。

噹一聲，剛擺上的几案被推倒，陳氏的聲音讓屋子裡的丫鬟們渾身發抖。「你堂堂一個郎君下廚！」

「是啊。」葉啟沮喪地道：「原來做成一道菜是極不容易的。」

陳氏更怒，喝令汪嬤嬤。「把那個狐媚子給我抓來！」

葉啟一走，小閒便被圍住了，一個個七嘴八舌全說開了，廚房裡一片嗡嗡聲。

小閒道：「妳們各忙各的去。」又對一臉擔憂的剪秋道：「沒事。」

人都散了，只有剪秋跟在小閒身後去了廂房。

小閒嘴裡說得滿不在乎，其實心裡還是很緊張的。陳氏是人精中的人精，自小長在豪門大宅，深諳宅鬥真傳，什麼花樣沒見過？若想單憑一張嘴忽悠，很難。

自從成了大丫鬟，小閒開始喝清茶，剪秋知道她的習慣，泡了一杯，放到小閒面前，自己在下首坐了。

就在這時，兩個粗壯的僕婦板著一張死人臉進來。小閒知道是陳氏派人來押她過去。這兩人小閒並不陌生，以前在上房，時常見她們捧陳氏之命杖打受罰的妾侍、丫鬟。

「可是夫人有令押我過去？」小閒起身道。

剪秋上來擋在小閒身前，道：「錦香說的並不是實情。」

兩個僕婦昂然道：「夫人命拘了小閒前去。」

小閒按了按剪秋的肩頭，道：「我去看看，應該沒事的。」

「怎麼會沒事？」剪秋急得眼淚在眶中滾來滾去，只是擋在小閒身前，道：「我跟她們去，諒她們不會對我怎麼樣。」

小閒心裡一暖，道：「妳別摻和進來，若是夫人把我們一同責罰，到時妳非但救不了我，還要搭上自己。」

「我不怕。」想想這一年來在小閒教導下學字練字，兩人說是姊妹，實是師徒，剪秋心口一熱，血往上衝，張開雙手臂把小閒護在身後。

小閒在她耳邊道：「郎君先行前去說情了，諒來沒有大礙。」

剪秋又驚又喜，原來郎君去上房，是為了幫小閒說情哪？郎君對小閒可真好。

小閒從剪秋身後走出來，對兩個僕婦道：「走吧。」

兩個僕婦早等得不耐煩了。夫人要責罰的人，哪一個能逃得了？在她們眼裡，此時的小閒已經不是葉啟身邊的貼身丫鬟，之所以忍耐沒有發作，不過是看在小閒與她們曾有交情的分上。

兩人一左一右把小閒夾在中間，往上房而去。一路上，不停有丫鬟指指點點。

錦香已換了衣裳，吃了熱湯，聽說葉啟在暖閣，迫不及待跑來，在門口被陳氏另一個貼身丫鬟攔住了。「夫人與郎君敘話呢。」

錦香伸長脖子往裡張望，可惜氈簾擋住，什麼也看不到。葉啟除了晨昏定省，從不在中午過來的，難道是為了那個小閒嗎？

暖閣裡，葉啟苦著臉，道：「下個月就是娘親芳辰，兒子原想親手為娘親做一道菜相賀，到時端上桌，娘親也有臉面，可比送什麼玉石寶貝都強。唉，可惜兒子笨手笨腳的，學了一個時辰，就倒醬料這件小事還做不好。看來，只能去看看碧雲居來了什麼新樣式，為娘親採購了。」

碧雲居是京城最有名的老字號珠寶，據說開店已有兩百多年，年代比現在的大周朝立國還久遠，貴婦人們頭上插的、身上佩的，不是碧雲居出品，都不好意思帶出來見人。

陳氏震怒中先沒聽明白，直到葉啟長嘆一聲，仰身往地上躺了下去，蹺起了二郎腿，才茫然道：「什麼？」

葉啟只是嘆氣。

旁邊，汪嬤嬤笑著把葉啟的話重複了一遍，接著奉承。「難得三郎君如此純孝。」

陳氏先是愕然，接著半信半疑，道：「真的？」

兒子大了，有自己的主意了，不顧身分踏入只有僕婦才入的廚房，只是為了學做一道菜賀她的生辰？

葉啟側頭道：「兒子改變主意了，趕明兒去碧雲居看看，一定挑幾件娘親合意的頭面。」

陳氏定了定神，斷然道：「不不不，碧雲居的頭面也就那些款式，有什麼好的？三郎還是別出心裁些好。」

如果名滿京城的兒子端著親手做的長壽麵閃亮登場，那些花枝招展、平時一個個炫耀自身有多幸福的貴婦人們，以後在她面前是不是只能低一頭？

陳氏一雙丹鳳眼瞬間亮了。

葉啟道：「兒子笨，學不會，反而讓人說閒話。」

「誰敢說我們三郎閒話！」陳氏生氣道。「吩咐下去，若有人敢嚼舌根，發賣出去。」

一直沒有說話的趙嬤嬤提醒道：「夫人，錦香丫頭稟報小閒慫恿三郎君去廚房……」人還在押來的路上呢。

陳氏揮手，道：「錦香知道什麼。」想想覺得這麼說不妥，又改口道：「錦香也是太過忠心了。」

第二十六章

錦香在門外，隱約聽到裡頭提自己的名字，馬上應聲道：「奴婢在。」

外頭攔著的丫鬟只好讓她進去了。

「郎君！」幾天不見，錦香一見葉啟恍若隔世，哽咽著行了禮，道：「郎君瘦了。」

葉啟手臂枕著頭，眼望屋頂，道：「哪裡瘦了。妳在這裡可還好？」

「好好好。」錦香心情激盪之下，淚水盈眶，連著說了三個好，別的一句也說不出來。

陳氏道：「錦香，妳誤會三郎了。」

汪嬤嬤把葉啟進廚房學做菜的真正原因告訴了她。錦香瞪大眼，真的是這樣嗎？

「夫人對妳另眼相看，才解釋的，以後可別聽風就是雨了。」汪嬤嬤又道。這樣恩威並施，一向是陳氏待下人的手段。

為了給夫人賀壽？錦香含著一泡眼淚，道：「郎君辛苦了。」

她很想抓過葉啟白皙修長沒有一點瑕疵的手指看看有沒有燙了，只是在陳氏跟前，終究不敢放肆，只好強自忍耐。

門外有丫鬟稟道：「夫人，小閒押來了。」

一路上，小閒想了十七、八種方法，最後選擇了最佳方案，希望能說服陳氏相信，葉啟進廚房實是意外。

兩個僕婦看她淡定從容，還真有幾分佩服，態度上便和氣了許多，並沒有為難她。兒子為了自己才進廚房，這事跟小閒就沒有一毛錢關係了，陳氏嗯了一聲，道：「讓她進來吧。」

廊下的丫鬟們很意外，小半個時辰前還雷霆震怒喝令去拿人，怎麼這會兒變得和風細雨了？到底三郎君跟夫人說了什麼呢？

錦香見到小閒那一刻，真是仇人見面分外眼紅，恨不得撲上來吃了她。

小閒規規矩矩行禮，道：「夫人喚我做什麼？」

這麼一折騰，陳氏倒把先前秀王府的嬤嬤過來沒稟報她的事給忘了，道：「沒什麼，妳回去吧。」

在兒子心中，什麼女人也比不了自己這個當娘的。此時她心滿意足，自然不會為難小閒。說起來，小閒還有功勞呢，沒有她這個師傅，葉啟向誰學做菜去？

小閒和錦香同時一怔，一是喜，一是憤。

小閒微微一怔，然後行禮道：「婢子告退。」

錦香叫了一聲「夫人」，道：「她——」

她勾引郎君踏進廚房這等污穢之地，怎能就這麼輕輕放過？

陳氏淡然道：「妳也下去吧。」

錦香不甘心，情急之下，又叫了一聲「夫人」，道：「若以後丫鬟們有樣學樣，豈不帶壞郎君們？」

陳氏道：「原委妳已經知道了，怎麼會帶壞郎君們呢？錦香啊，凡事看長遠些，該放寬心時須放寬心。」

錦香已走了汪嬤嬤的門路，此時汪嬤嬤不得不提醒錦香一句。「先下去吧，夫人與郎君敘話呢。」

這時，門外又有丫鬟稟道：「夫人，麗蓉郡主來了。」

葉啟馬上跳了起來，道：「娘親，兒子還有事，先告辭了。」

秀王府，眾妾侍圍繞在秀王妃身邊，百般討好說笑。秀王妃無意間一回頭，發現麗蓉無比乖巧坐在角落，似是在傾聽眾人說話，又似是在發呆。

這孩子。秀王妃發自內心地感嘆，真是女大不中留，不過是派李嬤嬤去盧國公府探一探葉啟的口氣，她竟然有耐心在這裡等，就為了第一時間得到消息。

麗蓉哪裡會繡花了，被秀王妃逼著學了幾天，纖纖玉指刺了好幾個小孔，疼得她眼淚汪汪。可是為了她的三郎，她還是發下宏願，要為他做一件袍子。

真不知道，如果葉啟接受她這份情意，她要怎麼完成。

李嬤嬤回來了，臉色不大好。妾侍們慣會察言觀色，一個個識趣地找了藉口離開，暖閣中只剩下秀王妃母女。

李嬤嬤把小閒的話一轉達，麗蓉馬上坐不住了，立即跳了起來。

秀王妃蹙起好看的蛾眉，道：「麗蓉，娘親明天約葉夫人去東市逛逛。妳去一趟盧國公府，替娘親跟葉夫人說一聲。」

秀王妃與陳氏之間相約，只需使人打聲招呼，從來不下帖子。

麗蓉會意，回房細心裝扮一回，坐了車到盧國公府。

盧國公府是常來的，門子見了秀王府標識的馬車，自然不會阻攔，也不用通報，馬車從側門熟門熟路直接到內外院相隔的巷口停下。

麗蓉下車來到暖閣門口，廊下侍候的丫鬟通報進去。

見葉啟跳起來要走，陳氏橫了他一眼，道：「你又有什麼事？麗蓉來了，你替娘親招待招待。」

大概從十歲那年開始吧？兒子只要一見麗蓉就有事，就算沒事，也成了有事，一下子跑得不見人影。

葉啟拂了拂身上不存在的塵土，道：「周十四病了，兒子得去探探他。」

「周十四病了？」陳氏揚眉道：「前兒不是還來找你玩嗎，怎麼一下子就病了？」

母子說話間，麗蓉掀簾而入，低低歡呼一聲，展顏笑道：「三郎！你怎麼在這兒？」

葉啟苦笑，摸摸鼻子，道：「來了啊？我還有事，先走了。」

麗蓉匆匆向陳氏行了禮，上前兩步拉住葉啟的衣袖，輕輕搖了搖，撒嬌道：「三郎，好幾天沒見你，天天說忙，在忙什麼嘛。」

葉啟不著痕跡扯開被麗蓉拉住的衣袖，一本正經向陳氏行禮道：「兒子告退。」

當著麗蓉的面，陳氏不好說破，只好擺擺手道：「去吧。」

麗蓉眼睜睜瞧著葉啟飄然離去，心裡急得不行。

僻靜處，錦香惡狠狠地威脅小閒道：「若再對郎君不敬，我對妳不客氣！」

小閒笑道：「姊姊說哪裡話？我什麼時候對郎君不敬了？」

是葉啟自己要進廚房的好嗎？再說，錦香現在不侍候葉啟了，葉啟做什麼，跟她有一毛錢關係嗎？

錦香冷笑道：「別以為郎君偏心於妳，我就對妳沒辦法了。」

郎君不過圖個新鮮，還真以為郎君情深意重了。錦香突然噗哧笑出了聲，道：「妳還不是郎君的通房丫鬟吧？」

所謂的通房丫鬟，就是丫鬟被男主人睡了，但沒有名分。

她有一種看穿世情的優越感，想像小閒從高處跌落，從得寵到失寵，落得個被葉啟如扔破抹布一樣扔掉的下場。

小閒睜著一雙妙目，看她一會兒冷笑，一會兒笑得開心，如看一個瘋子。真是可憐，葉啟不喜歡她，她便如此反常了。

剪秋的聲音遠遠傳來，道：「小閒、小閒，妳可在這裡？」

小閒被僕婦帶走，剪秋不放心，跟了來。葉啟從暖閣出來便問小閒的去向，剪秋剛好過來探消息，忙到處尋找。看守門戶的僕婦一口咬定小閒沒有出上房，有丫鬟看到小閒被錦香叫走，兩人一起去後院了。

小閒道：「我走啦，有空過來坐吧。」

錦香望著她施施然離去的背影，一會兒笑得很賤很賤，一會兒咬牙切齒，一個路過的丫鬟看了她足足半炷香，納悶地問：「妳怎麼了？」

小閒和剪秋來到暖閣廊下，葉啟早走了。

葉啟為了防備麗蓉糾纏不清，溜得飛快。

小閒向廊下的丫鬟道了謝，和剪秋剛要離開，麗蓉已向陳氏告了罪，追了出來。

「小閒，」麗蓉已經知道現在葉啟身邊一等丫鬟是小閒，喊了一嗓子，提了裙袂追過來道：「三郎天天忙什麼啊？」

兩家已議了親，就差沒擇日放定了，或者明年，她就是盧國公府的大少夫人了，卻連自己夫君在忙什麼還不知道，想想真是汗顏。

小閒微笑道：「郡主下問，本來應該實言相告，只是郎君去哪兒婢子實是不知，無從說起。」

麗蓉臉上瞬間晴轉多雲，道：「難道跟的人都不知道三郎的去向？」

哪有跟的人都不知道的道理，分明是糊弄她。

小閒道：「跟的人自然知道，要不，郡主問問跟郎君一併出府的小廝們？」

丫鬟們只在後院侍候，不會跟著郎君們到處跑。麗蓉臉色稍霽，道：「不用了。」

現在大動干戈喚小廝過來問，不免讓人覺得她小題大作。麗蓉略一沈吟，道：「以後妳們留心些，服侍上也用些心。」

說著，從腕上褪下一對玉鐲子，分遞給兩人。

小閒和剪秋對視一眼，推辭道：「婢子們怎敢要郡主的禮物？郡主若沒有吩咐，婢子告退。」

還是快點走吧，省得再起風波。現在小閒如果還沒有猜出葉啟真的與麗蓉議親，那她就是豬腦子了；而葉啟的意思，瞎子也瞧得出來。

「我也很久沒過去了，一起走吧。」麗蓉說著，當先而行。

剪秋一怔，想說什麼，小閒搖搖頭，道：「是。」

兩人走在麗蓉身後，一起回了院子。

兩個看守院門的僕婦時不時張望一下，見麗蓉進來，忙趕過來行禮，道：「郎君出府去了，請郡主自便。」

小閒覺得奇怪，葉啟什麼時候對麗蓉這樣體貼了？望向僕婦時，僕婦苦笑著低下頭。

小閒懂了，原來是葉啟讓她們攔著不讓麗蓉進院子。可她們攔得住嗎？

果然，麗蓉越過她們邁步進內，道：「我在這裡等他。」

兩個僕婦大急，不停向小閒打手勢，她微微頷首，表示知道了。兩個僕婦才鬆了口氣。

起居室裡，麗蓉在上首坐了，道：「聽說妳做的點心不錯，來兩碟子本郡主嚐嚐。」

小閒吩咐小丫鬟去取點心，自己坐在旁邊煎茶，道：「郡主特地來尋我家郎君嗎？」

瞧把葉啟嚇的，以後兩人可怎麼過日子？

麗蓉凝視小閒片刻。小閒覺得，她好像有示好的意思，又有些挑剔，還有些妒忌，眼神挺複雜的。

「三郎在府裡時，平時都做些什麼？」麗蓉道，聲音有些嘶啞。

小閒把沸水倒進碗裡，慢慢攪動，道：「郎君不用進宮的日子，練武、練習騎射，然後看書練字。郎君很少有一整天在府裡，這些事，都得緊著時間做。」

麗蓉嗯了一聲，不知想什麼，過半天才道：「都是妳侍候？」

「不是，院子裡丫鬟多，每人專司一樣。婢子不過做了郎君一日三餐的吃食，以及在書房灑掃。」小閒把煎好的茶端到麗蓉面前。

俗話說皇帝的女兒不愁嫁，想必皇帝的姪女也不愁嫁吧，卻不知她怎麼就對葉啟情有獨鍾，難道真是當局者迷，感覺不到葉啟對她沒有情意嗎？

麗蓉又嗯了一聲，道：「誰侍候衣裳？」

她是金枝玉葉，自小有乳娘、丫鬟、嬤嬤們服侍，哪個自己動手穿過衣裳了？隨著一年年長大，得以近身服侍衣裳的，必是最貼心的人。對許多郎君來說，服侍衣裳的丫鬟，往往意味著以後納為妾侍，所以麗蓉有此一問。

小閒原命剪秋接手這差事，葉啟不幹，非要小閒做。

「郎君大了，沐浴著衣不需婢子們服侍，婢子只服侍郎君穿外袍。」小閒不緊不慢道。

讓她服侍葉啟穿中衣褻褲她還不幹呢，好在葉啟不是暴露狂，兩人才能相安無事。

麗蓉細細看了小閒一回，道：「這麼說，是妳服侍？」

小閒有種「以後妳就是妾侍」的感覺，勉強笑道：「中衣褻褲都是郎君自己動手。」這個可得特別聲明，免得產生誤會。

「妳今年多大了？」麗蓉的語氣讓小閒很不舒服，勉強告訴她後，出來問廊下的丫鬟。

「怎麼點心還沒取來？」

麗蓉自顧自道：「有妳陪在三郎身邊，吃食一道，自然不用我操心。」

小閒應了聲是。

「我和三郎已經訂親，」麗蓉臉上泛著光彩，昂頭道：「以後，妳們只要盡心服侍，我自然不會虧待妳們。」

這是提前打招呼了。小閒道：「謝郡主。」

麗蓉對小閒很滿意，道：「妳雖然年齡幼小，到底識大體，比錦香強多了。」

這時，點心終於取來了。小閒接過放在麗蓉面前的几案上，道：「郡主請用點心。」

葉啟若娶了麗蓉，便成了郡馬，成了皇親國戚，盧國公府因此進入帝國最高權力中心，成為第一等的勛貴。有這麼多好處，陳氏應下這門親事是人之常情，倒是葉啟，他為什麼對麗蓉感冒？小閒有些奇怪。

麗蓉把兩碟子點心吃了一半，道：「裝兩匣子我帶回去。」

葉啟直到掌燈時分才回來。

剪秋剛好從廂房出來，迎頭碰見葉啟，行禮笑道：「郎君回來了？郡主還候著呢。」

葉啟腳步一頓，轉身往外便走。

「郎君回來了。」丫鬟的聲音在這寂靜的夜晚特別刺耳。

「三郎回來了？」麗蓉的聲音跟著響起。

葉啟咬牙，不得不慢動作轉過身。先前出聲呼喊的丫鬟已接聲道：「是啊，郡主，三郎君總算回來了。」

原來是麗蓉帶來的丫鬟，難怪了。

兩個時辰了，小閒一直在應付麗蓉。她的問題未免太多了些，從葉啟洗臉的水是溫是熱，到葉啟每餐偏愛哪幾個菜，事無鉅細，問了再問，就差沒問葉啟的內褲是什麼顏色了。

小閒很不耐煩，可再不耐煩，也得應付著。

「郎君回來了。」燈下，小閒笑得很燦爛，總算能擺脫麗蓉了，早知道這樣，不如一早尋個藉口溜了的好。

罩了紅色燈罩的燈籠，發出紅色的光，照在小閒臉上，恍似一層琥珀在小閒細膩的肌膚上流動。葉啟一瞬間看呆了。

麗蓉提裙奔出來，就在所有人以為她要撲進葉啟懷裡時，她改撲為抱，一下子抱住葉啟的胳膊，把臉貼在葉啟的貂皮斗篷上，不停磨蹭，輕聲道：「你可回來了。」

可恨錦香在時，不肯盡一個奴婢的本分，每次她過來，都對她冷冷淡淡的，有時還和她吵起來，害得她對三郎的生活細節了解不深。麗蓉對小閒滿意至極，大有以後把她當成心腹之意。而且，了解葉啟的生活細節以及愛好後，更覺得葉啟可愛。

葉啟抽出手臂道：「妳怎麼還沒走啊？」

去周川那兒混到天黑，原以為麗蓉一定回去了，他才回來的。沒想到她竟然賴在這兒，葉啟好不失望。

「等你嘛。」麗蓉嬌憨道，又去抱葉啟的手臂。

這次，葉啟有防備，側身退了兩步，麗蓉抱了個空。還以為在丫鬟們面前，葉啟要扮君子。她倒不傷心，嬌嗔道：「這麼冷的天，快進屋裡說話。」

合著妳還想在這裡過夜啊！小閒悄悄翻了個白眼。

葉啟道：「小閒，派幾個人送郡主回去。」

小閒應聲，還沒張羅人，麗蓉跺腳道：「人家等了你半天，一來就趕人家走。人家不嘛，就要再坐會兒，和三郎一起用膳。」

太嗲了，小閒雞皮疙瘩都起來了。

葉啟道：「我吃過了。小閒，上幾個菜，著人侍候郡主用膳。妳隨我來。」

一直非要等葉啟回來一起吃，這下好了，人家不想見。小閒忍著笑，吩咐剪秋道：「上菜。」又對麗蓉道：「郡主這邊請。」

葉啟朝書房方向走了兩步，回頭道：「小閒過來。」

那意思，麗蓉讓別人侍候去，妳來侍候我。

小閒應了一聲，向麗蓉告一聲罪，隨葉啟而去。

第二十七章

看兩人一前一後轉過廊廡，麗蓉呆了半晌，突然哇一聲哭了出來。苦候半天的委屈、受冷落的屈辱，非哭聲無以發洩。丫鬟們都傻了。怎麼說哭就哭，連招呼都不打一個啊……

葉啟在書房中常坐的位子上坐了，吁了口氣，道：「以後她再來，妳不用理她。」

這是對待未婚妻的態度？小閒斜睨了他一眼，道：「她可是郡主。」也是盧國公府未來的長媳，將來的大婦，怎能不理她？

「那又怎樣？」葉啟反問，隨手拿起一本書，道：「有點心沒有，先拿來墊一墊，可把我餓壞了。」

小閒眨眼，道：「郎君不是在鄭國公府吃過了嗎？」

「沒有，鄭國公府的飯菜沒有妳做的香，我吃不慣。」葉啟斜倚憑几，道：「哪知道她賴著不走呢，以後妳準備好點心，讓順發隨身帶著，我要吃也方便。」

小閒又是好笑又是可憐，道：「郎君就不能跟她說清楚嗎？這得躲到什麼時候？」

葉啟只是搖頭，道：「說不清楚。她一向胡攪蠻纏，怎麼說得清楚？」

「你們是要在一起過一輩子的，這樣躲著不是辦法呀。」小閒好心當和事佬。男女主人相處和睦，她們這些侍候的人日子也好過些不是。

葉啟瞪了小閒一眼，道：「誰要和她過一輩子呀？妳聽誰說的？」

小閒笑了，道：「麗蓉郡主說的，她都把自己當成這兒的女主人了。」

把麗蓉說的「我和三郎已經訂親」的話，加重語氣說了，笑不可抑道：「難道郎君還能不與她過一輩子不成？」

「真不要臉。」葉啟低低罵了一句，道：「她那是一家之言，作不得數。」

對於葉啟在這件事上的鴕鳥心態，小閒很不以為然，道：「事情發生，總得積極面對，郎君想躲到什麼時候？」

難道等新人進門，才說不想和她成親？秀王府是這麼好欺負的嗎？

葉啟嘟囔。「我這不是在想辦法解決嗎？」

哪裡料到麗蓉一個女孩子家家的，這麼不要臉地殺了上來？葉啟憋屈極了。

門外，剪秋道：「郎君，麗蓉郡主哭了。」

真是的，跑這兒哭來了，誰勸也沒用。剪秋擔心葉啟罵她們沒用，不免有些惴惴。

葉啟與小閒對視一眼，不耐煩地道：「哭也送回去，快送回去。讓她回家裡哭去吧，別在這裡丟人現眼了。」說著，他仰身躺下了。

「郎君……」剪秋央求的聲音再次響起。她還不是受郎君冷落才哭，他不去哄，怎會破涕為笑？難道真讓她一路哭回秀王府？恐怕就算此時已半夜，秀王妃也會殺來要說法。

「郎君還是去看看吧，和她好好談一談。」小閒勸道。「不為別的，為讓夫人省心。」

母親再違背自己的意願，葉啟也不願在小閒面前說母親的壞話。他站了起來，道：「我們一起去瞧瞧。」

麗蓉越哭越傷心，越哭越大聲，不知情的人還以為她有多大的冤情。身邊的丫鬟小聲哄勸著，葉啟的丫鬟們急得直搓手，卻是無計可施。郎君也真是的，怎麼丟下郡主在這兒，自己跑去書房了呢。

「哭什麼哭！」葉啟如一陣風般來了，臉上寫滿不耐煩，語氣硬邦邦，道：「這麼晚了不回家，在這兒幹什麼呢！」

聽到葉啟的聲音，麗蓉很驚喜，可驚喜還沒來得及消褪，葉啟接下來的話，又把她心中的委屈給激發出來，臉上布滿淚痕，精緻的妝早花了，就那麼揚著臉衝葉啟嚷嚷。「我偏不回去，死也死在你家！」

對麗蓉的性子，葉啟早有了解，一點也不覺得意外，道：「妳想死哪兒死哪兒，跟我有什麼相干？妳們回去，由她去吧。」

丫鬟們面面相覷，跟在小閑身後的剪秋怔怔道：「怎麼能這樣？」

麗蓉往地上一坐，放聲大哭。

小閑扯了扯葉啟的袖子，蹲下哄道：「郡主，郎君是為妳好呢。這麼晚了，外面又冷……妳看，是不是先回去，明兒再來？」

「我不來了，我不來了，死也不來了！嗚嗚嗚……」麗蓉哭道。

葉啟抬頭望天，大有「妳不來正合我意」的意思。

小閑勸道：「還是和我家郎君好好談談吧，這樣也不是事，日子總是要過的嘛。」

麗蓉哭聲一頓，是啊，日子總是要過的，娘親也說，男人唯有柔情才縛得住。

小閒一見有門兒，馬上和她的丫鬟一起攙她起身。

洗了臉，重新在起居室坐下，剪秋上了茶，小閒推了推葉啟，示意他也坐下。

葉啟臉色黑如鍋底，不情不願坐了，道：「虧妳還是大家閨秀呢，能不能不要這麼丟秀王府的臉？」

麗蓉決定扮小白兔，並沒有出言相稽，楚楚可憐道：「誰要你不理人家的？」

小閒出來張羅酒菜，僕婦領了一個丫鬟過來。那丫鬟道：「夫人讓我來問問，郡主回去了沒有？」

小閒不知麗蓉哭鬧的消息傳出去了沒有，道：「還沒呢，這會兒和郎君在起居室敘話。」

那丫鬟點頭道：「知道了。」猶豫了一下，對小閒道：「訂親的事夫人瞞得極緊，原想待下月壽辰再告訴三郎君，沒想到秀王府忍不住，自己跳出來。妳勸勸三郎君吧。」

府裡誰不知道葉啟對小閒非同一般？但律文規定，奴婢只能當妾，不能當妻，所以大家都認為，小閒最好的結局，不過是一個寵妾，就連麗蓉也這麼認為。

小閒點頭，道：「才勸來著。妳也知道，三郎君執拗得緊，哪裡勸得動呢。」

僕婦把人帶來後已經回去了，丫鬟看周圍沒有人，小聲道：「若不是國公爺不爭氣，哪裡用得著跟秀王府結親呢。夫人的苦心，有誰能理解？」

府裡的消息一向傳得快，此時怕是大多數人都知道兩家要結親了。

為了盧國公府基業長青，與皇家結親乃是陳氏下的一盤棋，葉啟只不過是盤中的棋子。

說起來是政治婚姻，不免令人唏噓，可是他是盧國公嫡長子，這是他應盡的義務，無論是陳氏還是上房的人，都這麼認為。

小閒默然。除了秀王府，就沒有別的閨秀了嗎，非得犧牲葉啟？

室中燭火明亮，散發著百合香的香氣，葉啟如黑寶石的眸子上，倒映出淡黃色的燭火。

麗蓉看得失了神，櫻桃小口微張。她的樣子讓葉啟蹙了蹙眉，道：「我一向當妳是妹妹，並沒有別的想法，妳可別誤會。」

「啊……什麼！」麗蓉好像回魂，尖叫起來。「你說什麼?!」

葉啟很誠懇、很誠懇地道：「是啊，我一直當妳是妹妹，跟四娘一樣的。」

麗蓉砰咚一聲，向後便倒。

小閒端茶進來，見麗蓉仰身躺在氈上，不由嚇了一跳，望向葉啟的目光便很奇怪。

葉啟沒好氣道：「暈過去了。妳掐她人中，把她弄醒，安排人送她回府。」

他竟連救人也不願碰她一下。小閒為麗蓉感到悲哀，好在她前世上大學時曾學過急救，很快，麗蓉悠悠轉醒，看到身邊的小閒，怒氣勃發，狠狠推了過去，小閒跌坐在地。

「這裡是盧國公府。」

清冷的聲音飄了過來，接著一雙有力的手臂扶起小閒。熟悉的氣息，溫柔的動作，讓小閒有些不適應。

「沒摔著吧？」葉啟的聲音溫柔得出奇，讓她深深懷疑兩句話不是出自同一人之口。

「我不活了！」麗蓉跳了起來，嚎哭著衝出門去。

門外侍候的丫鬟愕然。她帶來的丫鬟忙跟上，剪秋用眼神問小閒，又怎麼了，怎麼大哭著跑了？

葉啟出現在門口，道：「著人跟上，送回秀王府。」

煎秋應了一聲，出去吩咐了一聲，順發很快帶人騎馬跟了上去。

小閒只是趺坐一下，並沒有大礙，見麗蓉嚎哭著衝出去，就知道壞了，事情弄大了。

「你怎麼這樣啊，讓你好好跟她談，沒讓你把她弄暈啊！」小閒嗔怪道。

葉啟撓頭，道：「她自己要暈，我有什麼辦法？」

這樣做會引起什麼後果，葉啟好像一點不擔心，隨即便嚷嚷肚餓，催著上菜。

菜是早就備好的，不過為了給兩人製造一個安靜的談話環境，所以沒有上而已，此時一一端了上來。

小閒看葉啟自在地吃喝，不由一陣無語。

葉啟飯還沒有吃完，汪嬤嬤就來了，把小閒叫到廂房，道：「麗蓉郡主回去了？」

小閒看她一臉嚴肅，就知大事不好，若不是陳氏得到消息，便是汪嬤嬤得到稟報，連夜責問來了。

「是。」小閒儘量讓語氣聽起來平靜些。

汪嬤嬤注視小閒一刻，神色變幻，最終長嘆一聲，道：「小閒啊，妳比別人聰明，夫人和我都心知肚明，要不然也不會挑妳近身服侍三郎君。為了能在三郎君身邊，遷就三郎君些，也是人之常情。只是，妳不能總是這樣縱容他，由著他的性子胡來。」

貼身服侍的丫鬟不僅得侍候好主子，在主子行為出格時，還得盡力規勸。若主子惹下禍事，第一個要處置的，自然也是身邊服侍的人。

汪嬤嬤這番話可謂語重心長，若不是瞧在趙嬤嬤是她閨密的分上，小閒又與趙嬤嬤情同母女，這番話，她萬萬不會說。

小閒只有苦笑，道：「嬤嬤，我沒少勸，只是郎君不肯聽啊。」

不勸還好，越勸越變本加厲呢。要是不讓他和麗蓉好好談談，最多得罪了她，以她對葉啟的癡心，生兩天氣也就完了，哪裡會成了現在這個樣子？

「妳是怎麼勸的？」汪嬤嬤果斷不信。

小閒拿不準她知道多少，反問道：「這麼晚了，嬤嬤來有什麼事嗎？」

汪嬤嬤一副「妳看，我說得沒錯，妳就只會由著他的性子來」的神氣。

小閒道：「往日這時候，院門早關，嬤嬤也已歇了。今兒卻是為了何故？」

汪嬤嬤是被人從熱被窩裡叫起來的，本就一肚子氣，看在趙嬤嬤面子上強自忍耐，小閒不問還好，一問她便爆發了，道：「妳還有臉來問我怎麼了？當我是死人不成？」

這麼說，就是全都知道了。小閒嘆了口氣，道：「我本來想去求嬤嬤一個主意，又想著天色已晚，不好打擾嬤嬤歇息，正猶豫呢。嬤嬤既然全都知道了，接下來要怎麼應對，還請明示。」

汪嬤嬤氣極反笑，道：「現在知道怕了？早幹什麼去了！」

「一切為了盧國公府，」小閒道。「還是齊心協力把事圓過去的好。」

「妳威脅我？」汪嬤嬤臉色驟變。她在府中位高權重，是實權第二的人物，什麼時候輪到一個小丫頭片子來教訓了？難道只有小閒懂得應該站在盧國公府的立場辦事，她活了大半輩子，反而不懂？

小閒搖頭，道：「郎君有多執拗，嬤嬤是看著郎君長大的，比我還清楚。這事，哪裡是我能勸得動的？」所以說，身為奴婢，有時候難免得替主受過，可惜小閒沒有替人受過的覺悟，再說，這事也不是她能扛下來的。

汪嬤嬤臉色稍霽，道：「夫人動怒，一會兒就過來了。妳自求多福吧。」

葉啟剛放下碗筷，汪嬤嬤便進來了，道：「郎君太任性了。」

「嬤嬤來了，快坐。」葉啟像什麼事都沒發生似的，招呼著汪嬤嬤，又吩咐小閒：「把昨兒我拿回來的好茶煎一碗嬤嬤吃。」

汪嬤嬤搖頭，道：「老奴怎麼吃得下？」

「發生什麼事了？」葉啟訝然道。

汪嬤嬤瞪眼道：「郎君這話跟夫人說去。」

以為夫人沒在身邊，好糊弄嗎？汪嬤嬤對葉啟疼愛有加，嘴裡責怪小閒縱容他，其實真正縱容他的卻是她自己，不過她已習以為常，沒有意識到罷了。

葉啟眨眨眼，道：「娘親要不知道，嬤嬤怎麼會來？」

這孩子，這時候還調皮。汪嬤嬤無奈。

她卻不知道，這樣的結果是葉啟想要的，他已經讓十幾個文秀館的同學，同是紈褲的勛貴子弟說服家裡託人向麗蓉求婚，只是無一例外都被拒絕了。

現在文秀館的紈褲們反過來勸葉啟。「你還是從了吧。」以他們的身分，娶妻自然是要娶門當戶對的嫡女，他們也有以婚姻為家族謀發展的覺悟，所以麗蓉也好，別的名門閨秀也好，對他們來說，並沒有什麼分別。至於看上眼的別的女子，安置一點也不成問題，若是奴籍，則納為妾；若是家世稍低，不還可以納為平妻嗎？家裡的長輩們只要求他們正妻娶該娶的人，別的老婆則可以由他們自己作主。

這也是他們十分不理解葉啟行為的原因，不過是娶個妻子，把她娶回來，往家裡一丟就完事，為什麼要這麼麻煩呢？

葉啟堅持不接受麗蓉，原因卻是無論紈褲們如何使盡手段，都不肯說的。

小閒勸他和麗蓉說清楚，他略一思考，便決定接受小閒的建議。把臉撕破，把事鬧大，秀王府總不會再把麗蓉硬塞給他了吧？

麗蓉過來這邊，上房自然有人跟來，雖然很快就離開，但小閒相信，從這兒到上房，陳氏肯定有安插人手，不停傳遞消息。陳氏太在意這門親事，怎麼可能放任不管？只不過葉啟的實力越來越強，為了不致引起他反感，陳氏沒有直接派遣人手光明正大監視罷了。

給汪嬤嬤上了茶後，小閒安靜站在屋角，等待著即將到來的狂風暴雨。

陳氏來了，一進門便把小閒和汪嬤嬤趕了出去。

丫鬟、嬤嬤們在門外聽著屋內陳氏的咆哮聲，表情各不相同。剪秋等人腿都在發抖，夫人發起火來真是太可怕了。

小閒凝神細聽，隔著厚厚的氈簾並沒有聽到葉啟的聲音。

順發哭喪著臉回來了，低聲對小閒道：「讓郎君小心些。」

以前他們在秀王府受到禮遇，今晚卻在秀王府門口挨了打，順發躲得快，身上還挨了三棍子，只是這時不是說這個的時候。小閒點點頭，望向氈簾的目光十分複雜，此時真正為難的，怕是陳氏吧。

陳氏接到消息很生氣，當場就一腳踢翻了几案，明月勸了兩句，挨了她一巴掌。

發作一通後，陳氏深呼吸很多次，總算稍稍冷靜下來。麗蓉是秀王妃的掌上明珠，受了委屈哭著回府，不知秀王妃要怎生為她爭回臉面呢。

陳氏一問葉德，明月回說在蒔花館沒回來，陳氏又是一陣心寒，兒子不讓人省心，丈夫更是有跟沒有一個樣，這日子還怎麼過？

葉啟由著母親罵，只是不吭聲，待她罵得口乾，便倒了水過去。

「我為的是盧國公府。」陳氏劈手奪過水，喝了一口，剜了葉啟一眼，道：「你是嫡長子，有責任有義務為盧國公府分憂。」

「我身為長子，自當撐起門庭，卻不是仗著妻子的裙帶。」葉啟聲音不大，語氣卻堅定，神態堅決道。

陳氏大怒，一碗水連碗帶水全砸在葉啟身上，咆哮道：「不知好歹的混帳！」

第二十八章

盧國公府的大門被大力拍響，驚醒了門子。他罵罵咧咧道：「哪個不長眼的東西，膽敢這樣無禮——」

這裡可是占了整條街的盧國公府，哪個不開眼的敢來捋盧國公府的虎鬚？

門剛開一條縫，便被人用力推開，一群人湧了進來。

「你們——」門子來不及喊人，早被掀翻在地。

秀王妃帶了人，熟門熟路往裡頭走，直至上房。

陳氏得報，丟下葉啟趕了過去。

秀王妃身著深衣，一臉寒霜端坐堂上。這是要以勢壓人嗎？陳氏露出笑容，道：「宸娘這麼晚過來，可是有什麼事？」

秀王妃小名宸娘，自從貴為王妃後，也只幾個閨密日常說笑來往時如此稱呼。陳氏與她交情最好，這小名是自小叫慣了的。

秀王妃睨了陳氏一眼，沒說話，十多年身為王妃養成的氣勢卻排山倒海向陳氏壓過來。

陳氏暗恨，如果不是秀王瞎了眼，成為秀王妃的便是自己了，哪有她什麼事！臉上卻不得不裝作若無其事，道：「明月，昨兒三郎送的好茶呢，快煎一碗來，讓秀王妃嚐嚐。」

秀王妃聽到三郎兩個字，眼中精芒大盛，冷冷道：「妳養的好兒子！」

「可不是，這混帳小子和麗蓉吵架，居然把麗蓉氣走了。我正罵他呢，妳就來了。」陳氏一副無可奈何的表情。

秀王妃道：「我還不知道妳！肯定是兩家說親的事妳沒告訴他。」

他要是願意，會說出把麗蓉當妹妹的話來嗎？

陳氏一怔，合著秀王妃半夜上門興師問罪，不是來找葉啟麻煩，而是衝著她來的？

「難道秀王府的郡主還配不上妳家小子？」秀王妃這句話，是咬著牙說的。

這些天，盧國公府一直掖著藏著，愣是不肯承認兩家說親，偏偏最近麗蓉行了桃花運，一天兩、三家勛貴託人上門求親。她疲於應付，心裡又憋氣，不趁著這會兒陳氏理虧要個說法，更待何時？

陳氏在主位坐了，嘆道：「誰說不是呢？麗蓉瞧得上三郎，是三郎的福氣，偏偏這小子一根筋，非說跟三皇子是至交，和三皇子一樣把麗蓉當妹妹。這孩子，我正勸呢，偏生麗蓉過來了。妳看，兩人都年輕氣盛，一下子說崩了。」

輕飄飄兩句話，便把責任轉嫁給秀王府了。

誰不知道葉啟是京城名媛們的夢中情人，要不是有個花癡般倒追的麗蓉郡主，求親的人早踏破了盧國公府的門檻。以葉啟的條件，便是公主也尚得，和麗蓉訂親，那是麗蓉高攀好嗎？陳氏在心裡吐槽。

秀王妃一時反而不知說什麼好，自家女兒除了身分高貴，文不成武不就，性格既不溫柔，又沒有馭夫的手段，真不知嫁過來後日子會過成什麼樣。

陳氏見她臉色稍緩，道：「今兒是麗蓉受委屈，我心裡明白著呢，趕明兒讓三郎過府向麗蓉賠個不是。年輕夫妻，誰還沒個磕磕碰碰的？有時候我們大人反而不方便插手，由著他們去好了。」

「話是這樣說沒錯。」秀王妃道。「妳把三郎喚來，我問一問他。」

陳氏嚇了一跳，道：「三郎已經被我好一通罵，這會兒在書房反省呢。」

「把他喚來，我有話對他說。」秀王妃越發堅持。

陳氏離開，丫鬟們都眼巴巴望著小閒，那意思很明顯。果然是權力越大，責任越大，小閒只好站出來道：「郎君，秀王妃半夜怒氣沖沖帶人問罪，郎君不如……」

這樣還沒事？小閒還在措詞，葉啟已微微一笑，道：「沒事，由得她去吧。」

不如怎樣？小閒怔，丫鬟們也怔，廊下一時一片安靜。

「熱水侍候，我要沐浴。」葉啟吩咐完，進屋了。

自有粗使丫鬟提熱水進來，小閒去準備葉啟要換的衣裳，剪秋悄悄跟過來，道：「我看，秀王妃一定不肯善罷干休的。」

麗蓉那是多尊貴的身分，卻被葉啟罵得一路哭著回府，此事若是傳出去，秀王府的臉面往哪兒擱？若是傳到皇帝耳裡，葉啟豈不是吃不了兜著走？

小閒也在擔憂這事，從箱裡取出一件月白袍服放好，又從另一個箱裡取出褻褲及中衣，道：「可不是。只是郎君一向不聽人勸。今天這事，他是吃了秤砣鐵了心，連夫人的話都不聽了。」

陳氏的厲害，是個人都知道，恐怕這件事由不得葉啟，他願娶也得娶，不願娶也得娶。偏生葉啟是個有主見的，這事真不知要如何收場呢……

兩人說著話，丫鬟來回熱水已備好。浴室裡溫暖如春，葉啟張開雙臂，由小閒解下外袍的扣子。

「不用怕，沒事的。」葉啟突然道。

小閒苦笑，道：「麗蓉郡主和郎君門當戶對，郎君為什麼不喜歡她？」這話說的，小閒都想抽自己一個巴掌。來自現代，受過高等教育的新女性，不過在這兒待了兩年，便一口一個門當戶對，對得起前世受的教育嗎？

「我有喜歡的人了，我要讓我喜歡的人做我的妻子。」葉啟聲音溫柔，眼眸泛著異彩，凝視著小閒。

小閒的心突地一跳。這是回答她的問題，不是向她表白！小閒在心裡提醒自己。

「先出去吧。」葉啟柔聲道。

小閒不知怎麼走出地龍燒得旺旺的浴室的，心裡只是想，他喜歡誰了？

「小閒、小閒？」剪秋晃了晃小閒的手臂，道：「夫人使人喚郎君過去呢。」

「啊？啊！」小閒應了一聲，對上剪秋的眼睛才回歸現實。眼前還有大麻煩需要應付呢，發什麼呆啊。

她很不對勁啊，剪秋滿腹狐疑道：「郎君可是有主意了？」

「沒有沒有。」小閒道。「我去回郎君，讓郎君快些過去吧，去得遲了，夫人又要發火。」

葉啟一點也不急，慢吞吞地泡了熱水澡，半個時辰後才喚小閒進去侍候。

「家常袍服就行。」葉啟堅持要穿小閒先前準備的那件。

小閒不讓。「那怎麼行，有外客。」

秀王妃還在座呢，穿家常服太不禮貌了。

葉啟撇嘴。「是她自己跑來的，關我什麼事，我為什麼要對她禮貌？」

小閒無語。難道愛屋及烏，恨屋也及烏，這是把秀王妃也一併討厭上了不成？

「郎君要是不換上見客的衣裳，大人一定會責怪我們，說不定汪嬤嬤等不及到明天，連夜就賞我們幾棍子。」小閒道。

這可不是小閒杜撰出來的，陳氏十分好面子，讓葉啟穿這一身過去，肯定落了她的面子，到時候倒楣的只會是丫鬟們。

「好吧，隨便取件外袍來。」葉啟無奈地妥協了。

秀王妃早等得不耐煩，陳氏熟知她的脾氣，少不得揀些她愛聽的八卦說了，屋中的氣氛漸漸好起來。

葉啟姍姍來遲，秀王妃臉上含笑，道：「你們兩個小傢伙，又怎麼了？」

葉啟沒料到她竟用這樣的神態語氣說話，不由呆了一呆，道：「我只是實話實說。」

「你們年輕，懂得什麼？兩人青梅竹馬一起長大，可不是情如兄妹？待得成了親，進了洞房，自然如膠似漆，恩愛無比。」秀王妃瞟了陳氏一眼，不忘把她拉上，道：「是吧？」

陳氏點頭，道：「可不都是這樣。三郎啊，誰不是這樣過來的，麗蓉比你小，你讓讓她又怎麼了？動不動就吵，沒地讓丫鬟們笑話。」

葉啟低頭站著不說話。

「瞧，還害羞了呢。」秀王妃輕笑出聲。

麗蓉能如願以償嫁給葉家三郎，她真心覺得是走了狗屎運。以葉啟的條件，名門望族都爭著搶著呢，怎麼會輪到麗蓉？麗蓉也就仗著一個郡主的身分。可這身分，在葉啟眼裡，什麼都不是。有能力的男人，哪個稀罕靠妻子娘家呢？

陳氏得意地笑，道：「三郎品性純良，家教又嚴。」

前些年，勛貴中還有人道，葉德如此德行，生的兒子也好不到哪裡去。隨著葉啟越來越出色，持這種論點的人自然越來越少，可是陳氏卻一直耿耿於懷，一有反擊的機會絕不放過。

秀王妃看葉啟，真是丈母娘看女婿，越看越愛，越看眉眼越順，笑容越甜，道：「麗蓉還小呢，你讓著她些，別天天吵了。」這是一個母親的請求。

葉啟一撩袍袂，在氈上坐下，正色道：「母親、王妃，我再申明一遍，無論何時何地，我對麗蓉都只有兄妹之義，沒有夫妻之情。」

說完這句話，他起身離開，頭也不回。

秀王妃愕然，問陳氏。「他說什麼？」

只有兄妹之義，沒有夫妻之情。這是什麼意思？

臭小子！陳氏心裡早罵開了，表面上卻同樣裝作十分不解，道：「這個……我也不知道。唉，孩子們大了，我們也老了，理解不了他們嘍。」

葉啟大步流星回到自己院子，一進門便喊：「關門，誰來也別開。」

僕婦面面相覷，莫不是郎君惹了什麼禍事吧？

葉啟一進屋，便對小閒道：「我跟她們說清楚了。」

早就該這樣一言而決了，以前走了彎路啦。

小閒倏然變色，道：「麻煩來了。」秀王妃是那麼好說話的嗎？

兩家訂親的事，錦香天亮後才得到消息。

她與麗蓉一向不對盤，卻沒有深仇大恨，只是都深愛葉啟，看對方自然而然便來氣，說到底，不過是吃醋罷了。

麗蓉與葉啟訂親，讓她很失落。麗蓉成為少夫人，以後她要回葉啟身邊更難了。

秀王妃連夜興師問罪的事傳得沸沸揚揚，錦香也聽說了。真沒看出來，小閒這麼厲害，膽子這麼大。錦香自然不會編排葉啟的不是，所有的錯，在她眼裡，全成了小閒的。

「姊姊，夫人可得閒？我有話向夫人稟報。」錦香馬上趕到暖閣。

明月挑簾出來。明月在這兒，陳氏自然是在的。

「小閒色誘三郎？」陳氏昨晚一夜無眠，剛讓人去找葉德，有事與他商量，一聽錦香這麼說，先是微微一怔，接著想起先前的事，道：「這事不是過去了嗎？怎麼又重提？」

她試探過小閒了。小閒決絕的神情，寧願死，也不願成為葉啟的妾，給她留下深刻的印象。要不然，她也不會放心讓小閒留在葉啟身邊。

「夫人，小閒那是作戲呢。」錦香急急道：「她和郎君每晚一起在書房讀書，孤男寡女，能讀出什麼好來。」

旁邊侍候的丫鬟都神色古怪。若說一起讀書便有嫌疑，那每天晚上的輪值，豈不是更有空子可鑽？夜深人靜，獨處內外兩室，做什麼都沒人知道呢。

陳氏顯然也想到這點，笑道：「妳對三郎的心我都知道。先為三郎娶親，待三郎成了親後，再把妳收房。妳自小服侍他，沒有功勞也有苦勞，我不會虧待妳的，開了臉，馬上升姨娘。」

姨娘也是名分，比通房丫頭地位高不少呢。

丫鬟們便笑起來，有人打趣錦香道：「錦香妹妹把心放肚子裡吧，夫人心裡有數呢。」還有丫鬟討要喜糖吃。「錦香姨娘，恭喜了。」

錦香心頭如小鹿撞，幸福來得太快，讓人意想不到，一時羞紅了臉，不知說什麼好。有丫鬟取笑道：「她歡喜得傻了。」

小閒被陳氏喚來，剛到暖閣門口，錦香喜氣洋洋地向她打了個招呼。「來啦？」

「是啊。」小閒應著，一頭霧水。每次錦香瞧見她，都是恨不得吃了她，今天這是怎麼了？

素心自然要過來湊熱鬧，圍著錦香笑道：「錦香姨娘，妳這是要去哪裡？」誰說好事不出門呢，好事也是傳千里的，滿院子的人都知道錦香即將成為三郎君的妾侍，這是夫人親口許下的，斷然無假了。

小閒卻不知情，還以為跟葉德扯上關係，驚奇地道：「錦香姨娘？」難道她只想成為姨娘，而不是對葉啟愛到無法自拔嗎？

素心有機會賣弄，不由得意洋洋道：「小閒還不知道吧，錦香姊姊以後會成為妳們院裡的姨娘喔。」

「我們院裡的姨娘？」小閒不解地道：「什麼意思啊？」

錦香只是笑，道：「妳別聽她的。」

「哎喲，夫人都發話了。三郎君成親後便收房了，以後啊，錦香姊姊就是主子了。」素心高聲道。

言下之意，以後錦香就壓小閒一頭了。貼身大丫鬟，還是丫鬟，哪有主子的枕邊人地位高呢？再說，姨娘也是主子，雖說地位相對低點，但已跟丫鬟不是同一等級了。

錦香臉上有得色，以後，她如果要使喚小閒，小閒自然是無法推託的。

小閒並沒有錦香期待那般失落，只是平靜地喔了一聲，道：「恭喜。」便進了上房。

陳氏累了大半天，難得歇會兒，懶洋洋斜倚在大迎椅上，道：「三郎執拗，妳得閒勸勸他，別由著他的性子胡來。」

又是這話。小閒苦笑道：「婢子沒少勸，只是郎君不肯聽婢子的勸。」

陳氏道：「妳是個懂事的孩子，別的話我不多說，以後用心些吧。」

沒有責罵，讓小閒意外。照說葉啟表明態度，秀王妃一定不肯干休，陳氏怎麼著也得拿她們這些丫鬟出出氣才是，這是什麼情況？

葉啟一早出府，到天快黑了才回。

「納錦香為妾？」葉啟一口茶噴出老遠，道：「虧她想得出來。」

「郎君。」小閒似笑非笑乜他，道：「恭喜。」

葉啟翻了翻白眼，道：「妳這樣說，我很不高興。」

呃……這是什麼語氣？小閒道：「要不然該說什麼？」

「什麼都別說。」

葉啟站了起來，去上房向陳氏請安了。

第二十九章

上房廊下不停有嬤嬤來回走動，汪嬤嬤拿了帳冊給陳氏看，陳氏看了半天，道：「從一號庫房中挑吧。」

汪嬤嬤應了，自帶人去辦理。

葉啟察覺到異樣，並沒往心裡去，只是徑直挑簾進去。

喝得醉醺醺的葉德也在上房裡，打著酒嗝，睜著醉眼睨了葉啟一眼，道：「你也老大不小了，做事該有的尺度得有，別胡來。」

葉啟應聲，道：「父親可是從蒔花館來？」

葉德嗯了一聲，道：「待你成親後，蒔花館也去得。」

葉啟沒吱聲，陳氏瞪了葉德一眼，道：「以為我的兒子跟你一樣德行呢。三郎啊，過兩天去秀王府向麗蓉賠個不是，這事也就過去了。」

葉啟道：「我沒有錯，為什麼要賠不是？這事本就是麗蓉一廂情願，她應該反省思過才對。」

「這孩子。」陳氏埋怨葉德。「都是你平時沒好好管教，才把他嬌慣成這樣。」

葉德不敢對陳氏說半個不字，受了陳氏奚落，一拍几案，對葉啟道：「不許頂嘴，聽見沒有？」

葉啟淡淡道：「兒子還沒練字，先告退了。」

陳氏埋怨道：「天天忙，也不知忙些什麼。」

其實她花在葉啟身上的時間很少，葉啟自小不用她操心。她這不是心虛嘛，總擔心葉啟在這節骨眼上沒事也給她弄點事出來。

葉啟沒說什麼，退出暖閣，走到院門口時，和李嬤嬤碰上了。一開始葉啟也沒注意，府裡嬤嬤那麼多，誰去認真瞧呢。

可是李嬤嬤把葉啟看得真真的，一見葉啟，大喜過望，馬上追出來，道：「恭喜姑爺、賀喜姑爺，以後兩府便成一家了。」

葉啟不悅道：「這是怎麼說？」

李嬤嬤只是呵呵傻笑。

葉啟沈下臉，道：「以後別叫我姑爺了，我不是妳家姑爺。」說完不待李嬤嬤開口，掉頭走了。

上房一晚上都燈火通明，到底在忙些什麼，闔府並不知道。

趙嬤嬤像往常一樣早早歇了，可是睡夢中總有說話聲和若隱若現的腳步聲傳來。剛開始她還以為作夢，可是越聽越真實，心裡狐疑，便披衣起來。

遠遠望去，暖閣燈火明亮，廊下丫鬟們悄無聲息垂手而立。

夫人這是還在理事嗎？趙嬤嬤嘀咕著，把衣裳扣好，披了斗篷走出來。

一個丫鬟急急走來，道：「嬤嬤來了正好，夫人吩咐準備消夜，我正要去請妳呢。」

陳氏沒有提前吩咐，灶上並沒有留火。趙嬤嬤問：「夫人還在忙嗎？」

「可不是。」丫鬟道：「為了三郎君的親事，一直忙到現在呢。」

「三郎君的親事？」趙嬤嬤心裡一驚，道：「不是黃了嗎？」

秀王妃夜鬧盧國公府，別人家不知道，自家早就人盡皆知了。怎麼鬧過後，親事還在繼續談呢？陳氏可是吃軟不吃硬的性子。

那丫鬟看著很忙，顧不上和她多說，叮囑兩句要些什麼，便小跑著去了。

趙嬤嬤自去喚燒火丫鬟起身，忙著做一碗熱騰騰的索粉，加了陳氏最愛吃的鹿脯，送上去，心裡到底狐疑。

昨天沒事，小閒提起的心放了下來，一早忙著侍候葉啟進宮，然後回自己房裡吃早餐。筷子還沒放下，趙嬤嬤來了。

小閒見她臉色不好，忙問：「可是病了？要不要請個大夫瞧瞧？」

一年多的相處，兩人已情如母女，小閒是真的關心她。

趙嬤嬤摸摸臉，笑道：「哪裡就那麼金貴了，不過是昨兒睡得不好。」

只是偶爾失眠，那便不妨事。小閒問明她吃過早飯了，便讓小丫鬟把食案撤下去，自己端了茶具煎茶。

屋裡只剩兩人，趙嬤嬤過去把門掩上，刻意壓低聲音道：「郎君的親事，妳可曾聽說過？」

「不是明確拒絕了嗎？」小閒睜大了眼。趙嬤嬤既然這麼說，自然有這麼說的道理。

趙嬤嬤把昨晚所見所聞說了一遍，小閒驚呆了。

其實陳氏倒不是故意瞞著趙嬤嬤，只是她一個廚房管事，放定下聘全然用不著，自然不會派她差事，所以她不知情。

趙嬤嬤道：「我尋思著，若是三郎君願意，斷然不會夜裡悄悄準備，所以過來跟妳說一聲，妳快稟報三郎君吧。」

小閒道：「這會兒傳出去，夫人一定疑心嬤嬤；再說，郎君去宮裡了。」

敢情陳氏是算準了葉啟不在府裡才做這些事啊？

趙嬤嬤一拍大腿，道：「不好，快去告訴三郎君！」

小閒也意識到大事不妙，顧不上多說，馬上提筆寫了一張紙條，派人遞進宮。

奉天殿裡地龍燒得旺旺的，皇帝和葉啟對坐對奕。

黑子攻勢凌厲，白子守勢看似節節敗退，實際卻是守住中原腹地，只要黑子一個疏忽，立即反擊。

嘩啦一聲響，皇帝丟下手裡的黑子，笑罵道：「你小子就不給朕留一點面子嗎？」

一個多時辰了，他就沒贏過，最氣人的是，每次都只輸一、兩子，葉啟要不是故意的，才有鬼了呢。

葉啟恭恭敬敬道：「臣不敢欺君。陛下英明，臣才敢大膽爭先。」

皇帝接過內侍奉上來的醍醐，喝了一口，示意內侍給葉啟端一碗，道：「油嘴滑舌。你就是這樣把麗蓉小妮子迷得神魂顛倒的？」

身為皇帝，這樣用詞很不妥當。一旁侍候的內侍抿了抿嘴角，垂頭站在殿角。

「陛下啊，不要提麗蓉還好，一提麗蓉，臣一個頭有兩個大啊。」葉啟太了解皇帝了，最近議立太子的風聲漸漸平息，皇帝的心情著實不錯，開開玩笑有益於增進君臣感情，葉啟很配合。

皇帝英明能幹，密探遍布朝廷內外，大臣們有什麼事能瞞得過他？何況麗蓉傾心葉啟是公開的秘密，許多事他比身為父親的秀王知道得多。

「說說，她怎麼了？」皇帝身子後仰，靠在大迎枕上。

葉啟吃著醍醐，大吐苦水，把麗蓉窮追不捨、深合母心，已經到了正式議親的階段加油添醋說了一遍。

皇帝不時哈哈大笑，道：「可惜幾個公主年齡幼小，朕還想著過兩年你若沒訂親，便把丹陽尚你。」

瞧他一副遺憾的樣子，葉啟只有苦笑，道：「臣有心儀之人了。」

「你有意中人了？」皇帝大感興趣，道：「誰家小娘子入得了你小子的眼？」

滿京城的勛貴中，哪家的女兒適齡又才貌出色？說話間，他已在腦中過了一遍，道：「不會是宋居的女兒吧？」

梁國公宋居有一個女兒，族中排行第十七，長得如花似玉、貌若天仙，偏生她性情溫柔，還是有名的才女。才女的標準之一就是會作詩，宋十七娘只要有詩稿流出，不少勛貴子弟不計成本，爭先一睹為快。

皇帝第一時間想到的便是她了，也只有她，才配得上京城第一美男子，詩文才情第一的葉啟了。

葉啟道：「陛下取笑了。臣與宋十七娘只有一面之緣，哪會對她心儀。」

美人自是賞心悅目的。他的心上人，在他眼裡比宋十七娘美多了。

「那是岳坤家的小娘子？」皇帝道，一副這次肯定猜對的表情。

文信侯岳坤是岳關的父親，葉啟說與宋十七娘只見過一面，沒有感情，皇帝便猜是文信侯家了。文信侯的小女兒、岳關的小妹，族中排行第二十二，人稱二十二娘的，雖然只有十三歲，卻以琴藝出眾揚名京城，別說在勛貴中，就是在京城的普通百姓中，也有好大的名聲。

葉啟只是搖頭，道：「臣心儀的女子，才情一般，也不是名門世家，還請陛下不要再猜了。」

皇帝更好奇了，道：「說說，是誰家的女娃娃？」

密報中沒有葉啟與任何女子多接觸的訊息，這些人是怎麼做事的？他向內侍使個眼色，內侍悄沒聲息走了出去。

宮門口，接了紙條的禁軍找到接頭的人，把紙條遞了進去，到了一個小內侍手裡。小內侍是奉天殿的小太監，因為葉啟對他有救命之恩而成了葉啟的人。

盧國公府傳訊，肯定有急事，可是葉啟和皇帝下棋，他無論如何無法把紙條遞到葉啟手裡。眼看時辰漸漸過去，他不由大急。要是誤了事，可怎麼對得起葉啟呢？

他躲在柱後見殿內的內侍匆匆離開，不遠處，一個內侍捧一大疊奏摺不急不慢走來，小內侍靈機一動，迎了上去，道：「我送進去吧。」

捧奏摺的內侍從中書省來，原是服侍宰相們的太監，見了奉天殿的太監本就恭謹，此時當然沒有二話。

小內侍捧了奏摺邁步進殿，把奏摺放在御案上，回身向皇帝稟道：「陛下，這是中書省新送來的。」

說話時，飛快梭了葉啟一眼。

小內侍一向懂規矩，不會亂搭手，這時一反常態，葉啟早就留心。兩人目光稍一碰觸即各自轉過頭去。

葉啟對皇帝道：「臣內急，去去就來。」

皇帝還在思忖情報有沒有漏洞，倒沒發現小內侍的小動作，漫不經心道：「懶人屎尿多。這半天工夫，這是第二回上茅廁了吧？」

葉啟道：「可不是臣貪懶，實是吃了陛下賞的醍醐，由不得臣。」

皇帝笑著一腳踹過去，道：「還是朕的不是了，怎麼朕不內急呢？」

小內侍笑著退出去，趕去候在茅廁，不久，葉啟進來。

「可是有事？」葉啟檢查一遍，發現四下沒人，只有小內侍裝模作樣提著褲子，於是低聲問。

小內侍顧不得褲子掉在腳邊，從懷裡掏出密封的紙條，遞到葉啟手裡，道：「府裡送來的，特別交代儘快送到三郎手上。」

葉啟一聽「府裡」兩字，心一跳，強作鎮定，拆開信封。

情況不明，小閒只能說個大概，可是這件事的後果，卻是葉啟萬萬無法接受的。

葉啟把紙條撕碎丟進茅廁，向小內侍道了謝，又解了手，才裝作若無其事回奉天殿。

皇帝依然倚在大迎枕上，雙眼半閉，不知在想什麼。

「陛下是要繼續下棋，還是……」葉啟垂手道，一副「你要是不下棋，我可捧大刀回殿角站著去了」的樣子。

皇帝一直在想，人手還有什麼需要加強的地方，哪裡有心思再下棋，擺了擺手，道：「撤下去吧。」

自有內侍過來把棋盤撤下，道：「時辰差不多了，陛下可要進些點心？」

皇帝一日三餐吃飯時間不定，半晌會用些點心、墊墊肚，公事告一段落後才吃正餐。

皇帝沒吱聲。

內侍望了一眼剛送來的那疊奏摺，心想，皇帝昨晚批奏摺到五更天，以為能偷一天閒，沒料到又送了新的來。

大周朝的朝臣每五天休一沐，並不是每天上朝。今兒剛好是休沐的日子，皇帝昨晚把奏摺批完了才去歇息，早上起來，便和葉啟下棋，算是難得清閒，可是奏摺哪裡批得完呢。
「取點心來。」就在內侍要退下時，皇帝發話了。
「三郎坐吧，」皇帝瞟了一眼葉啟剛才坐過的矮榻，道：「說說你心儀那位女子，是怎麼讓你動心的。」
葉啟笑了，道：「其實臣對人家動心，人家不一定看臣合眼緣呢。」
「嗯？」皇帝大為驚奇，接著哈哈大笑，道：「沒想到葉三郎也有忐忑的一天。」
「臣斗膽求陛下成全，麗蓉也到了說親的年紀了，不如陛下為她擇一門好親事。」葉啟笑嘻嘻，半真半假道。
「你小子，」皇帝罵道：「朕怎麼可能胳膊肘向外拐？你若不說說看中哪家娘子，與麗蓉的親事定然無從推託。」
麗蓉是他親姪女，可是姪女總親不過親生女兒。皇帝存了私心，希望葉啟能成為女婿，既然不能成為女婿，那他娶誰好像也無所謂，所以並不為葉啟另有心儀之人而著惱。
葉啟哭喪著臉，道：「這個……實是說不得。再說，人家今年才十一歲。」
皇帝一怔，接著又是一陣大笑，道：「你這小子，可真是有趣。」
既說只有十一歲，範圍便小了許多，大臣們家中嫡出的女兒只有十一歲的，也沒多少。
「強扭的瓜不甜，臣為麗蓉著想，不如以兄妹相稱的好。」葉啟又道。
皇帝道：「你答應朕一件事，朕幫你這個忙也無妨。」
「什麼事？只要臣力所能及，臣自當盡心。」葉啟道。

皇帝抬頭出神半晌，道：「替朕去瞧瞧羽郎吧。朕好些天沒見他了，聽說他把自己關在府中，足不出戶已有半年。」

羽郎便是三皇子了。葉啟有時候天黑後悄悄去探他，只是不知皇帝是否知情。

葉啟凝視皇帝時，皇帝也在望他。這一刻，葉啟看到的，是一個思念兒子的父親，而不是一個高高在上的九五之尊。

皇帝一舉一動在大臣們眼中皆有意義，此時若是召三皇子覲見，在大臣眼中，便是要立太子的信號了，恐怕明天請立太子的奏摺便會如雪片般飛來。

所以，皇帝再思念三皇子，也不能親自見他。

葉啟鄭重地點點頭，道：「臣明天便去瞧瞧他。」

偷偷摸摸相見，不過是為了避免皇帝起疑心，以為他是三皇子一黨。是，他是三皇子黨沒錯，可這事，不用嚷嚷得滿大街的人都知道。

皇帝臉現落寞之色，道：「告訴他，不用擔心。」

葉啟應了一聲。

「讓他回文秀館進學吧，天天悶在府裡，遲早悶壞了。」

王府占地廣闊，就算在府裡跑馬也沒問題，哪裡會悶壞了？只是皇帝這麼說，三皇子指使大臣上書的嫌疑便能消除了。

葉啟心裡歡喜，臉上卻不動聲息，又應了一聲。

第三十章

一個個檀香木箱子整整齊齊擺放在陳氏臥房外間，汪嬤嬤再次清點一遍，道：「都已齊備了。」

陳氏合上黃曆，道：「明月，傳我的命令，讓三郎明天去秀王府。」

明月應了一聲，來到葉啟所居的院落。

時間一分一秒過去，眼看日頭西斜，葉啟一直沒有傳回口訊。小閒漸漸沈不住氣，要怎樣應對，需要如何配合，總得來個人說一聲才是嘛！

明月是少數幾個知情人之一，葉啟的脾氣她也是了解的，對陳氏不經過葉啟同意，便自作主張的做法很擔心，臉上自然而然帶有憂色。

「明月姊姊來了，快請裡面坐。」小閒收拾心情，迎了出來。

明月苦笑道：「我傳了夫人的話就走。」

夫人下了嚴令，這件事不能有一絲一毫錯漏，言多必失，萬一說了不該說的話，引起小閒的疑心，豈不是引來禍事。

「姊姊往日侍候夫人，忙得很。今日不知是哪來的香風，把姊姊送到這裡，豈能不坐一坐，吃一碗茶，嚐嚐點心再走。」小閒不由分說，親熱地挽起明月的手臂，往裡便拉。

趙嬤嬤只是起了疑心，要套到內情，只能著落在明月身上。

明月掙了一下，道：「我還忙著呢，哪裡得閒。」

陳氏離不開她，走到哪裡都帶著她，她確實少有時間到處逛。

如果是別的時候也就算了，這一次，是她自己送上門來，小閒無論如何是不會放過的。一邊拉著她往裡走，一邊招呼剪秋。「把我們的好茶煎一碗來，明月姊姊可是稀客。」

剪秋不明白小閒為什麼突然這麼熱情，但以她對小閒的了解，小閒這麼做，自然有她的道理，於是，很有默契地過來，挽起明月另一隻胳膊，道：「昨兒剛好送來上好的茶餅，郎君還沒嚐呢。姊姊是稀客，我這就煎一碗姊姊嚐嚐。」

明月顧不得推辭，正色道：「三郎君還沒嚐的東西，我們身為下人，怎麼能先嚐？妳們平日都是這樣沒上沒下的嗎？」

剪秋只為配合小閒把她留下，一時沒想到這上頭，不由訕訕。

小閒笑道：「哪裡的話？姊姊說得重了，我們可受不起。平時我們都沒吃茶，只不過姊姊是稀客，才大著膽子請姊姊吃一碗。」

說話間，拉著明月進了屋。

此時的茶，一般人吃不慣，普通百姓吃不起，在某些地區更是被當成治病的藥吃。勛貴世家流行吃茶，不過是這十幾年間的事，因為太后喜好這一口，上有所好，下必仿焉。貴婦人們先是以入宮覲見時，得太后嚐一碗茶而誇耀，慢慢地，也開始以吃茶為榮。到現在，葉啟這一輩都習慣了吃茶，反而不大吃乳酪。

盧國公府在陳氏苦心經營下，家道日漸好轉，收入也年年上漲，如汪嬤嬤這等有實權又體面的管事嬤嬤們也開始吃起茶來，只是大丫鬟們吃得倒少。

所以小閒才會以此交好於她，丫鬟們並不是什麼時候都能吃上一碗好茶。

既然進了屋子，明月只好坐下，剪秋飛快把茶具擺出來，取了一塊完好無缺的茶餅給明月看，道：「姊姊請瞧，還沒開封呢。」

可不是，確實沒人動過。明月心裡感動，拉住要掰茶餅的剪秋，道：「快別，來碗乳酪也就是了。」

乳酪是日常飲品，相當於現代的飲料。

小閒道：「郎君性子隨和，不會責怪的。再說，請的是夫人身邊的明月姊姊，那也是半個長輩了。」

府裡規矩，在長輩身邊侍候的嬤嬤們見了後輩主子只需行半禮，主子還得還禮；若是在長輩身邊侍候年月久的，如侍候三、五十年的，見了晚輩主子還無須行禮呢，厚道的人家，也把這樣的忠僕當主子看待。

明月連連擺手，道：「當不起當不起。」

她還年輕，不過在陳氏身邊侍候了十年，哪裡當得起半個主子呢？

剪秋二話不說，馬上掰了一塊茶，放火上烤。茶香漸漸透了出來。

「哎呀，這怎麼行呢。」明月很不好意思。

小閒喊廊下候著的丫鬟。「去廚房取四碟子點心來，要的是我上午做的。」

明月兩眼發光，好長時間沒吃到小閒做的點心了，就算得到一塊半塊，也是陳氏放了幾天的，不大新鮮；就算不新鮮，丫鬟們也當寶貝搶呢。

點心取來，茶也煎好了。

明月拈起一塊金黃的餅子，放鼻端聞了聞，道：「好香。這是什麼？」

小閒道：「老婆餅。姊姊嚐嚐，可合口味。」

「老婆餅？名字新奇，樣子又別致。」明月輕輕咬了一口，道：「很香。」

小閒笑道：「姊姊快嚐這茶，剪秋煎的茶比我煎的還好呢。」

那是自然，剪秋用心學過呢，這樣煎出來的茶確實是貴族流行的煎茶法，身為現代人，小閒是不習慣的。

明月端起碗，吃了一口，只覺渾身鬆快，緊皺的眉頭舒展開來，緊繃的雙肩也塌了下來，見小閒隨意地倚著大迎枕，便拉過旁邊的倚了。

「三郎君時常不在家，院裡由妳作主，妳可真是自在。」明月羨慕極了。

在陳氏身邊侍候，時刻必須打起十二分精神。陳氏待下人嚴苛，容不得半點瑕疵，哪怕一點小小的失誤也會受到責罰，哪比得上小閒自在呢。

小閒笑道：「姊姊說哪裡話，姊姊是一等一的人才，才能在夫人身邊服侍，像我們這些上不得檯面的，只好在這裡混了。」

剪秋拿了一塊老婆餅給小閒，笑道：「可不是，夫人身邊，哪是一般人能近得了身的呢？」

明月苦笑，道：「妳們是不知道，在夫人身邊，該聽的聽，不該聽的不能聽，很多事由不得自己。」

小閒道：「話雖是這樣說，可是見識畢竟多。姊姊跟在夫人身邊，可曾聽夫人提過，給三郎君說門什麼樣的親事？」

明月表情古怪，過了半晌，道：「先前不是說了秀王府的麗蓉郡主嗎？府裡現在無人不知，無人不曉吧？」

難不成她聽到什麼風聲？不可能啊，夫人下了嚴令，除了夫人房裡幾個心腹，再沒有曉得這事的了。

小閒示意明月吃茶，道：「郎君已經拒絕了嘛，姊姊怎麼還說秀王府，都是老黃曆了。」

明月再次端起茶碗，一口茶、一口老婆餅，吃得有津有味，吃完老婆餅，道：「是嗎？」

她躊躇的神態，藉著吃老婆餅掩飾的樣子，全落在小閒眼裡。小閒使個眼色，剪秋退了出去，順手帶上門。

小閒道：「屋裡沒有外人，姊姊有什麼話，直說了吧。」

明月一口茶直噴了出去，灑得石榴紅的襦裙上點點茶漬，道：「妳說什麼？」

「可是夫人依然還在與秀王府議親？」小閒緊緊盯著她的眼睛，單刀直入道。

明月心虛，用帕子擦茶漬的手太用力了，把裙面扯得直繃繃的。

「姊姊不說，我也猜得到。俗說話，沒有不透風的牆，夫人今早從庫房抬了好幾個箱子，一路上瞧見的人那麼多。」小閒淡定道。現在，不用明月往白了說，她也確定趙嬤嬤的猜測成了事實。

「夫人瞞天過海，想生米煮成熟飯，騙郎君去秀王府。只要郎君出門，後面兩輛車立即跟上，把聘禮送到秀王府。對也不對？」

小閒直勾勾盯著明月。

「……」明月語塞。什麼都瞞不過，還問我做什麼？

小閒道：「姊姊放心，今天的事只有天知地知妳知我知，絕沒有第三個人知道。」

明月直到走在上房門前的青石板路上，還懊悔地拍額頭，枉自己自負聰明伶俐、察人於微，最後卻栽在一個小丫頭片子身上。

什麼天知地知妳知我知，她過來一趟，那邊馬上把情況摸透，陳氏不懷疑是她透出去的才是怪事。失了陳氏的歡心，她可怎麼活？

小閒可顧不上明月的心情是好是壞，待她一告辭，馬上派小廝再去宮門口守著，看看葉啟有沒有回信；又擔心早上送的信葉啟沒有收到，要不然這麼大的事，他不會無動於衷。

剪秋瞧出小閒神色不對，悄聲道：「發生什麼事了？」

小閒道：「夫人瞞著郎君定下秀王府的親事呢，兩家就要放定了。這事如何瞞得住？遲早露餡兒。」

剪秋驚得呆了。郎君是男子，要做新郎官，要去迎親，可不是女子，紅蓋頭一蓋，上了花轎便身不由己。這事如何瞞得過去？

「盧國公府這是要把皇室得罪個透啊！」小閒嘆氣。

剪秋急道：「快給郎君報信啊。」

天漸漸黑了，這個時辰，葉啟也該出宮了吧？剪秋急忙去看沙漏，外面已一迭連聲喊。

「郎君回來了！」

小閒鬆了口氣，回來便好。平時還不覺得，這一天沒有得到他的消息，她便心慌。

葉啟大步流星進來，道：「小閒呢？」

小閒剛好走到門口，應聲道：「婢子在這兒。」

氈簾挑起，葉啟俊朗的眉眼出現在小閒面前，道：「妳在這兒就好。」

「嗯？」小閒不明白，什麼意思？

不過一天沒見，感覺像一輩子那麼漫長，一顆心懸在半空，沒著沒落。什麼叫一日不見，如隔三秋？葉啟真真切切體驗了一把，何止三秋，漫長得都望不見盡頭。

見到小閒的一剎那，他懸著的一顆心才回歸原位，肩膀也垮了下來。

小閒不明白葉啟為什麼看著自己傻笑，又急著問他有沒有收到紙條，要怎樣處理，於是沒好氣地道：「外面冷，郎君快進來吧。」

「好好好。」葉啟說著，神色溫柔地進了室內。

小閒返身把門關了，道：「夫人那裡連聘禮都準備好了，就等著誆郎君去秀王府，順帶把聘禮送過去呢。」

她著急是為這個?葉啟心情舒暢，笑咪咪道：「沒事，已經處理好了。」

沒事?怎麼可能?小閒瞪大眼看他，道：「夫人讓你明天去秀王府賠禮，實則是送聘禮，你去也不去?」

葉啟解下斗篷，道：「秀王明天沒空，等會兒會派人過來跟娘親說一聲。妳不用急，我們先吃飯，吃過飯，娘親就會派人過來說，明天不用去秀王府了，後天再去。然後，後天就更不用去了。」

葉啟是年輕男子，秀王府由男主子出面接待。秀王兩個兒子還小，只能自己出面了。正常程序是兩人吃茶後，由秀王領著去後院拜見秀王妃，所以秀王若是沒有在府裡，一切免談。

什麼叫明天不用去，後天更不用去?小閒不解。

葉啟從她漆黑的眸子裡看到自己小小的影子，輕笑出聲，道：「傳膳吧。」

「你有主意了?」小閒歡喜道。

葉啟點頭，道：「當然。不知道也就罷了，既然知道了，自然不會讓娘親得手。」

所以說，紙條他還是收到了。小閒總算放了心。

飯吃到一半，明月來了，傳陳氏的話，明天不用去秀王府，後天再去。又說已經下了帖子，不能改，讓葉啟一定要去。

葉啟站著聽完，道：「好。」

明月看了送出來的小閒一眼，猶豫了一下，道：「身為丫鬟，不該說的話別亂說。」
小閒眨眼道：「我曉得。」
望著她離去的背影，小閒偷偷笑了。沒想到明月這麼可愛。
秀王府裡，麗蓉手持粉紅色繡金襦裙，在身前比劃著，道：「娘親，我穿這件好看嗎？」
秀王妃含笑道：「我的麗蓉穿什麼都好看。」
「娘親！」麗蓉嬌嗔道：「妳就會糊弄我。」
琉璃進來稟道：「王妃、郡主，王爺回來了。」
「妳父親回來，想必有好消息。」秀王妃笑著起身，道：「妳好事將近，妳皇伯父一定有所表示。」
麗蓉放下手裡的襦裙，和母親一起迎了出去。
秀王腳步沈重，眉頭緊皺，擺手道：「外面冷，不用出來了。」
「父親，」麗蓉上前挽著秀王的胳膊，道：「皇伯父召你進宮，有什麼事啊？」是立刻下旨封葉啟為郡馬，還是賜一座大大的府邸作為她與葉啟的愛巢呢？麗蓉很是期待。
秀王嘆氣，當先向暖閣行去。
母女倆對視一眼，緊隨在後。

進屋坐下，秀王妃問：「陛下召你進宮為了何事？有沒有談到麗蓉的婚事？」

秀王府與盧國公府結親的消息，是她散布出去，想必此時皇帝也該聽到風聲了。皇帝一向對葉啟青眼有加，葉啟能晉為皇室一員，他自然是樂見其成的，而幾個公主年紀太小，不可能許配葉啟，麗蓉是最好的人選了……可是瞧丈夫的神色，怎麼極不開心呢？

秀王沈默良久，伸手撫了撫麗蓉的頭頂，長嘆一聲，道：「皇兄召我進宮，是為了麗蓉的婚事。」

「真的啊，」麗蓉歡喜道：「皇伯父可是要封三郎為郡馬了？」

想想葉啟身著郡馬的袍服，襯著他唇紅齒白，鼻端眸正的模樣，不由笑出了聲。

秀王妃瞟了麗蓉一眼，深為女兒如此沒有眼色而擔憂。

秀王再次長嘆一聲，道：「不是。妳皇伯父說，妳還小，想再留妳兩年，兩年後一定為妳擇一個如意夫婿。」

麗蓉先是一呆，接著大聲道：「我不要！我只要三郎！」

果然不出所料，難怪內侍宣秀王進府後，她眼皮一直跳。秀王妃蹙眉道：「麗蓉已經十四了，再留兩年，可就成老姑娘啦。」

十六歲還沒有說親的姑娘可真不多，秀王擔心的正是這個，而皇帝金口玉言，以後誰敢再上門求親？再說，葉啟不可能等麗蓉兩年，他是盧國公嫡長子，肩負傳宗接代的責任。

「我不要！就不要！我找皇伯父說去！」麗蓉跳起來，叫嚷著就要衝出去。

秀王妃忙抱緊她，道：「妳父親自有辦法，讓妳風風光光地出嫁。」

「皇伯父已經發話，父親還有什麼辦法！」麗蓉放聲大哭。不能和三郎在一起，還不如死了好，活著還有什麼意思？

秀王妃讓丫鬟把麗蓉扶下去，眉眼間深有憂色，道：「陛下怎麼突然要再留麗蓉兩年？可是葉啟跟他說什麼了？玨娘說過，三郎昨兒輪值，你剛才進宮，可聽到什麼？」

陳氏小名玨娘。

秀王道：「那倒沒有。剛才在御街上遇見他，他帶了小廝要去三皇子府上。瞧見我，還下馬和我說了幾句話。」

「他神色如何？」秀王妃道。他才多大，若是他暗中搗鬼，斷然做不到神色如常，沒有一絲破綻。

秀王仔細回憶，道：「跟往常沒有不同。」

那會是誰呢？秀王妃默默在心中把圈子裡的勛貴都過了一遍，誰家有適婚未嫁沒有訂親的女兒？誰家會妒忌她得了葉啟這樣 個乘龍快婿？越想有嫌疑的人越多，越想越覺得周圍都是敵人，不由氣道：「我平時交往的都是什麼人哪！」

年輕時陳氏是她的情敵，現在女兒的情敵竟遍布周圍。

「來人，」她道。「備車，去盧國公府。」

秀王道：「恐怕玨娘還不知情，妳要做什麼？」

難道就這樣跑去告訴她，皇帝不答應，我家麗蓉不能嫁給妳當兒媳婦了？要真這樣說，以陳氏的性子，只怕當場得吵起來。

秀王妃道：「我去和她商量，看看能不能讓三郎等麗蓉兩年。先把親事定下來，兩年後再讓他們成親。」

葉啟今年才十五，再拖兩年也不遲。男子麼，遲兩年成家也沒什麼。

秀王擔心地道：「玨娘肯嗎？」

他猜測，或者他的皇兄想拖兩年，等丹陽公主大些，把丹陽許給葉啟。想想自己只不過晚生幾年，皇位沒分，現在連女兒的親事也沒有保障，不覺火大。只是規矩如此，又能怎樣？

秀王妃見丈夫緊緊抿著唇，那是生氣時才有的表情，便走過來，撫了撫他的肩頭，道：「總有法子的，不用擔心。」

以她對陳氏的了解，不與秀王府結親，除非有更好的人家。比秀王府更尊貴的人家，只有皇帝了，可幾個公主還小，不用指望。只要她把話說透，陳氏自然站在她這邊，兩人結成陣線聯盟，還怕誰來？

——未完，待續，請看文創風457《鴻運小廚娘》2

2016年10月出版

鴻運小廚娘

文創風 456～458

一覺醒來，她從現代上班族變成了古代小丫鬟?!
命在別人手裡的日子，她以退為進，保命就好，萬事不爭，
但怎麼她不想惹麻煩，麻煩卻自己找上門啊……

一手烹出好滋味　一手收服男人心
細火慢熬的溫柔　韻味綿長的情味／初語

迷迷糊糊醒來，怎麼她就變成了一個被打得奄奄一息的小丫鬟了？
幸好她硬是在這陌生的古代活了下來，本以為要換主子了，
沒想到身分貴重的未來世子爺、國公府大少爺忽然半路攔胡，
竟然把她「截」到自己的院子裡當小廚房的丫鬟！
原來廚藝太好也是煩惱，那還是先窩在大少爺的院裡安身吧……

國家圖書館出版品預行編目資料

鴻運小廚娘 / 初語著. --
初版. -- 臺北市 : 狗屋, 2016.10
冊 ; 公分. --（文創風）
ISBN 978-986-328-645-5（第1冊：平裝）. --

857.7　　105015126

著作者　初語
編輯　張蕙芸
校對　黃薇霓　簡郁珊
發行所　狗屋出版社有限公司
地址　台北市104中山區龍江路71巷15號1樓
電話　02-2776-5889～0
發行字號　局版台業字845號
法律顧問　蕭雄淋律師
總經銷　知遠文化事業有限公司
電話　02-2664-8800
初版　2016年10月
國際書碼　ISBN-13　978-986-328-645-5

定價250元

狗屋劃撥帳號：19001626

網址：love.doghouse.com.tw　E-mail：love@doghouse.com.tw